Les rivaux de l'hôpital

*

Sa femme idéale

RACHEL DOVE

Les rivaux de l'hôpital

Traduction française de
ELISA MARTREUIL

BLANCHE

HARLEQUIN

Collection : Blanche

Ce roman a déjà été publié en 2021

Titre original :
FIGHTING FOR THE TRAUMA DOC'S HEART

HARPERCOLLINS FRANCE
83-85, boulevard Vincent-Auriol, 75646 PARIS CEDEX 13
Service Clients — https://www.harlequin.fr/contenu/contactez-nous
ISBN 978-2-2805-1787-4 — ISSN 0223-5056

Édité par HarperCollins France.
Composition et mise en pages Nord Compo.
Imprimé en avril 2025 par CPI Black Print (Barcelone)
en utilisant 100% d'électricité renouvelable.
Dépôt légal : mai 2025.

MIXTE
Papier issu de sources responsables
FSC® C159065

Pour limiter l'empreinte environnementale de ses livres, HarperCollins France s'engage à n'utiliser que du papier fabriqué à partir de bois provenant de forêts gérées durablement et de manière responsable.

1

Michelle Forbes venait juste de sortir de sa voiture pour prendre son service à l'hôpital St. Marshall quand une ambulance pila devant l'entrée principale sans prendre le temps d'aller se garer devant le service de traumatologie.

Mauvais signe, songea-t-elle en accourant.

— De quoi s'agit-il ? demanda-t-elle aux deux ambulanciers qui se précipitaient avec la civière dans le hall grouillant de l'hôpital en criant aux gens de s'écarter.

— Ah, vous êtes là, docteur Forbes ! s'exclama l'un d'eux. Tant mieux ! Accident de la route. Cycliste de vingt-sept ans. Femme. Son casque, qui n'était pas attaché, a valsé sous le choc. Sa tête a heurté la chaussée. Sans connaissance depuis, mais ses pupilles réagissent à la lumière. Respiration normale. Fracture de l'avant-bras droit et peut-être du pelvis. Deux autres ambulances sont en route, avec dans l'une un couple de personnes âgées qui toutes les deux répondent aux questions et dans l'autre une femme enceinte de huit mois, inconsciente. Les pompiers étaient en train de la désincarcérer quand nous sommes partis.

— Merci, dit Michelle en appuyant sur le bouton d'ouverture de la porte du service de traumatologie.

Ses mains étaient agitées d'un léger tremblement, qu'elle s'efforça de contrôler en serrant les poings.

Les têtes se tournèrent vers elle quand elle entra comme un ouragan dans le poste des infirmières.

— Vérifiez qu'il n'y a pas d'hémorragie interne, lança-t-elle. Réservez une place tout de suite pour un scanner du crâne. Faites venir un orthopédiste pour examiner les fractures. Je reviendrai les réduire moi-même. Prévenez le service d'obstétrique et d'orthopédie que d'autres blessés arrivent.

Les infirmières se mirent aussitôt en mouvement comme la troupe d'un ballet bien réglé.

— Trois autres blessés sont en route, continua-t-elle. Une femme inconsciente enceinte de huit mois et deux personnes âgées conscientes. Procédez à leur admission et débrouillez-vous pour que personne ne ressorte les pieds devant !

Là-dessus, elle fila dans la salle de garde, où elle se lava les mains puis enfila une blouse et une paire de gants chirurgicaux. En quelques secondes, elle était prête.

Tu parles d'un retour au boulot en douceur ! En tout cas, les tremblements de tout à l'heure avaient totalement disparu. Nul doute qu'ils avaient été causés par la montée d'adrénaline. Mais elle était de retour, solide sur ses jambes et contente d'être là. L'hôpital, avec sa normalité, le travail, les amis, lui donnait l'ancrage qui lui était indispensable.

Simplement, elle ne devait pas perdre les pédales. Il fallait faire comme si tout allait bien.

Elle allait sortir quand elle entendit qu'on prononçait son nom dans le couloir.

C'était la voix d'Alan, un brancardier particulièrement compétent et un de ses collègues préférés. Il paraissait perturbé.

— Chut ! Ce n'est pas le moment, dit une des infirmières pour le faire taire. Des blessés arrivent, laisse tomber.

Aussitôt, Michelle sortit ses antennes. Ses expéditions comme urgentiste dans des organisations humanitaires qui travaillaient main dans la main avec l'armée lui avaient appris à se fier à son instinct.

Elle entrouvrit la porte pour mieux entendre.

— Il n'empêche que ce n'est pas juste, insistait Alan. Elle est partie à l'autre bout du monde aider ses compatriotes, et c'est comme ça qu'on la récompense ? Les changements envisagés ici ne me plaisent pas. Pas plus que de devoir lui cacher la vérité.

Elle sortit de la salle de garde, ôtant à l'infirmière toute possibilité de répondre.

— Michelle ! s'écria Alan avec un visage radieux d'où toute autre expression s'était effacée. Je suis content de vous revoir ici.

Elle lui rendit son sourire, qu'elle accompagna d'une bourrade. Mais les sirènes des ambulances la ramenèrent à l'urgence de la situation.

De toute façon, elle apprendrait tôt ou tard le sujet de ce désaccord. Même dans un grand hôpital comme celui-ci, les secrets ne le restaient pas longtemps.

— Et moi, je suis contente d'être de retour. J'espère que vous n'avez pas semé la pagaille dans le service, plaisanta-t-elle tandis qu'elle se précipitait avec les brancardiers vers l'entrée de la traumatologie.

Deux ambulances s'arrêtèrent l'une après l'autre dans un crissement de pneus.

— Annie Weston, cria quelqu'un de l'intérieur du premier véhicule en ouvrant si brusquement la porte arrière qu'il manqua de peu l'assommer. Accident de la route. Enceinte de trente-deux semaines. Inconsciente. Constantes stables. Rythme cardiaque du fœtus régulier. Pas de signe de travail. Évaluation des blessures immédiate.

Michelle, furieuse contre cet inconnu qui marchait sur ses plates-bandes et avait failli la blesser, se planta devant lui et lui martela la poitrine de son doigt.

Une poitrine assez ferme, ma foi...

— Un peu plus, et je prenais la porte de l'ambulance en pleine figure, espèce d'idiot ! Je ne sais pas qui vous êtes, mais vous n'avez rien à faire ici. Alors, dégagez !

L'homme baissa la tête, et ses yeux verts perçants croisèrent les siens comme pour la jauger du regard, mais elle se détourna pour suivre son équipe qui emmenait les blessés au pas de charge.

Franchement, ce macho ne doutait de rien ! Il avait dû visionner quelques épisodes de *Grey's Anatomy*, et il se croyait aussi irrésistible que le Dr Mamour.

Cela dit, il valait le coup d'œil – à condition d'aimer les

hommes arrogants, hautains et imbus d'eux-mêmes. Ce qui n'était pas son cas à elle.

— Alors, comme ça, tu ne te souviens pas de moi ? s'amusa une voix derrière elle.

Elle se retourna et examina une nouvelle fois l'inconnu de la tête aux pieds.

— Le Comobos. Il y a un an environ...

Elle secoua la tête.

Elle se souviendrait certainement de lui si elle l'avait déjà vu... Ou peut-être pas. En ce moment, tout se brouillait dans sa tête quand elle pensait à cette expédition.

À cette seule évocation, tout lui revint d'un coup : la nausée, l'impression de n'être retenue au sol que par une ficelle, comme un ballon de baudruche. Un petit coup de ciseaux, et elle se serait envolée, impuissante. Toute l'horreur de cette mission au Comobos déferlait sur elle.

Oh non ! Pas maintenant ! Pourquoi cet homme venait-il lui gâcher son premier jour de reprise en ressuscitant des souvenirs qui lui interdisaient la normalité à laquelle elle aspirait tant ?

Elle ne se sentait pas bien. Elle s'aperçut qu'elle serrait ses mains si fort l'une contre l'autre que la circulation du sang était arrêtée... Et il y avait les tremblements, cette condamnation à mort pour la carrière d'un chirurgien.

— J'étais là-bas, oui, mais ton visage ne me dit rien, rétorqua-t-elle brièvement, attendant qu'il s'explique.

Ce qu'il fit dans un sourire nonchalant.

— J'ai dû partir un peu précipitamment avant la fin de la mission...

Ses traits se crispèrent comme s'il avait mal. Mais il reprit bien vite son assurance.

— Tu étais très amie avec Rebecca, l'infirmière, c'est ça ?

Rebecca...

Elle se sentit vaciller en revoyant le visage de son amie déformé par la douleur et la peur.

— Oui, Rebecca est...

Elle aurait dû dire « était », mais elle s'en sentait incapable.

— ... une amie.

Et brusquement, elle comprit : l'homme en face d'elle, c'était *lui* !

— Vous êtes le médecin, n'est-ce pas ? Celui de la mousse au chocolat ?

Il confirma par un sourire.

Au cours de leur dernière expédition, Rebecca avait eu une aventure avec un séduisant médecin. Michelle avait d'ailleurs travaillé brièvement avec celui-ci mais sans faire le lien avec son amie. Rebecca et elle l'avaient surnommé Bec-Sucré en référence au jour où il avait réussi à procurer à Rebecca le dessert quasiment introuvable dont elle rêvait depuis son arrivée au camp militaire.

Elle revit Rebecca, assise sur son lit de camp, pliée en deux de rire, en train de lui parler de ses parties de jambes en l'air avec lui et des délicieux desserts qu'il lui apportait. Un souvenir somme toute réjouissant.

— Je vois que ma réputation me précède, s'amusa-t-il. Il n'empêche que cette mousse n'était pas mauvaise. Comment va cette chère Becks ? Elle a de nouveau mis les voiles ?

Elle est morte.

— On peut dire ça. Mais excuse-moi, j'ai un service de traumatologie à faire fonctionner, déclara-t-elle en se détournant avant qu'il ne pose d'autres questions.

Des blessés l'attendaient réellement, et ce n'étaient pas des souvenirs, bons ou mauvais, qui l'aideraient à sauver des vies aujourd'hui.

Bec-Sucré avait froncé les sourcils devant son brusque changement d'expression.

— Oui, bien sûr. À bientôt ! l'entendit-elle crier derrière elle.

Ça m'étonnerait, mon vieux. Pour toi, salle d'attente des familles. Rien d'autre à faire ici, aujourd'hui.

En chemin, elle croisa Alan qui poussait un malade en fauteuil.

— Alan ! Nous avons un parent d'un des blessés. C'est un médecin. Vous pourrez le conduire à la salle d'attente quand vous aurez une minute, s'il vous plaît ?

Hors de question que cet individu reste dans ses pattes et l'empêche de se concentrer sur son travail en la plongeant dans un passé qui polluait le présent.

Pour s'aider à reprendre pied dans la situation actuelle, elle se mit à se pincer la cuisse.

Tant qu'elle voyait ses mains sur sa blouse, tant qu'elle ressentait la légère douleur que ses doigts lui causaient, tout allait bien. Elle était là, à l'hôpital. En sécurité. En vie. Indemne… Enfin, grosso modo. Une fois que ce type serait parti et qu'elle l'aurait oublié, tout irait vraiment très bien.

— Entendu, répondit Alan.

Mais quand il regarda vers la porte, il s'arrêta, bouche bée.

— Vous parlez de lui, là ?

Elle se retourna.

Dr Bec-Sucré se penchait vers la femme enceinte. Il examinait les moniteurs, s'informait auprès de l'infirmière de l'état de la patiente.

— Oui, confirma-t-elle d'un air peu amène. Laissez-le voir sa chérie, et ensuite, ouste ! La salle d'attente.

Devant la mine éberluée du brancardier, elle demanda :

— Un problème, Alan ?

— Michelle, il faudrait que vous parliez avec le patron.

Là-dessus, il s'éloigna avec le malade en fauteuil roulant.

Quand Michelle frappa rageusement à la porte du bureau de son patron à la pause de midi, Andrew Chambers poussa un grognement inintelligible avant d'ouvrir, et il laissa échapper un soupir en la découvrant sur le seuil.

Visiblement, il s'apprêtait à mordre dans la moitié d'un gros sandwich au steak et au jambon, son préféré.

— Michelle ! Vous m'avez fait peur. Que se passe-t-il ? dit-il en retournant s'asseoir.

Il croqua un énorme morceau de son sandwich tandis qu'elle se plantait devant lui, bras croisés sur la poitrine.

Rita, la secrétaire, arriva en courant, ses talons hauts cliquetant sur le sol.

— Je suis désolée, docteur Chambers. Je lui ai dit que vous ne vouliez pas être dérangé pendant votre déjeuner…

— Vous n'avez rien à vous reprocher, Rita, assura Michelle,

le regard braqué sur Andrew. C'est le Dr Chambers qui devrait s'excuser.

— Allez manger, Rita. Dites au secrétariat central de gérer les appels jusqu'à votre retour.

Après le départ de la secrétaire, Michelle ferma la porte, prit place dans un des fauteuils et s'empara de l'autre moitié du sandwich, dont elle engouffra une copieuse bouchée.

— Hé ! Michelle ! C'est *mon* repas !

— Pas mal. Ç'aurait été encore meilleur avec des cornichons.

— J'ai horreur des cornichons.

— Je sais, rétorqua-t-elle en reposant le sandwich sur l'assiette. Moi aussi, il y a des trucs dont j'ai horreur. Par exemple de m'apercevoir quand je reviens prendre mon poste qu'il a été attribué à quelqu'un d'autre.

C'était la pensée de ce poste qui lui avait permis de tenir depuis son retour en Grande-Bretagne avec le cercueil de Rebecca, quelques longs mois plus tôt. Et aussi, après que Scott l'avait quittée et qu'elle s'était cloîtrée chez elle, incapable de sortir de son lit... Le rappel de cette période où elle avait perdu ses repères la déstabilisait complètement. Elle n'y pouvait rien. Elle se sentait en danger, comme si le sol se transformait en sables mouvants sous ses pieds.

Le Dr Chambers se mit à rire doucement, de gêne probablement.

— J'ai dû recruter puisque vous ne veniez qu'en pointillé. Les administrateurs de l'hôpital ont augmenté leur dotation à la traumatologie à condition qu'il y ait une figure de proue. Nous sommes à présent équipés d'appareils de pointe, et tout le personnel a un moral d'acier. Mais cela ne suffisait pas. Il nous fallait un leader, Michelle. Contrairement à ce que vous croyez, on ne dirige pas un centre de traumatologie depuis un hélicoptère de l'armée.

Elle haussa les épaules.

— Je vous respecte comme directeur, Andrew, mais là vous avez fait n'importe quoi. Vous auriez dû en discuter avec moi, persista-t-elle. J'avais dit que je reviendrais, et j'ai tenu parole. Nous avons décidé ensemble de développer le centre. C'est un bon programme. J'ai affûté mes compétences, et les connaissances que j'ai acquises là-bas vont servir ici. C'est du gagnant-gagnant, selon vos propres termes. J'ai rempli mon contrat. À présent, je suis ici, et je n'ai pas besoin qu'un mâle dominant vienne uriner sur mon territoire...

Par-dessus le marché, le mâle dominant en question arrivait avec le fantôme de Rebecca ! Non, elle ne pouvait pas se permettre de perdre ce poste, ou elle allait craquer.

— Pour être franche, je croyais que nous étions amis. Je suis hors de moi.

— Nous le sommes, Michelle, soupira Andrew. Vous êtes mon médecin vedette, et vous le savez très bien. Mais j'ai besoin de stabilité. Ne pensez-vous pas que c'est le minimum pour notre service ?

Elle l'aurait contesté sans hésiter si elle avait trouvé un argument à opposer. Or, elle souhaitait évidemment le meilleur pour St. Marshall et pour ses patients. Mais d'ici à céder la place à un autre... Surtout à cet autre-là !

On frappa doucement à la porte, et Andrew Chambers se leva pour aller ouvrir. Alors qu'il revenait s'asseoir, il lui jeta un regard penaud avant d'accueillir son visiteur resté sur le pas de la porte.

— Entrez donc, Jacob.

Elle tourna la tête et se trouva de nouveau face à l'homme de tout à l'heure, avec son éternel air satisfait.

— Tous les blessés sont stabilisés. Le scan de la cycliste n'a rien révélé d'anormal. La femme enceinte, Annie, devrait reprendre connaissance incessamment. Choc à la tête mais sans lésion irréversible. Elle s'en sort bien.

Michelle serra les poings.

Ce Jacob paraissait connaître son affaire, mais ce n'était pas pour autant qu'elle allait baisser la garde !

— Tu aurais pu me dire que ce n'était pas ta femme, sur la civière.

Le nouveau venu s'appuya nonchalamment contre le mur, pieds croisés, avec une insupportable arrogance.

Il était vêtu d'un costume de grande qualité, d'une chemise blanche impeccablement repassée agrémentée d'une cravate dont les motifs verts faisaient ressortir la couleur de ses yeux moqueurs.

— Qu'est-ce qui t'a fait croire qu'elle l'était ? rétorqua-t-il. Ce n'est pas ma faute si tu as tiré des conclusions hâtives. J'ai assisté à l'accident alors que je me rendais au travail, et je me suis arrêté pour porter secours. Il m'a paru normal de demander aux ambulanciers de me conduire ici. Pour combien de temps es-tu revenue ?

— Pour de bon. Plus de missions à l'étranger en vue, comme je l'ai dit à Andrew.

Tous deux se tournèrent vers leur patron qui, de derrière son bureau, les observait en terminant son repas.

— Écoutez, Michelle, tout le problème est là en fait, commença-t-il en les invitant de la main à s'asseoir. Le Dr Jacob Peterson ici présent est un des meilleurs chirurgiens en traumatologie du pays. Et comme vous papillonnez, un jour ici, l'autre là-bas...

— Quoi ? s'étrangla-t-elle. Moi, je « papillonne » ? Dois-je vous rappeler que c'est vous qui m'avez autorisée à partir parce que c'était une bonne publicité et un atout pour le service ?

Jacob s'enfonça confortablement dans son fauteuil, jambes largement écartées, ce qui énerva prodigieusement Michelle.

C'est ça, fais comme chez toi, espèce de macho, avec tes grands airs à deux balles ! pesta-t-elle in petto tandis qu'il la regardait, un sourire aux lèvres.

— Comme je l'ai déjà expliqué, soupira Andrew après avoir avalé la dernière bouchée de son sandwich, grâce au nouveau financement qui nous a été octroyé, nous devenons l'un des deux centres de traumatologie de référence du Royaume-Uni, et pour assurer cette dotation extraordinaire, il est impératif que le service soit géré avec la plus grande efficacité. Pour cela, il faut un leader fiable. Les administrateurs nous ont à l'œil. L'inauguration officielle de notre nouveau pôle de traumatologie est prévue dans moins de trois mois. Il me faut une équipe de choc pour relever le défi et un nouveau chef de service. Alors voilà : vous voulez le poste ?

La suite n'était pas difficile à deviner.

Jacob claqua la langue d'un air mécontent, et Michelle s'empourpra de colère.

— Vous voulez que je concoure pour un poste qui est déjà le mien ? Je comprends que vous m'ayez remplacée pendant mon absence, mais je suis là maintenant. Alors, je ne vois pas la nécessité de cette mesure.

— Dis donc, cocotte, objecta Jacob, ce poste est autant le mien que le tien, à présent.

Et puis quoi encore, Casanova ? Passe ton chemin. Ce poste, c'est une question de vie ou de mort.

Telle fut la première réponse qui vint à l'esprit de Michelle, mais pour ne pas envenimer la situation, elle décida de ravaler son animosité.

— Excuse-moi, Jacob, mais c'est moi qui occupe la fonction. J'en connais toutes les ficelles. Je connais le personnel. Je suis là, prête à travailler. D'autres occasions vont certainement s'offrir à toi.

« S'offrir à lui »... Formulation bienvenue, vu la façon dont il occupait son temps libre d'après Rebecca.

Dans un petit rire amusé, il lui tira discrètement la langue, ou du moins fut-ce ce qu'elle choisit de croire alors qu'il s'humidifiait les lèvres, déclenchant en elle une sensation inattendue et inopportune qu'elle s'empressa d'étouffer.

Arrière, Bec-Sucré !

Elle regarda son patron, qui paraissait ailleurs.

— Si je comprends bien, Andrew, je pars en mission à l'étranger pendant quatre mois pour aider des populations en détresse, et quand je reviens, je dois me bagarrer pour garder mon travail, et contre *lui* en plus ! Je parie qu'il s'est déjà tapé la moitié des infirmières.

— La moitié qui est jolie, oui, évidemment ! provoqua Jacob.

Mais elle ne trouvait pas ça drôle. Elle pensa de nouveau à Rebecca. Sa chère et douce Rebecca, si joyeuse.

— Je me plais bien ici, reprit Jacob. Alors, je suis partant pour relever le défi. Advienne que pourra. Et toi, Mich ?

Elle tolérait que les gens qu'elle connaissait et en qui elle avait confiance l'appellent « Mich », mais entendre ce petit nom dans sa bouche à lui la mit en rage. Elle se dressa de toute sa hauteur, et il l'imita en rectifiant son nœud de cravate.

Elle avait beau mesurer un mètre soixante-quinze pieds nus, elle devait lever la tête pour regarder dans les yeux son séduisant rival.

— Ce que j'en dis ? répéta-t-elle à l'adresse des deux hommes.

Elle avait croisé les bras sur sa poitrine pour ne pas leur donner le plaisir de les agiter comme une sale gosse en crise. Elle ne pouvait pas se permettre de faire l'enfant.

Elle prit le temps de récapituler mentalement la situation.

Après son départ, le service n'avait pas pu se gérer tout seul, et il avait fallu faire appel à Jacob Peterson. Mais maintenant, elle avait besoin de récupérer son travail... et sa normalité. Il fallait que ce type s'en aille pour qu'elle puisse de nouveau se glisser dans son cocon. Elle n'avait pas de plan B. Quoi que Jacob ait représenté ou pas pour Rebecca, elle devait remporter cette compétition. Elle n'était pas sûre de pouvoir se relever si elle était de nouveau mise à terre.

— Je suis partante, déclara-t-elle.

— Parfait, dit Andrew. Dans six semaines, je déciderai qui de vous deux prendra la tête du nouveau pôle.

Le sourire de Jacob découvrit ses dents d'un blanc nacré.

— Six semaines à travailler ensemble ? Comment vas-tu réussir à me résister, sans même parler de gagner ?

Elle le toisa ostensiblement des pieds à la tête, ignorant le frisson que lui procurait la vue de son corps sculptural.

— Ne t'inquiète pas, je survivrai.

Elle lui tendit la main. Il la serra et la retint un instant, ce qui lui permit de savourer la chaleur de sa peau.

— À voir, dit-il. En tout cas, nous allons bien nous amuser.

Après que Michelle eut quitté le bureau directorial pour aller travailler, dissimulant mal son malaise et sa colère, Jacob resta en tête à tête avec Andrew Chambers.

À dire vrai, il comprenait très bien son indignation. En fait, il la partageait. Mais, contrairement à elle, il n'avait pas su se révolter sur le moment. Pourtant ce travail, malgré sa dureté certains jours, était à présent le centre de sa vie. C'était grâce à lui qu'il se levait tous les matins, même s'il ne savait pas trop où il en était dans sa vie personnelle.

Dans le service et au bloc, le Dr Jacob Peterson était un modèle de dévouement et de sang-froid. Chez lui, face aux cartons de déménagement et aux regards qui lui reprochaient ses nombreuses absences, il se sentait perdu, dépassé. La direction d'un centre de traumatologie ne l'effrayait pas, mais pour gérer son foyer il avait besoin de temps, de sécurité. Il avait besoin de ce poste.

Il s'était retrouvé comme sidéré devant cette femme fougueuse qui semblait l'avoir pris en grippe à la seconde où elle l'avait vu. Le fait qu'il ait couché avec sa meilleure amie n'avait sans doute rien arrangé, même si Rebecca n'avait certainement rien dit pour monter ainsi son amie contre lui. La nature de leur relation avait en effet été très claire entre eux : ce qu'il se passait en mission y restait. Ils avaient d'abord été collègues et amants ensuite. Pour se sentir moins seuls, tout bonnement. Une fois rentrés de l'expédition, ils ne se seraient même pas téléphoné.

A priori, Michelle paraissait du genre à se battre loyalement. Malgré tout, il n'était pas à l'abri d'un coup bas de dernière minute. Elle ne semblait pas non plus du genre à avoir prononcé un vœu de chasteté…

— Bon, ça s'est bien passé, commenta Andrew, interrompant le cours de ses pensées.

Jacob regarda son patron sans comprendre.

— Qu'entendez-vous par « bien », exactement ?

Andrew s'essuya la bouche avec sa serviette.

— Michelle adore son travail, et elle en a bavé ces derniers temps. Les derniers mois n'ont été faciles ni pour elle ni pour vous. Je me rends bien compte qu'une période de réadaptation est nécessaire quand on a travaillé là-bas. Mon problème à moi est de trouver la bonne personne pour le poste. C'est cela qui nous financera. Les investisseurs achètent des gens, Jacob, pas de la médecine. Ils veulent un visage contre leur argent. C'est comme ça que ça marche.

Impossible de contester cela.

— En tout cas, ça ne facilite pas les choses, dit Jacob d'un ton dégagé. Êtes-vous prêt à affronter la situation ?

Il essayait de se couler dans le personnage insolent et plein d'assurance qu'il jouait pour se donner de la force lorsqu'il en manquait. Il devait quitter le bureau d'Andrew sans céder à la panique qui menaçait de s'emparer de lui à la pensée qu'il allait peut-être perdre son travail, quand vint la réponse d'Andrew Chambers.

— Ce serait plutôt à moi de vous poser cette question, Jacob. Michelle se battra bec et ongles. Je pensais vraiment qu'elle allait s'absenter plus longtemps, mais…

Jacob s'appuya contre le chambranle de la porte, se composant l'image parfaite du médecin calme, maître de lui et décontracté qu'il incarnait.

Il lui suffisait de tenir le coup quelques petites semaines sans craquer, et avec un peu de chance tout tournerait bien, à l'hôpital comme chez lui. Lorsqu'il avait postulé à St. Marshall, il ne pensait qu'à se faire embaucher, acheter une maison et absorber le choc du changement de vie. Aujourd'hui, il devait mener un combat supplémentaire. Il ne pourrait séparer le professionnel du privé que lorsqu'il aurait obtenu la direction du pôle de traumatologie. Il serait alors en mesure d'affronter les promesses non tenues et les terreurs nocturnes.

— Ce n'est pas grave, Andrew, assura-t-il. Comme je vous l'ai dit quand vous m'avez recruté, je mettrai tout en œuvre pour continuer de travailler ici.

2

Michelle entra lentement dans la gigantesque salle de réception où était organisée la soirée de collecte de fonds, dans un des hôtels les plus luxueux du Surrey.

« Nous allons bien nous amuser. »

Elle n'aurait pas imaginé que cette prédiction de Jacob se réaliserait aussi rapidement et sans échappatoire possible.

Elle avait donc sculpté ses cheveux auburn au fer à friser puis enfilé sa petite robe noire chic et les chaussures à talons assorties qui lui allongeaient les jambes – la tenue de secours qu'elle gardait pour les mondanités professionnelles incontournables. Le « réseautage », comme on disait actuellement.

Le terme la faisait frissonner d'horreur mais, que ça lui plaise ou non, la santé était devenue une affaire commerciale : il fallait trouver des investisseurs pour appuyer les démarches ainsi que pour financer et tester de nouveaux traitements qui repoussent les frontières de la médecine et sauvent des vies. Aussi odieuse qu'en soit l'idée, c'était la réalité : la santé, voire la vie d'un être humain, dépendait du coût d'un médicament ou d'un appareil. L'argent imposait sa loi, et ce soir elle devait se soumettre à son diktat.

L'alcool avait commencé à libérer les participants : comme toujours dans ce genre d'événements, lorsque les bouchons de champagne sautaient, les langues se déliaient et les portefeuilles s'ouvraient.

Elle était là pour se vendre aux gros bonnets, pour leur

montrer l'importance vitale et exaltante de la recherche en traumatologie, pour mettre en avant le dynamisme des équipes, leur capacité à réduire la mortalité tout en restant rentables. Elle se savait à la hauteur du rôle. Simplement, il ne lui plaisait pas.

Quoi d'étonnant, quand elle avait opéré dans des blocs qui, contrairement à ceux de St. Marshall, manquaient cruellement de matériel de base, de machines, même de lumière parfois, et où il était impossible de respecter les règles élémentaires d'hygiène ? Là-bas, sauver un malade représentait une course contre la montre, pas contre un tableau de chiffres avec un total en bas.

Que penseraient ces investisseurs de la médecine de guerre ? La trouveraient-ils exaltante ? Y verraient-ils une source potentielle de profit ? Honnêtement, elle en doutait, car ce travail qui s'effectuait à l'autre bout du monde ne les affectait pas directement : il ne se voyait pas ; aucun des mourants ne ferait la une des journaux.

— Je peux vous offrir quelque chose à boire ? demanda Andrew Chambers en lui tendant une des deux flûtes pleines qu'il tenait à la main.

Il était très élégant dans son costume bleu nuit dont la coupe mettait en valeur sa silhouette élancée. En voyant qu'il portait la cravate qu'elle lui avait offerte à Noël, elle pensa à Scott, son ex, à qui elle avait acheté la même.

Scott n'avait jamais admis sa décision de donner la priorité à son travail plutôt qu'à sa vie personnelle, et quand elle était rentrée de sa dernière mission, ils avaient compris tous les deux que leur histoire était terminée.

— Encore ? s'était-il exclamé, l'air incrédule, le jour où elle lui avait annoncé son départ. Tu plaisantes, j'espère ! Quelqu'un d'autre ne peut-il pas y aller ? Tu as une vie ici, Michelle. Une vie avec moi. Ce n'est pas un motif de dispense suffisant ?

Elle l'avait emmené dîner dehors dans l'espoir fou que l'atmosphère d'un restaurant amortirait le choc, mais le miracle ne s'était pas produit. Ils avaient très peu communiqué pendant ses missions. Souvent, Scott ne décrochait même pas quand elle l'appelait. Pour la punir, bien sûr. Ce qu'elle comprenait en partie, car il avait raison, elle avait déjà largement fait sa part. Mais comment lui expliquer qu'elle ne s'en satisferait jamais, parce qu'il y aurait toujours des batailles à mener, des gens à sauver ? Et quand elle rentrait, elle ne pensait qu'aux victimes qu'elle avait abandonnées et ne savait pas comment exprimer ses angoisses. En tout cas, pas d'une façon qui permettrait à Scott de les accepter.

Après Rebecca, elle avait eu besoin de lui, de « son » Scott, de son havre de sécurité, et peu importe qu'il soit à jamais incapable de saisir ce qu'elle endurait.

D'ailleurs, comment l'aurait-il pu ? Il travaillait dans un bureau. Les décisions qu'il prenait, si elles n'étaient certes pas anodines, ne mettaient aucune vie en jeu. Il savait que tous les soirs il rentrerait chez lui sain et sauf. Que, si dure que soit sa journée, celle-ci s'achèverait à 18 heures et qu'il partirait en laissant les problèmes derrière lui. Comment comprendre que la femme qu'il aimait redoutait en permanence ce qu'elle allait trouver derrière la porte ?

Pendant quelque temps, ils avaient joué à former un couple, mais l'homme et la femme amoureux qui avaient emménagé ensemble n'existaient plus. Elle n'était plus que l'ombre d'elle-même. Toute cette période lui apparaissait dans un brouillard. Comme un mauvais rêve qui avait plongé ses terribles racines dans la réalité et qui, à force de la tordre dans tous les sens, avait fabriqué quelque chose de méconnaissable.

Sans hésiter, elle prit la flûte que lui offrait Andrew et la but d'un trait.

— Attention, Michelle ! La soirée ne fait que commencer.

— Je ne le sais que trop, répliqua-t-elle en lui rendant son verre vide.

Avec un sourire, il indiqua de la tête un petit groupe d'investisseurs près du bar.

— Votre rival s'en sort très bien. Laissez-vous aller, conseilla-t-il avant de s'éloigner vers un invité.

Alors qu'elle se tournait vers le bar, elle croisa le regard de Jacob. Constatant qu'il l'observait, elle rougit et se félicita de s'être pomponnée.

Impossible de savoir s'il avait ressenti un serrement au ventre en posant les yeux sur elle, comme elle tout à l'heure en l'apercevant. En tout cas, l'expression de son visage montrait qu'elle ne l'avait pas laissé totalement indifférent.

Elle se laissa admirer quelques instants encore avant d'aller faire la causette aux investisseurs. Très vite, cependant, elle ne put s'empêcher de s'intéresser de nouveau à lui.

Il était passé derrière le comptoir pour préparer des cocktails qu'il faisait ensuite glisser sur le zinc sous les acclamations des invités auxquels ils étaient destinés. Il avait fière allure en smoking noir et chemise blanche portée le col ouvert. Même elle, elle était prête à le reconnaître, au moins en son for intérieur.

— Il est bel homme, n'est-ce pas ? commenta Andrew en revenant près d'elle. Il a du succès auprès des femmes, à ce qu'on dit. En tout cas, il apprécie visiblement d'être le point de mire.

Elle hocha la tête sans répondre.

Elle oscillait entre l'attirance physique et l'agacement d'être impressionnée par le numéro de Jacob. Il tenait l'assemblée entière en son pouvoir. Tout le monde buvait ses paroles alors que, tout en distribuant ses cocktails, il expliquait comment le nouveau pôle de traumatologie de St. Marshall allait permettre de révolutionner les traitements et d'obtenir des résultats jusque-là irréalisables.

— Vous êtes toujours avec nous, Michelle ?

Elle s'arracha à sa contemplation de Jacob et se tourna vers son patron.

— Pardon. Je dois être encore un peu fatiguée. Bien ! Il est temps que j'entre dans l'arène.

Hors de question que les mécènes pensent que ce clone de Tom Cruise était l'unique médecin du service !

Elle approcha, posa sa pochette sur le comptoir et, d'un mouvement de tête, rejeta en arrière la masse bouclée de ses cheveux.

Les yeux de Jacob se mirent à étinceler - de véritables émeraudes dans leur écrin de cils noirs —, et il lui adressa un signe de tête approbateur.

— Mesdames et messieurs, reprit-il en animateur modèle,

j'ai le plaisir de vous présenter la talentueuse chirurgienne traumatologue et ancienne médecin urgentiste en zone de guerre Michelle Forbes. Salue nos amis, Michelle, et dis-moi quel cocktail tu souhaites.

Il la gratifia d'un large sourire, qu'elle lui retourna telle une star, lui montrant qu'elle aussi avait les dents longues.

— Merci, Jacob, répondit-elle avec assurance.

Elle fendit la foule avec force sourires et mots aimables pour rejoindre Jacob de l'autre côté du bar.

— Bonsoir, tout le monde. Comme l'a dit le Dr Peterson, je suis le Dr Michelle Forbes, et je vous remercie d'avoir pris sur votre précieux temps pour venir ce soir. Comme toujours à St. Marshall, notre ambition est d'être à la pointe dans le domaine de la traumatologie, ce que nous permettra sans aucun doute ce nouveau pôle que tous nous envieront.

Elle plaqua une main sur le comptoir et de l'autre montra derrière Jacob une bouteille de son whisky préféré.

— J'ai une devinette pour vous. Vu mon passé et ma boisson favorite, quel est mon cocktail de prédilection, à votre avis ?

Un murmure curieux parcourut l'assistance.

Elle s'autorisa un petit sourire ironique à l'attention de Jacob, qui lui répondit par un sourire qui produisit sur elle un effet ravageur.

Cet homme était si charismatique que c'en était un scandale !

Enhardie par le champagne et par leur rivalité palpable, elle se mit à l'examiner des pieds à la tête, lentement, délibérément, ostensiblement.

Autour de Jacob et elle, les invités murmuraient gaiement entre eux des noms de cocktails, souvent grivois. Jacob se taisait. Il observait simplement la fièvre monter parmi l'assistance.

— Personne n'a trouvé encore ? finit-elle par dire en se hissant sur le comptoir en zinc sous les sifflets bon enfant des spectateurs.

Alors qu'elle entreprenait de se mettre debout tout en restant décente, elle sentit une présence derrière elle et s'aperçut que Jacob avait lui aussi grimpé sur le bar et qu'il lui tendait la main.

Elle hésita à accepter son aide... jusqu'à ce qu'il lui fasse un clin d'œil. Toutes ses réticences s'envolèrent alors.

— Un indice à me donner ? lui glissa-t-il à l'oreille quand il lui entoura la taille sous prétexte de la stabiliser. Au fait, tu es superbe.

— Ah bon ? Toi, en revanche, je te trouve un peu débraillé, répliqua-t-elle en tapotant son sternum bronzé visible par l'ouverture de son col. Et sache que je ne révèle que ce que j'ai envie de révéler.

— C'est noté, docteur Forbes, dit-il d'une voix rocailleuse, fixant sur elle ses yeux verts dont les longs cils noirs augmentaient le charme. À toi de jouer. Tu as la parole.

Finalement, s'aperçut-elle non sans surprise, l'idée d'être embarquée dans cette compétition avec cet homme ne lui déplaisait pas. D'avoir été en contact avec lui et caressée par son regard, elle avait l'impression que son corps entier la picotait. Elle dut faire appel à toute sa volonté pour échapper au sort qu'il semblait lui avoir jeté.

Elle serra ses mains contre sa poitrine et se concentra de toutes ses forces pour se rappeler ce qu'elle était censée dire.

— Bien, énonça-t-elle en direction des invités hilares qui en étaient à leur troisième, quatrième ou cinquième cocktail. Voulez-vous savoir ce que nous faisons à St. Marshall ?

L'assistance explosa en un concert de « oui », et elle se lança dans des explications qui les tinrent captivés.

Un verre s'écrasa sur le parquet ciré dans un tintement de clochettes, suivi d'un hourra, tandis que les derniers fêtards s'en allaient et que les employés de l'hôtel commençaient à nettoyer. Andrew, sur le perron, récoltait des cartes de visite et embrassait les invités joyeusement éméchés.

Michelle était assise au bar sur un tabouret, les jambes en biais. Le pink gin devant elle lui rappelait une fois de plus son amie Rebecca, qui avait adoré cette boisson de fille.

À ce souvenir, elle se mit à sourire.

Pour l'instant, l'alcool qu'elle avait ingurgité agissait comme un anesthésique. Elle espérait que, au fil du temps, elle réussirait à gérer son chagrin sans l'aide d'un produit ou d'un quelconque thérapeute. Non qu'elle ait négligé ses problèmes psychologiques. Elle les prenait même à bras-le-corps, à son avis. Elle connaissait le traitement : le travail, le travail, et encore le travail. St. Marshall lui servait de centre de réadaptation et de foyer. Sans ce poste, elle n'aurait plus rien pour la maintenir à flot.

— Ça s'est bien passé, observa Jacob en prenant place sur le tabouret à côté d'elle. À mon avis, Andrew va être submergé d'appels téléphoniques et va recevoir de bons gros chèques.

Elle opina de la tête et, sans réfléchir, but une goulée du cocktail devant elle avant de grimacer quand elle en sentit le goût.

— Le gin, ce n'est pas ton truc, on dirait ?

— Non. C'est un des invités qui me l'a offert. Tu as passé une bonne soirée, j'ai l'impression ?

— J'ai fait mon travail, c'est tout, dit-il d'un air faussement modeste. Mais toi, tu m'as sacrément surpris. C'est incroyable comme ils ont tous retenu leur souffle dès que tu as commencé à parler ! Tu es vraiment douée, tu sais. Cela dit sans préjuger de la suite…

Et voilà ! Une allusion à leur bagarre professionnelle. Il essayait de la manipuler.

— Je suis douée à ce poste parce que c'est le mien, Jacob. Je l'occupais avant que tu ne débarques, tu te rappelles ? Au fait, pourquoi y tiens-tu tellement ? Tu dois commencer à avoir la bougeotte, non ?

Malgré le calme qu'elle affichait, elle se sentait en danger. Bien sûr, elle pourrait trouver un autre travail, mais c'était de celui-là qu'elle avait besoin. Jacob, lui, n'avait pas d'attaches, pas d'engagements. D'ailleurs, il repartirait probablement en mission après l'ouverture du pôle… Quand il aurait perdu la bataille, bien sûr.

Elle regretterait leurs badinages car, contre toute attente, ils partageaient le même sens de l'humour. Ce soir, elle s'était même carrément amusée avec lui et avait entrevu ce que pourrait être leur collaboration professionnelle – rien à voir, évidemment, avec son physique d'Apollon.

— J'ai besoin de travailler pour vivre, comme tout le monde. Et je pourrais te retourner ta remarque sur la bougeotte. Tu ne sembles pas du genre à te poser longtemps. Pas de projets de départ à l'autre bout du monde dans un avenir proche ?

Pendant qu'il parlait, il était allé prendre dans l'une des armoires réfrigérées une bouteille de bière qu'il se mit à boire au goulot, offrant à son regard hypnotisé la vue de son cou hâlé et du haut de sa poitrine.

— Je ne suis pas du genre à me poser, sur ce point tu as raison, dit-elle. Simplement, j'ai décidé de rester ici... Un long moment, au moins.

D'ailleurs, la simple allusion à un départ « à l'autre bout du monde » lui glaçait le sang.

— Nous verrons bien ce qu'il se passera dans six semaines, conclut-elle.

Jacob hocha lentement la tête, mais il n'était plus là. Son téléphone avait vibré dans sa poche. Il le sortit, plissa le front en découvrant le message et referma son appareil.

— Un problème ? demanda-t-elle. Tu n'es pas d'astreinte, si ?

— Non, pas ce soir. Et toi ?

— Non plus. Je peux donc terminer mon verre avant de partir.

Après avoir jeté sa bouteille vide dans une poubelle qu'un serveur était en train d'emporter, Jacob sortit une autre bière et vint s'asseoir près d'elle.

— Tu sais, dit-il après un silence, avec un petit coup de coude complice qui suffit à lui mettre les sens en éveil, le travail humanitaire... Eh bien, j'ai besoin de faire une pause. Et toi aussi, je pense. Sinon, mon arrivée ne t'aurait pas perturbée à ce point. Je me trompe ?

Aussitôt, elle fut sur la défensive.

— Pour le moment, je ne projette pas de retourner là-bas.

— Ça, c'est ta position officielle. Mais quelle est la vérité ?

Elle reprit un peu de son cocktail, histoire de gagner du temps.

— C'est ma vérité à moi, finit-elle par répondre. St. Marshall m'est indispensable.

Il hocha lentement la tête tout en jouant à déchiqueter l'étiquette de sa bière.

— Je suis un peu dans le même état d'esprit, murmura-t-il. Nous allons devoir rester dans le bateau ensemble, alors.

Sur cette conclusion, il leva sa bouteille presque vide.

— Aux six semaines à venir !

Elle trinqua avec lui sans rien dire.

— Le Comobos, c'était du gâteau par rapport à certains de nos généreux bienfaiteurs de ce soir, tu ne trouves pas ? plaisanta-t-il. J'ai fait la connaissance de Mme Pritchett. Un sacré personnage !

Elle pouffa.

— Tu te plains de Mme Pritchett ? Tu n'as pas vu son mari ! L'année dernière, il a essayé de persuader une de nos infirmières de lui faire une toilette au lit. Et il m'a demandé aussi de venir examiner quelques grains de beauté à des endroits sensibles...

Jacob éclata de rire, et elle s'aperçut alors combien il avait été tendu et comme il semblait apaisé à présent.

Peut-être que St. Marshall lui était aussi nécessaire qu'à elle, après tout ? Un port au milieu de la tempête. Peut-être même réussiraient-ils à s'entendre pendant six semaines ?

— Je t'assure que, son histoire de grains de beauté, c'est de la roupie de sansonnet par rapport à ce que sa femme m'a chuchoté à l'oreille. J'ai cru qu'elle allait m'enlever.

Il fit mine d'être traîné par le col et s'accrocha au bar de ses bras musclés.

Entrant dans le jeu, Michelle lui attrapa les mains comme pour le retenir.

— Lâchez-le, madame Pritchett ! supplia-t-elle, hilare, tandis que Jacob l'empoignait et les faisait descendre tous les deux de leur tabouret.

— Ne t'inquiète pas, dit-il en reprenant progressivement son sérieux. Je te protégerai des Pritchett.

Il s'approcha d'un pas, et elle avança aussi. Plus exactement, ses pieds avancèrent d'eux-mêmes. Quelques centimètres seulement les séparaient maintenant, et ils se tenaient toujours les mains. Elle avait l'impression d'être irrésistiblement aimantée par Jacob, de perdre toute lucidité.

— Bien..., dit-elle pour rompre le silence.

— « Bien » ? répéta-t-il en se collant quasiment à elle. Et donc, maintenant, Michelle, que faisons-nous ? Quelle est la prochaine étape ?

Comme il se penchait sur ses lèvres, elle vit une serviette en papier qui dépassait de sa poche avec une inscription faite au rouge à lèvres. Un numéro. L'écriture d'une femme.

Cette découverte lui fit recouvrer ses esprits.

Elle libéra doucement ses mains et se tourna vers le bar pour reprendre ses distances. Elle vida son verre d'un trait puis, pivotant vers lui, attrapa la serviette en papier et la posa sur le comptoir.

Le papier absorba aussitôt l'anneau de liquide laissé par la bouteille, et le mot « Maria » suivi d'un numéro de téléphone prit l'aspect d'une peinture enfantine, très éloignée de l'œuvre d'une femme essayant de mettre le grappin sur un fringant médecin lors d'une réunion de fêtards huppés imbibés d'alcool.

— La prochaine étape ? Pour moi, ce sera la maison, un bain moussant et mes draps. Je suis certaine que tu peux t'amuser sans moi.

— Hé ! cria-t-il alors qu'elle s'éloignait. Quelle mouche te pique ?

— Aucune. Simplement, je déteste les coureurs imbus de leur personne, et j'ai envie de dormir. À demain matin, 7 heures. Mes amitiés à Maria.

Elle continua d'avancer vers la porte. Elle avait *vraiment* envie de rentrer chez elle se coucher.

— Michelle ? Le « blood & sand », c'est bien ton cocktail favori ?

Elle laissa le claquement de la porte répondre.

Et zut ! Ce Jacob la connaissait mieux qu'elle ne l'aurait imaginé. Le blood & sand était sans conteste son cocktail préféré. C'était bien sa chance de tomber sur un homme qui répondait à autant de ses critères et qui en même temps se mettait en travers de son chemin.

Pourquoi ses jambes se mettaient-elles à flageoler en sa présence ? Quel pouvoir possédait-il donc ? Elle qui avait sauvé des gens sous des bombardements, elle se sentait trop fragile pour faire face à une aventure d'un soir ! Tout à l'heure, quand il s'était approché tellement près, il avait éveillé en elle des émotions qui l'effrayaient, car elle devait garder la tête froide et ne pas mélanger travail et plaisir, comme elle l'avait toujours fait. Et puis, hors de question d'être un trophée de plus sur le mur de ce don Juan ! Elle ne devait pas oublier que Rebecca s'y trouvait accrochée.

Les portes s'étaient refermées sur Michelle et sa réponse, mais Jacob avait vu le mouvement de ses épaules : il ne s'était pas trompé sur son cocktail de prédilection. Il la connaissait. Ou du moins il en avait l'impression.

Étrange, vu le peu de temps qu'ils avaient passé ensemble...

Il retourna derrière le bar pour ouvrir une autre bière et consulter son téléphone.

Pourquoi Ebony l'avait-elle appelé ? Que se passait-il ? Elle aurait dû être couchée à cette heure-là. Il allait la voir dans quelques heures, et il redoutait déjà l'interrogatoire auquel elle le soumettrait et la défiance qu'il lirait dans ses yeux.

Chaque fois qu'il rentrait, il avait l'impression d'avoir à se justifier sur ses faits et gestes. Certes, c'était agréable de se savoir attendu, mais point trop n'en fallait. On a beau dire que la culpabilité est inhérente au métier de parent, il en avait attendu autre chose.

Il se sentit soudain vidé et rempocha le téléphone sans répondre. De toute façon, ça ne servirait à rien à cette heure-là.

Il pensa à Michelle et à leur complicité, tout à l'heure, à la façon dont elle l'avait laissé lui prendre les mains, à son petit hoquet lorsque leurs corps s'étaient frôlés.

Elle représentait une énigme pour lui. Plus exactement, un puzzle dont il voulait étudier chacun des morceaux. Qui sait si certains ne lui permettraient pas de reconstituer son propre puzzle ? Car, aussi troublant que ce soit, ils se ressemblaient sur bien des points. L'avait-elle percé à jour ? Avait-elle su ne pas s'arrêter à son côté frimeur ? Un lien semblait avoir commencé à se tisser entre eux avant de se briser lorsqu'elle avait découvert le nom et le numéro de téléphone sur la serviette en papier.

Au fait, pourquoi ne pas appeler cette Maria et passer la nuit avec elle ? Ou quelques nuits, même. Pour avoir quelqu'un à tenir dans ses bras, ne pas se réveiller seul.

D'habitude cela lui suffisait. Mais les choses avaient changé. Il fallait qu'il devienne adulte, qu'il...

— Vous avez terminé ? demanda le directeur de l'hôtel. Nous allons fermer.

— Oui, je m'en vais, répondit-il en tapotant l'épaule de l'homme.

Comme il hélait un taxi, son téléphone vibra de nouveau.

Un texto encore. D'une femme sans visage, seule dans son lit, et qui aurait apprécié de la compagnie.

Après un moment d'hésitation, il éteignit son téléphone sans répondre, se glissa à l'arrière du taxi et donna l'adresse de chez lui.

Sa fille attendait un bisou de son papa avant de dormir.

3

— Ça va faire mal, s'excusa Michelle auprès du grand gaillard de motard dont la peau disparaissait quasiment sous les tatouages.

Les pieds bien ancrés dans le sol, elle saisit avec précaution l'épaule déboîtée du blessé et huma avec délice la bouffée d'essence qui lui arriva aux narines. Elle n'était vraiment pas normale ! Scott disait que de l'essence coulait dans ses veines. À l'époque, il avait considéré cette bizarrerie comme charmante et non comme un tue-l'amour.

— À trois, on y va. Un... deux... et trois !

Crac !

— Et voilà, c'est fini. L'articulation est en place. Mais plus de moto pendant un moment, d'accord ? L'infirmière va vous emmener passer une nouvelle radio et vous bander l'épaule.

Elle reprenait un peu vie depuis qu'elle était revenue à St. Marshall. Son travail donnait un sens à son existence et l'aidait à remonter la pente moralement. Elle commençait à éprouver...

Elle allait sortir lorsque la porte s'ouvrit devant elle. Un parfum d'eau de Cologne viril et familier l'assaillit.

— Qu'est-ce qu'il a ? demanda Jacob, les yeux délibérément fixés sur le patient.

Ce col ouvert...

Elle vit des images de la soirée de la veille défiler dans sa tête.

Elle avait rêvé de lui la nuit dernière. Elle avait rêvé qu'il achevait de franchir l'espace qui les séparait et se plaquait contre elle. Elle avait rêvé de ses lèvres, certainement empreintes de la chaleur de cette Maria...

Cette pensée l'arrêta dans sa divagation aussi net qu'un seau d'eau glacée.

Stop ! Elle avait un travail à faire. La routine, la normalité, c'était ce dont elle avait besoin actuellement. Cet homme représentait un obstacle à contourner, pas à escalader...

— Contrairement à certains, je ne suis pas arrivée en retard, répondit-elle avec un regard accusateur. C'est moi qui ai pris en charge ce blessé. Chute de moto. Heureusement, il portait un casque et une tenue en cuir. Des contusions, une légère commotion, quatre côtes cassées, luxation de l'épaule. Je viens de la réduire.

— Le déjeuner, dit Jacob.

— Pardon ?

— Le déjeuner. J'ai oublié ma gamelle chez moi. J'ai dû retourner à la maison, d'où mon retard.

— Ah ! fit-elle.

Sans plus prêter attention à Jacob, elle adressa un mot gentil au motard et partit au chevet d'autres malades.

Jacob resta à traîner sur le seuil de la salle de consultation.

— Docteur Forbes ! appela-t-il d'un ton professionnel qui sonnait faux. Vous avez un moment, s'il vous plaît ?

Malgré elle, elle ralentit.

— Vous cherchez quelque chose ?

Il la rattrapa. Il paraissait parfaitement détendu, insouciant même.

— Non, pas vraiment. Je voulais juste savoir comment tu te réintégrais. Tu as certainement remarqué que j'ai procédé à quelques changements. Je t'en aurais parlé hier soir si tu n'avais pas joué les Cendrillon.

Était-ce une simple manœuvre pour engager la conversation, ou craignait-il sa réaction aux modifications qu'il avait effectuées pendant son absence ?

— La nouvelle marque de café dans la salle des médecins est épouvantable, grimaça-t-elle alors qu'ils passaient devant ladite salle. Une initiative mal venue. Le nouveau code couleur pour le classement des dossiers ? C'est à la portée de n'importe qui de coller des pastilles colorées. Ma nièce de deux ans aurait pu s'en charger.

Malgré tout, pour être honnête, elle devait reconnaître que les modifications que Jacob avait apportées se révélaient d'une efficacité agaçante.

— Ta nièce ? Tu n'as pas d'enfants à toi ?

Elle s'arrêta et le regarda.

Il s'arrêta aussi, un poil trop près, et leva les mains en signe de reddition.

— Désolé. Domaine privé. Je voulais juste en apprendre davantage sur toi puisque nous sommes obligés de travailler ensemble.

Ils étaient tous les deux plantés au milieu du couloir, les mains sur les hanches. Les gens passaient sans prêter attention à leur étrange duo.

— Andrew te tient en haute estime, et tu as longtemps dirigé ce service, poursuivit-il. Je pense qu'il serait plus agréable de travailler en bonne intelligence plutôt que de nous livrer à une guerre sans pitié.

Elle lui enfonça sans grande conviction le doigt dans la poitrine.

— Effectivement, j'ai dirigé ce service. Et comment m'a-t-on remerciée ? En me remplaçant par un gros balourd.

Jacob eut un rire amusé.

— Un usurpateur, tu veux dire ?

— Écoute, Jacob, je n'ai rien contre toi personnellement. Simplement, je ne m'attendais pas à trouver cette situation. Je voulais juste reprendre le travail. Pour satisfaire ta curiosité, j'ai une nièce qui trouve sa tante sympa. Pas d'enfants encore. À cause du travail, vraisemblablement. Ce n'est jamais le bon moment. Pas très compatible avec nos horaires.

Jacob hocha la tête d'un air entendu puis ouvrit la bouche pour dire quelque chose, mais hésita.

Bien sûr, il savait de quoi elle parlait. Il était passé par là.

— Bon, je ferais bien d'y aller, dit-elle.

Il s'écarta.

— Quand tu auras une minute, j'aimerais que nous bavardions un peu, Michelle.

Sans rien promettre, elle hocha la tête et s'en alla.

Isaac, un des meilleurs infirmiers de l'équipe dont Michelle appréciait la loyauté tant sur le plan professionnel que personnel, raccrochait son téléphone quand elle entra dans la pièce, s'assit à son bureau et se massa le front.

— Des problèmes avec le Dr Peterson ? demanda-t-il en indiquant du menton Jacob qui rebroussait chemin.

— Non, c'est juste une sale semaine. Andrew nous a mis en concurrence, moi et le Dr Peterson, pour le poste de chef du service de traumatologie. Que pensez-vous de ces deux-là ?

— Vous connaissez le patron, compatit Isaac. Il bluffe. Il était furieux quand vous êtes partie à l'autre bout du monde, il redoutait que ça lui alourdisse sa charge de travail. Il pique sa crise, mais ça lui passera. Son hôpital, c'est son échiquier, et il aime bien que toutes les pièces restent là où il les met. Quant à Jacob, il n'est pas méchant. Beaucoup de frime et un peu d'arrogance, mais c'est un bon médecin. Laissez-lui sa chance, Michelle. Ne vous fiez pas aux apparences.

— Vous avez raison.

Elle allait demander à Isaac ce qu'il savait d'autre sur Jacob quand son biper vibra.

— Arrivée de blessés, annonça-t-elle, oubliant tout le reste.

Alors qu'elle se précipitait dans le couloir, ses baskets crissant sur le sol ciré, elle sentit une présence masculine à ses côtés.

— C'est le bon moment pour parler ? demanda Jacob dans un clin d'œil en trottinant comme s'il faisait un petit jogging par un beau dimanche matin.

D'où sortait-il ? S'était-il caché dans une encoignure pour l'épier ?

— D'où viens-tu ?

— J'étais presque arrivé à la cantine quand j'ai entendu l'appel et… comment dire ? Mon instinct a pris le dessus !

Il partit comme une flèche sans lui laisser la possibilité de riposter. Dans le désert, elle aurait poussé un cri pour décharger sa frustration et son adrénaline. Ici, c'était difficile.

Gênée par un brancardier qui lui coupa involontairement le chemin et l'obligea à faire un écart, elle dut forcer l'allure pour ne pas être irrémédiablement distancée par le Dr Lafrime. Pour le punir d'avoir voulu la semer, elle lui décocha un coup de coude dans les côtes quand elle le rattrapa sur l'aire des ambulances.

Il fit mine de se recroqueviller de douleur, de façon si théâtrale qu'elle ne put s'empêcher de rire.

— De quoi s'agit-il ? haletèrent-ils en chœur comme le chauffeur de l'ambulance ouvrait les portes arrière.

— Qui est le responsable ? voulut savoir celui-ci, son regard allant et venant entre elle et lui.

— Moi, répondirent-ils de nouveau en chœur.

Michelle brûlait d'asséner une phrase assassine à son rival pour lui prouver qu'elle détenait encore le pouvoir, mais au lieu de cela elle dit :

— C'est lui. Nous vous écoutons.

— Lucas Masterson, douze ans. Il est tombé sur une clôture métallique en voulant récupérer son ballon sur le toit du garage de son voisin. Une des barres lui a traversé le bras droit. Les sauveteurs ont coupé la barre sur place comme ils ont pu. On lui a donné dix milligrammes de morphine. Il n'a jamais perdu connaissance. Les parents étaient au travail. Ils arrivent.

— Merci.

Jacob prit instantanément la direction des opérations.

— Lucas, je suis le Dr Peterson, dit-il en marchant à reculons à côté du brancard. Tu peux m'appeler Jacob, ou même Jake. Le Dr Forbes, ici présente, m'appelle parfois « gros balourd ». Alors, je réponds à peu près à tous les noms.

Lucas, très pâle, les traits tirés, le gratifia d'un faible sourire, et Michelle sentit ses propres lèvres frémir.

— J'ai peur que le football du dimanche ne soit compromis, poursuivit Jacob. À quel poste joues-tu ?

Lucas tourna les yeux vers lui.

— Goal, répondit-il fièrement. Je suis dans l'équipe des Jets. On a gagné ce matin. J'ai arrêté un penalty.

Jacob leva le poing avec enthousiasme.

— Bravo ! On devrait t'embaucher dans notre équipe. On est à la ramasse en ce moment. Au point que j'ai jeté mon maillot après la défaite contre les Spurs, le week-end dernier.

Lucas eut un rire un peu enroué et assourdi, mais un rire néanmoins.

— Mon père trouverait ça drôle. Il adore les Spurs.

Ils étaient arrivés dans un box à présent, et Jacob et Michelle baissèrent chacun de leur côté la ridelle de sécurité.

— Docteur Forbes, nous sommes en présence d'un fan des Spurs. Surveillez-le bien.

Lucas fut pris d'un fou rire, et le cœur de Michelle fit un bond dans sa poitrine.

Le petit reprenait des couleurs. Un mieux qui ne s'expliquait pas uniquement par l'effet des antidouleurs. Jacob savait s'y prendre avec les enfants. Peut-être avait-il lui aussi des nièces quelque part ?

— J'ai mal, gémit Lucas en arrêtant de rire.

D'une seconde à l'autre, il était passé du garçonnet courageux au petit enfant apeuré.

Vivement que ses parents arrivent, songea Michelle en échangeant un coup d'œil navré avec Jacob.

— Écoute, Lucas, dit-il en fronçant le nez comme pour s'excuser de ce qu'il allait annoncer, on en arrive au moment pas très drôle. Il faut qu'on t'enlève cette barre d'acier du bras. D'autant plus qu'elle est probablement pleine de microbes. Tu comprends ?

Lucas hocha la tête avec méfiance.

— Tu vas attendre que papa et maman soient là ?

— Oui, bien sûr. De toute façon, il faut qu'ils signent une autorisation, mais nous allons d'ores et déjà te faire une piqûre contre le tétanos. Ensuite, quand tes parents auront donné le feu vert, nous t'endormirons, et à ton réveil, la barre sera partie et ton bras recousu. N'est-ce pas, docteur Forbes ?

Michelle acquiesça de la tête en souriant.

Le petit se détendait miraculeusement. Jacob avait vraiment un don. Cette facette paternelle de lui était une révélation, après la chaleur de ses mains sur ses hanches et la serviette en papier. Que contenait sa poche, à présent ? Des sucettes et des gommettes ? Pourquoi, alors qu'elle croyait avoir cerné ce séducteur, lui apparaissait-il totalement différent ?

Elle se sentait prise de vertige.

Le cours de ses pensées fut interrompu par l'irruption dans le box d'une femme rousse visiblement inquiète.

— Lucas !

La nouvelle venue se décomposa en jetant un regard à son fils. Elle avança jusqu'au chevet du petit, lui prit la main et l'embrassa sans fin sur la joue. Il essaya d'esquiver cette effusion tout en souriant. Un homme aux poches bourrées d'outils divers arriva sur ces entrefaites, aussi livide que sa femme.

— Mon Dieu ! Lucas ! s'écria-t-il d'une voix qui se brisa légèrement. Ça va, fiston ?

— Oui. J'ai mal, mais Jacob va me faire une piqûre, et ensuite il va soigner mon bras.

Dans un sanglot, sa mère le serra avec précaution contre elle. Elle n'osait pas regarder la blessure de son fils. Son mari non plus. Ils ne s'intéressaient qu'à son bien-être. Ils ne lui adressèrent aucun reproche, ne l'effrayèrent pas avec ce qu'il aurait pu arriver. Ils lui parlèrent tout simplement, saisissant toutes les occasions de l'embrasser et de le toucher comme s'ils craignaient de le voir disparaître sous leurs yeux.

— Michelle ?

— Oui ? répondit-elle en sortant de sa rêverie.

Jacob, sourcils froncés, la dévisageait entre ses paupières mi-closes.

— Je vous demandais si vous étiez libre pour m'assister au bloc, docteur Forbes.

— Bien sûr, avec plaisir. Monsieur et madame Masterson, vous voulez bien me suivre jusqu'au poste des infirmières pour remplir une décharge et une fiche de renseignements ? Lucas va être emmené au bloc. Ne vous inquiétez pas, il est entre de bonnes mains.

Une demi-heure plus tard, quand Michelle entra dans la salle attenante au bloc, en tenue pour l'opération, Jacob se savonnait vigoureusement les bras, et elle se félicita de ce que la mousse cachait ses muscles, car bizarrement, même de près, elle ne lui trouvait aucun défaut. Elle cherchait désespérément une imperfection qui l'aurait aidée à l'écarter de ses pensées.

— L'idée de m'assister ne te contrarie pas trop ?

— Pas du tout. Je t'ai dit que tu pouvais prendre Lucas en charge. Je sais travailler en équipe. Je pense être capable de survivre à une opération avec toi.

— Tu as vécu pire, je suppose, observa-t-il en la scrutant entre ses paupières mi-closes tandis qu'ils se lavaient les mains de concert. Après mon retour, on m'a raconté ce qu'il s'est passé là-bas. C'était dur, mais tu es revenue en un seul morceau.

Elle s'immobilisa. L'espace d'un instant, elle ne sut plus où elle était. Et puis, elle reprit ses esprits, se remit à se frotter les doigts les uns après les autres et en profita pour se pincer, afin d'empêcher son esprit de s'évader.

Jacob avait-il enquêté ? Il n'était sûrement pas au courant pour Rebecca, ou il n'aurait pas parlé d'elle avec autant de légèreté. Car il était sensible, elle le savait à présent.

— Qu'est-ce qu'on t'a raconté exactement ?

— Je sais quelle tournure ont pris les événements, répondit-il après un long silence. Et que tu as eu de la chance de t'en sortir.

De la chance ? Quel euphémisme ! Certains jours, elle avait l'impression d'être encore coincée là-bas. Peut-être qu'une partie d'elle ne s'échapperait jamais de la chaleur et de la mort de cette journée. Mais elle était rentrée chez elle et pouvait exercer son métier. Elle avait une raison de vivre. Que demander d'autre ?

— Je n'utiliserais pas le mot « chance » pour décrire ce que j'ai vécu.

— Je sais, mais tu en connais de plus appropriés ?

Regrettant d'avoir parlé un peu sèchement, elle changea de sujet.

— Tu projettes d'y retourner ? demanda-t-elle.

Au moment où elle posait la question, elle s'aperçut que la réponse lui importait beaucoup, mais il était temps à présent de passer au bloc. Deux infirmières en tenue stérile intégrale les attendaient pour leur mettre des gants et une blouse.

Personne ne parla jusqu'à ce qu'ils rejoignent Lucas, déjà anesthésié.

— Alors, tu projettes d'y retourner ? répéta-t-elle avec une certaine urgence.

Le visage de Jacob était caché par son masque, mais ses yeux brillaient toujours de leur éclat hypnotisant d'émeraude.

Elle vit son front se plisser.

— Vous vous inquiétez pour moi, docteur ? Je dois avouer que cela me touche...

Ils avaient commencé à extraire petit à petit la barre de métal du bras du gamin en recousant les tissus au fur et à mesure, car une hémorragie incontrôlable anéantirait l'espoir de sauver ce bras dont Lucas avait besoin pour embrasser la vie qui l'attendait.

— Non, je ne m'inquiète pas. Je suis curieuse, plutôt. Saignement !

Ce dernier mot avait à peine quitté ses lèvres que Jacob était déjà en train de suturer le vaisseau.

— Merci. J'ai mis un terme à mes missions à l'étranger, inutile de te faire du souci. Quoi qu'il arrive, tu ne me renverras pas au front. Et toi ?

En une fraction de seconde, la réponse s'imposa à elle, et sous le regard perçant de Jacob, elle se sentit aussi vulnérable qu'un malade sur la table d'opération. Elle s'immobilisa avec en main le clamp que lui avait tendu l'infirmière. Elle sentait le froid du métal contre sa paume mais était momentanément incapable de l'utiliser.

Jacob, lui, n'avait pas interrompu son travail.

— Il y a un autre saignement, docteur, dit-il. Il faut le stopper pour que je puisse retirer le reste de la barre. Tu y es ? Je compte. Trois, deux...

Heureusement que son masque dissimulait son trouble.

— Un, acheva-t-elle en plaçant le clamp. Voilà. Dès que la barre est sortie, je suture.

Jacob lui décocha un regard dont le vert était intensifié par les lumières de la salle. Elle eut l'impression, sans pouvoir l'affirmer, qu'il souriait derrière son masque, et elle fit une moue derrière le sien tandis qu'ils posaient tous les deux une main sur la barre de métal. Leurs doigts se frôlèrent pendant que Jacob entamait un nouveau compte à rebours.

Ils étaient à présent deux engrenages d'une même machine parfaitement huilée. Il était bon. Aussi bon qu'elle, en fait. Inutile de faire des phrases pour se comprendre, un mot suffisait. Guidés par l'urgence, ils anticipaient ce qu'allait faire l'autre, elle avait presque la sensation que les mains de Jacob étaient des extensions des siennes.

— Ils ont déjà travaillé ensemble ? murmura avec admiration une des deux infirmières à sa collègue.

— Non, jamais, répondit l'autre. C'est dingue, hein ?

Michelle jeta un regard en coin à Jacob pour voir s'il avait entendu. À son clin d'œil complice, elle comprit que oui.

Il camoufla son rire dans un toussotement, et elle le fusilla du regard, ce qui redoubla encore sa « toux ».

— Dis donc, Lucas, c'est une fichue journée, tu ne trouves pas ? dit-il, les yeux pétillants, prenant à témoin toutes les femmes de la salle.

L'incorrigible séducteur !

— Allez ! Activons-nous pour que ce garçon retourne dans ses buts.

La circulation du sang revenait à la normale. Le bras rosissait déjà, tous les réflexes et les muscles fonctionnaient. Le petit avait eu une sacrée chance !

— La réponse est non, chuchota-t-elle quand ils eurent fini de recoudre. Je ne pars plus à l'étranger non plus.

Elle évita d'en dire plus pour ne pas raviver le souvenir de la liaison de Jacob avec Rebecca. Ses sentiments vis-à-vis de cet homme étaient déjà assez embrouillés sans en rajouter. Elle n'arrivait pas à faire cohabiter ces deux mondes. Pas encore. Après l'excitation et la décharge d'adrénaline générées par l'opération, elle se sentait chancelante, épuisée.

— Par choix ou sur le conseil de ton thérapeute ? lui demanda Jacob quand les deux infirmières furent parties transférer Lucas en salle de réveil et qu'ils se retrouvèrent seuls devant le lavabo de la salle attenante au bloc.

— Je n'ai pas eu besoin de consulter de psychologue.

Jacob la gratifia d'un regard trop insistant à son goût.

— Tu plaisantes, j'espère ? Aucun suivi, même ici ? Andrew était d'accord ?

Andrew était loin de tout savoir.

— Bien sûr. La mission s'est mal terminée, et voilà. Ce n'est ni la première ni la dernière fois. Je suis saine et sauve.

Enfin, suffisamment raccommodée. Elle s'en sortait.

Ses tremblements l'avaient reprise après la fin de l'opération. Elle dissimulait ses mains autant qu'elle le pouvait. Elle serra les poings et s'astreignit à se ressaisir. Avec succès, car quand elle desserra les doigts, ceux-ci ne tremblaient plus.

Jacob quant à lui n'en croyait pas ses oreilles.

Andrew avait laissé Michelle revenir à l'hôpital et se battre pour garder son poste sans s'assurer qu'elle avait récupéré psychiquement ?

Il avait appris ce qu'il s'était passé au Comobos, comme tout le monde. Pas dans le détail, mais assez pour savoir qu'il y avait eu des morts. Beaucoup de morts. Certes, Michelle était rentrée, mais qu'avait-elle laissé d'elle-même là-bas ?

Personnellement, il savait qu'il avait effectué là sa dernière expédition. Même sans les changements intervenus dans sa situation familiale, il en aurait terminé. L'appel de chez lui avait juste accéléré les choses. On ne trompe pas éternellement la mort.

Sans s'en apercevoir, il se retrouva aux côtés de Michelle.

— Michelle, je t'ai vue, au bloc, avec le clamp. Je te vois maintenant. Et je sais ce que tu as traversé.

— Et alors ? répliqua-t-elle, le visage sans expression. Toi aussi tu as participé à ce genre d'expéditions, tu sais comme c'est dur. Je vais bien. Je travaille, je mange, je dors. Tout ce qu'il y a de normal. Le clamp, c'était juste un accident. Regarde mes mains. Tu les vois trembler, peut-être ?

Il endossa mentalement son costume de médecin et la déshabilla du regard pour l'ausculter.

Elle avait étouffé son humanité pour se transformer en un médecin robotisé, fonctionnel, un docteur-robot qui marchait et parlait, comprit-il soudain. C'était un mode par défaut qu'il avait lui-même utilisé pendant des années jusqu'à ce cela ne fonctionne plus du tout. Jusqu'à ce qu'Ebony fasse une entrée fracassante dans sa vie. Il avait pourtant continué à partir et à affronter des situations difficiles. Mais Ebony avait fini par créer une situation plus difficile encore, et il avait dû arrêter. Pour elle. Et pour lui-même aussi, à bien y réfléchir.

Il toucha l'épaule de Michelle et tourna la jeune femme vers lui alors qu'elle finissait de s'essuyer les mains.

— J'étais censé rejoindre cette mission peu après mon départ, Michelle. Je savais qu'on avait besoin de renforts. Mais je n'y suis pas allé. Je n'étais pas là ce fameux jour. C'est pourquoi je ne comprendrai jamais vraiment. Malgré tout, j'ai l'expérience de beaucoup d'autres journées difficiles, et je sais la culpabilité qu'on éprouve à avoir échappé à la mort quand d'autres y ont laissé leur peau. Je comprends. Mais je n'y suis pas arrivé seul.

Il brûlait de lui raconter sa thérapie et la façon dont sa fille l'avait sauvé par le besoin qu'elle avait de sa présence. De lui parler de sa propre souffrance et des répercussions qu'aurait sur sa vie la perte de ce poste. Il brûlait de lui dire que son cœur meurtri et cabossé entendait l'appel de son cœur brisé à elle. Qu'il ne savait plus où il en était à présent qu'elle était là.

Mais comment lui parler de tout cela ?

Alors qu'il ruminait, Michelle s'approcha et se pencha imperceptiblement vers lui.

Il retint sa respiration dans l'attente de ce qu'elle allait faire. Si elle l'embrassait, il ne pourrait pas s'empêcher de répondre fiévreusement à son baiser.

Mais elle lui tapota la joue comme si elle était sa mère, et ses espoirs se dégonflèrent comme un ballon de baudruche.

— Je vais bien, Jacob, je t'assure. Il faut que j'y aille. Embrasse Lucas pour moi.

Là-dessus, elle sortit.

Il se frotta la joue qu'elle avait touchée.

S'il ne savait pas trop ce qu'elle cherchait, il y avait cependant des choses dont il était certain : d'une, il la désirait tellement que la peau lui picotait quand on prononçait son nom. De deux, elle essayait d'aller bien, sans y parvenir. De trois, il se trouvait face à un dilemme : devait-il se battre pour Michelle ou pour le poste ? En d'autres termes, supporterait-il mieux de renoncer à l'une ou à l'autre ?

4

La journée s'était transformée en une journée de folie : Michelle n'avait pas eu une minute à elle, et pas une seconde ne s'était écoulée sans la présence de Jacob. Les blessés et les décisions à prendre étaient arrivés selon un flot continu en raison des mauvaises conditions de circulation dues au brouillard. Les malheureuses infirmières ne savaient plus où donner de la tête.

Jacob et elle avaient géré ensemble avec efficacité la charge de travail, se lançant des défis, proposant des solutions, anticipant les initiatives de l'autre comme lors de l'opération de Lucas, bref se comprenant sans avoir besoin de parler ou presque. À plusieurs reprises, ils s'étaient opposés avec véhémence sur un traitement, mais toujours avec en tête le seul intérêt du patient.

Il était 20 heures, à présent. Les douze heures d'affilée de sa garde pesaient sur les épaules de Michelle. Elle procéda à la passation des consignes en l'absence inespérée de Jacob pour la première fois de la journée puis libéra l'équipe. Au moment où Isaac franchissait la porte, elle lui glissa des billets dans la main.

— En remerciement pour aujourd'hui. Allez boire un verre ensemble. Passez le bonjour à Bill de ma part et dites-lui d'afficher Lucas au tableau ce soir.

Bill était le gérant du pub du coin situé à deux rues de St. Marshall. Les membres du personnel de l'hôpital y allaient souvent se décharger du stress de la journée autour d'une pinte. Le panneau du mur du fond était réservé aux bonnes nouvelles concernant des malades dont les médecins et les infirmières voulaient se souvenir, comme Lucas par exemple. Une photo ou un nom suffisait.

Michelle était heureuse d'avoir guéri Lucas, rien d'autre. Le fait que ce soit la première opération qu'elle ait réalisée avec Jacob n'intervenait nullement dans son bonheur.

Isaac, gêné, voulut lui rendre l'argent, mais elle refusa.

— Inutile de discuter. J'insiste. Vous l'avez bien mérité, tous. Et n'oubliez pas Lucas, ajouta-t-elle en lui tendant une photo du gamin arrêtant un ballon, donnée par sa mère.

Elle aurait bien voulu s'excuser de son attitude distante d'aujourd'hui, mais elle ne pouvait prendre le risque qu'on lui pose des questions auxquelles elle ne souhaitait pas répondre ou qu'on remarque à quel point elle avait changé.

Scott, lui, avait vu combien elle était différente de la femme qu'il avait connue au début, se rappela-t-elle en se crispant. Il avait vu sa colère, et comment elle s'était repliée sur elle-même. Et il était parti. Elle ne supporterait plus qu'on la rejette. Or, elle était certaine que ses collègues ne comprendraient pas. Mieux valait donc ne rien montrer.

— Dans ce cas, patron, je pense réussir à en convaincre quelques-uns de venir boire un coup.

Isaac fut accueilli par des applaudissements quand il agita les billets en rejoignant ses collègues.

— C'est le Dr Forbes qui paie la tournée, dit-il avec un geste de la main vers elle.

Elle se força à leur sourire et, un peu rassérénée, finit de signer quelques dossiers et prit le chemin de la salle de garde pour son astreinte de nuit.

Une tâche nettement moins oppressante ici qu'en zone de combat. Là-bas, il ne fallait pas songer à se reposer. On était en permanence en alerte, prêt à intervenir dans la seconde. D'ailleurs, elle avait renoncé aux vêtements de nuit chez elle... quand elle rentrait chez elle.

Après la journée qu'elle venait de passer, elle ne se sentait pas le courage de retourner dans son appartement vide pour contempler les cartons qu'elle n'avait pas encore déballés et les tableaux qu'elle n'avait pas encore accrochés.

Isaac et d'autres lui avaient proposé leur aide des mois auparavant, quand Scott et elle avaient décidé de se séparer, mais elle avait décliné leur offre, certaine qu'elle allait s'en sortir toute seule. Malheureusement, elle n'avait toujours pas trouvé ses marques dans cet appartement qu'elle n'avait pas partagé avec son ex. Elle cherchait toujours un « chez-elle » à l'abri des combats, de la mort, des maladies.

Michelle se sentait déprimée, vidée de toute énergie. Elle n'aspirait qu'à poser la tête sur un oreiller, se déconnecter du monde et se reposer.

Mais lorsqu'elle arriva devant la salle de garde, la voix de Jacob lui parvint par la porte entrouverte. Une voix différente de celle qu'elle connaissait. Plus douce. Moins assurée.

— Je sais, ma chérie, je sais. Mais c'est provisoire, comme je te l'ai déjà expliqué. Il faut que je fasse mes preuves dans mon nouveau travail. Après, nous aurons plus de temps tous les deux. Je t'en prie, fais un effort. Pour moi... On se voit demain. Promis. Je t'aime.

De surprise, elle recula d'un pas.

Ainsi, ce type aurait réussi à tomber amoureux ? Tout ce qu'elle avait vu et entendu de lui jusque-là allait à l'encontre de cette hypothèse. Y compris son regard ardent et les mouvements incontrôlés de ses doigts quand elle était à proximité, comme s'il brûlait de la toucher.

Qui consolait-il à l'autre bout du fil ? Quel genre de personne pouvait aimer un homme comme lui ?

Eh bien... sans doute une personne comme elle.

Ne l'entendant plus parler, elle entra et joua la surprise de le trouver là.

Il se tenait debout, son téléphone à la main.

— Oh ! pardon. Je...

— Pas de souci. J'allais me coucher, de toute façon, s'empressa-t-il de la rassurer, avant de lui tourner le dos et de se diriger vers le lit de gauche de la petite pièce.

L'autre lit se trouvait à droite, à côté de la porte de la salle de bains, et le mur du fond était percé en son milieu d'une grande fenêtre par laquelle on voyait les lumières et la circulation de la ville.

Après avoir mis son téléphone à charger, il ôta sa blouse et sa chemise, et se retrouva en débardeur blanc.

Un sosie de John McClane, songea-t-elle, se régalant de ce qu'elle voyait malgré ses yeux fatigués.

— Tu dors ici ? demanda-t-elle en voyant s'envoler ses espoirs de se reposer tranquillement pendant quelques heures. Je suis d'astreinte, alors ce n'est pas la peine qu'on reste à deux.

Et puis, quelqu'un t'attend chez toi apparemment...

Elle se débarrassa de sa blouse blanche qu'elle posa au pied du lit, et de ses baskets qu'elle poussa dessous.

— Tu es toujours là ? attaqua-t-elle quand elle eut terminé.

— Tu n'es pas obligée de rester, répliqua-t-il en la toisant. Je suis ici comme prévu sur le tableau de service. Tu peux rentrer chez toi si tu veux. Aller t'installer. Tu as un appartement à aménager, non ?

— Chef par intérim, marmonna-t-elle.

— Qu'est-ce que tu as dit ? demanda-t-il en avançant vers elle, un éclair assassin dans les yeux.

Elle sentit la chaleur de son corps, et un frisson la parcourut traîtreusement.

Se maudissant de se laisser ainsi troubler par la présence de Jacob, elle planta résolument son regard dans le sien.

— Chef par intérim, répéta-t-elle. C'est ce que tu es, non ?

Une réplique assez minable, elle en convenait.

— Ce que nous sommes tous les deux, je te rappelle ! En tant que chef de service, je suis sur le planning des gardes cette nuit. Donc, rien ne vous retient ici, docteur Forbes.

— OK. Mais il en va de même pour moi. Alors, nous sommes condamnés à cohabiter.

Bon sang ! s'inquiéta-t-elle en le voyant fixer le lit derrière elle. Il allait apercevoir la charlotte qui dépassait de la poche de sa blouse et peut-être se rappeler qu'il l'avait déjà vue quelque part !

Elle se retourna prestement et plia le vêtement de façon à cacher le contenu de la poche.

— Je vais me coucher, annonça-t-elle, guettant une réaction sur son visage, heureusement en vain.

Elle s'allongea face contre le mur et, avec les pieds, tira à elle sa blouse qu'elle serra contre sa poitrine comme un doudou.

Jacob s'agita quelques instants dans son lit, puis sa respiration devint régulière.

Elle s'empara alors de la charlotte et, fermant les yeux, la tête pleine de souvenirs de son amie, elle suivit rêveusement les coutures du doigt.

Ce jour-là Rebecca était revenue en courant du village, impatiente de lui montrer sa trouvaille après une journée passée au dispensaire à soigner et vacciner la population. Toutes deux faisaient de leur mieux pour aider les habitants, leur fournissant des produits de base que les gens d'ici considèrent comme acquis. Tampons hygiéniques, eau potable…

Rebecca avait adoré ces tâches humanitaires. Elle avait adoré aider les gens, se rendre utile. C'était la raison pour laquelle Michelle lui avait proposé de l'accompagner sur cette dernière mission. Scott ne lui adressant quasiment plus la parole depuis qu'elle avait décidé de partir, elle avait compté sur l'enthousiasme de son amie pour rendre l'expédition agréable. Elles aimaient tant travailler ensemble…

— On a fait un tabac aujourd'hui avec la distribution gratuite de capotes et de protections périodiques ! avait clamé Rebecca en déboulant dans le camp.

— Du calme, Becks, avait grommelé Smithy, en train de nettoyer ses bottes.

— Arrête de hurler comme ça, Becks, l'avait sermonnée Michelle en écho.

Mais elle avait vite abandonné son ton d'institutrice, et toutes deux s'étaient raconté leur journée et les histoires de leurs patients dans des fous rires irrépressibles.

— Regarde ce que j'ai acheté au marché, avait lancé Rebecca, les yeux brillants, en tirant de son sac à dos un petit paquet de tissu orange. Nous allons être l'équipe médicale la plus joliment fagotée de ce côté de la frontière.

Pour plaisanter, Michelle avait dit une fois à Kathryn, la mère de Rebecca, que sa fille n'avait pas dû être conçue comme tout le monde, mais probablement déposée sur le pas de la porte par une licorne. Kathryn lui avait rappelé cette anecdote à l'enterrement.

Elle essaya de chasser cette pensée, mais d'autres souvenirs affluèrent.

Becks lui criant de bouger. Smithy par terre, sur le ventre, ses bottes gisant un peu plus loin sur le sol. Des gens accourant de partout. Les camions en flammes, l'odeur âcre des pneus en train de fondre et celle des corps qui grillaient...

— Becks ! avait-elle hurlé.

Dans le chaos et une atmosphère empestant la mort, elle avait attrapé un fusil abandonné et entamé sa course éperdue pour échapper aux rebelles qui la suivaient de près.

— Becks !

— Michelle !

Elle avait fait volte-face et l'avait aperçue, avec sa charlotte orange attachée à sa ceinture comme d'habitude. Elle s'était sentie un peu rassurée : leurs talismans orange les protégeraient...

— Becks, baisse-toi ! Oh nooon ! Tu n'aurais pas dû être là. Pardon, Becks !

— T'inquiète, Michelle. Je suis là... Je suis là.

Elle était aveuglée par la fumée. Elle ne voyait plus Rebecca, mais elle l'entendait. Elle se guidait à sa voix, quand une forme massive lui barra le chemin. Elle sentit un bras vigoureux la ceinturer, une main lui tirer la tête en arrière.

Voilà. C'était le moment redouté. Il fallait qu'elle se batte. Là, tout de suite !

Elle donna un violent coup de tête à l'aveuglette.

Le type qui lui avait renversé la tête en arrière la projeta en avant en libérant un cri de douleur animal, la laissant pantelante.

L'homme l'avait lâchée, elle devait en profiter. Elle devait fuir, courir et...

Elle se mit debout, heurta quelque chose...

Reprenant ses esprits, elle s'aperçut alors qu'elle était à la porte de la salle de garde, dont elle agrippait la poignée comme si sa vie en dépendait.

Un bruit assourdi dans son dos la fit se retourner.

Derrière elle, ni chaos, ni morts. Ni Becks. Jacob était assis par terre, une main sur le nez. De l'autre, il avait attrapé un oreiller dont il retirait tant bien que mal la taie sans la quitter des yeux.

— Tu es revenue parmi nous ? demanda-t-il doucement. Tu te rappelles où tu es ?

Elle aperçut le sang frais dessinant une main sur la taie et se mit à trembler.

— Est-ce que j'ai... ?

Il appliqua la taie pliée sur son nez et se leva lentement.

Elle lui fut reconnaissante de ne pas s'approcher. Elle avait encore l'impression de voir Rebecca devant elle.

D'une main agitée de tremblements, elle commença à se pincer la cuisse. Une fois pour évacuer l'impression de danger. Une fois pour se sentir en vie. Une fois pour ne plus être là-bas.

Les tremblements diminuèrent un peu, et elle quitta la pièce.

Jacob regarda Michelle s'en aller sans rien dire puis se redressa, maudit ses jambes flageolantes et se laissa choir sur son lit.

Il avait déjà reçu des coups de tête, mais jamais d'une femme. Aucun doute, elle lui avait cassé le nez. Il avait senti l'os craquer au moment du choc.

En l'entendant crier « Becks » et se débattre, il avait tout de suite compris qu'elle était passée de l'autre côté du miroir. Elle ne s'était plus trouvée dans la salle de garde mais dans une zone de guerre dont elle n'avait pas conscience d'être sortie.

Qui était Becks ? Le surnom d'un soldat qu'elle avait rencontré ? Par les papotages des infirmières, il savait qu'elle avait eu quelqu'un dans sa vie. S'agissait-il de lui ?

Il serra les poings à l'idée qu'elle se languissait d'un homme. Un homme à qui elle continuait de toute évidence de penser, en bien ou en mal.

Elle ne l'avait pas raté, observa-t-il en apercevant son reflet dans la glace. Elle lui devait des explications. Ebony allait flipper.

À ce moment, la porte s'ouvrit sur... Michelle, chargée d'une trousse de premiers secours.

Elle s'arrêta net en voyant la taie à présent ensanglantée.

— Je suis désolée… Je peux demander à quelqu'un d'autre de s'occuper de toi, si tu préfères.

Elle se tenait dans l'encadrement de la porte, sa silhouette dessinée en contre-jour par la lumière du couloir. Elle se mordillait la lèvre, la mine contrite. Il ne l'avait jamais trouvée aussi belle.

Il se fit violence pour ne pas aller l'embrasser et lui faire oublier chaque minute de l'heure précédente.

— Mich… Entre et ferme la porte.

Après une hésitation, elle obéit et vint s'agenouiller à côté de lui. Là, avec des mouvements rapides et précis de ses mains gantées, elle prépara le matériel. Puis, glissant sur le sol, elle se positionna entre ses genoux et tira doucement sur la taie pour la déposer dans un sac en plastique.

— Fracture du nez, déclara-t-elle avec une grimace. Mais la coupure au-dessus n'est pas trop vilaine. Je peux la soigner. Tu es prêt ?

Elle lui tenait déjà le nez entre ses doigts, qui ne tremblaient plus à présent qu'elle était en mode médecin.

Il acquiesça imperceptiblement de la tête, et en quelques secondes elle avait pansé la plaie sans qu'il proteste.

À dire vrai, il était en état de choc. Oh ! pas à cause du coup de tête ! Il avait connu pire. Non, ce qui avait accéléré son rythme cardiaque et déclenché un flot de souvenirs en même temps qu'une crise de panique, c'était la perte de contrôle de Michelle et la terreur qu'il avait lue sur son visage et sentie dans tout son corps.

Elle n'allait pas bien, et on ne guérissait pas seul de ce genre d'affection. La maladie dont elle souffrait résistait au temps et ne laissait aucun répit à sa victime. Michelle vivait un enfer. Elle l'avait pris pour un ennemi, et elle aurait continué à se bagarrer si son instinct de survie ne l'avait pas réveillée.

Comment l'aider ? D'ailleurs, l'accepterait-elle ? Et y avait-il intérêt ? À présent qu'il avait découvert son talon d'Achille, il lui suffirait d'appuyer là où ça faisait mal, et le poste dont il avait besoin pour élever sa fille dans de bonnes conditions lui appartiendrait. Il ne risquerait plus rien.

Si Michelle avait été un homme, ne serait-il pas déjà dans le bureau d'Andrew Chambers pour dénoncer son rival et décrocher la couronne ? Alors, qu'est-ce qui le retenait ? Le désir de mieux la connaître ? Le fait qu'elle souffre ? Que cette souffrance, il la portait lui aussi comme une chemise à laquelle on est trop attaché pour s'en débarrasser ?

De toute façon, difficile de prendre une décision rationnelle avec elle agenouillée entre ses cuisses...

— Ça va ? demanda-t-elle.

Elle le regardait, le visage barré par une mèche auburn. Il respirait son parfum léger et doux. Il n'y avait plus trace de panique sur ses traits tirés. Elle était de nouveau un médecin, et ses gestes étaient aussi sûrs que d'habitude.

Il l'étudia, essayant de reconstituer le puzzle.

— Jacob ! Ça va ?

— Oui, merci.

— J'ai désinfecté la coupure et l'ai suturée avec des bandelettes de Steri-Strip. Quant à ton nez, il se remettra tout seul. Mais il vaut mieux faire une radio quand même.

Il hocha lentement la tête.

Tous deux savaient que ces informations, le b.a.ba pour un médecin, servaient seulement à remplir le silence. Dans l'intérêt de qui ? Il n'aurait su le dire avec certitude.

Alors qu'elle rangeait le matériel qu'elle avait étalé sur le matelas, il tendit la main sans que son cerveau lui en donne l'ordre. Il glissa ses doigts sur les siens, les emprisonna avec douceur et lui caressa la paume avec son pouce.

— Qu'est-ce que je peux faire ? demanda-t-il avec simplicité.

C'était la question que, personnellement, il aurait aimé entendre au retour de sa dernière mission. La honte de souffrir de problèmes psychologiques et la crainte de paraître manquer de virilité enferment beaucoup d'hommes dans les affres du SSPT, le syndrome de stress post-traumatique. Il avait vu trop de gens terrassés par la dépression. Lui avait eu la chance d'en sortir avant d'arriver à ce stade. Sa fille l'avait sauvé. Aujourd'hui, il essayait d'aider Michelle, mais elle lui ôtait tous ses moyens et brouillait sa vision.

— Michelle, si tu me dis ce que je peux faire, je le ferai.

Elle retira sa main et se releva.

Il l'imita, et lorsqu'ils furent tous les deux debout face à face, il s'aperçut qu'elle pleurait. Quand il l'enlaça, elle ne se débattit pas. Sa joue effleura la sienne, ses larmes silencieuses laissant des traces sur son visage mal rasé.

Un autre visage en pleurs surgit dans sa mémoire. Celui de quelqu'un pour qui il avait prononcé les mêmes paroles il n'y avait pas si longtemps.

Honteux, il sentit son corps réagir.

— Michelle, tu n'es pas obligée de te battre seule. Tu peux t'appuyer sur moi.

Un sanglot échappa à Michelle. Un seul sanglot pour libérer sa douleur avant qu'elle ne la réprime de nouveau. Puis il la sentit se raidir, se transformer en métal froid entre ses bras. Il sentit qu'elle commençait à s'écarter et ne la retint pas.

Il fallait qu'il lui dise.

5

Michelle aurait dû être apaisée par les mots que Jacob lui murmurait à l'oreille. Hélas, il ne pouvait pas l'aider. Personne ne le pouvait. Tout comme personne n'avait pu aider Becks. Ou Smithy. Ou une seule des personnes qu'elle s'était en vain efforcée de sauver. Parfois, la vie n'était qu'un chaos sinistre. Personne n'y pouvait rien. Elle l'avait compris, maintenant.

Malgré tout, la proximité corporelle de Jacob l'avait éveillée physiquement et intérieurement. Il était si réconfortant. Il dégageait une telle chaleur et des ondes si favorables…

Alors qu'elle reculait, elle découvrit avec stupeur dans ses yeux le même désir confus qu'elle ressentait.

Laissant tomber à terre sa trousse de secours, elle posa sa main sur la joue de Jacob et embrassa furtivement ses lèvres.

Aussitôt, il lui prit le visage dans les mains et, lui renversant la tête en arrière, approfondit l'exploration.

Loin de s'y opposer, des papillons dans le ventre, elle répondit à son baiser avec douceur, veillant à éviter son nez.

Le nez qu'elle lui avait fracturé.

Qui donc était cet homme qui l'embrassait avec tant de passion sans rien lui reprocher quand il aurait été en droit de le faire ?

— Ce n'est pas une bonne idée, dit-il dans un gémissement, tout en l'entraînant vers le lit.

— Exact, murmura-t-elle contre sa bouche alors qu'il s'en emparait de nouveau.

— Ce n'est pas raisonnable, insista-t-il. Il faut que nous parlions.

Mais il laissa ses doigts descendre le long de son dos jusqu'au creux de ses reins tout en la serrant contre lui sans cacher la manifestation de son désir.

— Arrête, alors, le défia-t-elle en enfonçant sauvagement les mains dans ses cheveux bruns.

Il interrompit son baiser et s'écarta pour l'étudier.

Elle eut l'impression qu'on lui arrachait son doudou.

— M'arrêter ? répéta-t-il.

Elle considéra son nez enflé, ses yeux magnifiques cerclés de longs cils noirs, autour desquels les coquards commençaient à apparaître.

Elle était immensément triste - pour lui, pour Becks, pour tout. Seules ses caresses réussissaient à atténuer sa douleur. Aussi approcha-t-elle de nouveau ses lèvres des siennes.

— Docteur Forbes ? appela une voix par-dessus des coups énergiques sur la porte.

— C'est Andrew, souffla-t-elle contre la bouche de Jacob.

Ce dernier ne cacha pas son irritation et ne manifesta aucune intention de libérer Michelle.

— Je suis là. Je me change. Que se passe-t-il ?

Elle n'avait aucun message sur son pager. Alors, que voulait Andrew ?

Encore enlacés, ils restèrent là sans bouger, sans oser respirer.

— La porte n'est pas fermée à clé, chuchota-t-elle à l'oreille de Jacob.

— OK. Vas-y, dit-il en l'aidant à se mettre debout. Je sortirai après.

Elle enfila rapidement une blouse propre qu'elle attrapa dans la pile rangée sous le lit. Elle ramassa ensuite ses affaires, attendit que Jacob soit caché, sortit et tira la porte derrière elle.

Andrew, à qui rien n'échappait, baissa les yeux vers le sac en plastique contenant la taie ensanglantée.

— Une infirmière des urgences s'est blessée, expliqua-t-elle en montrant sa trousse de secours pour couper court à toute question. J'ai dû me changer. Tout va bien, maintenant.

— Très bien. Vous avez rendu votre rapport ?

— Pas la peine. C'était une broutille, vraiment.

— Il me faut quand même un rapport. Je l'attends sur mon bureau.

Comme d'habitude, Andrew ne lâchait rien. Un très bon directeur, mais un vrai casse-pieds aussi quand on avait quelque chose à se reprocher. Inutile de continuer à discuter, elle perdrait son temps. Il ne restait qu'à espérer qu'il n'enquête pas. Pour le moment, l'urgence était de l'occuper et de l'éloigner de la porte derrière laquelle était tapi Jacob.

Jacob... Qu'elle venait d'embrasser, de caresser, songea-t-elle, prise de vertige. L'homme qui pouvait lui voler son travail, ruiner sa carrière à St. Marshall. L'homme qu'elle avait frappé alors qu'elle vivait un flash-back si réel qu'elle sentait encore la poussière et la sueur sur sa peau. L'homme qui avait couché avec sa meilleure amie. Celui qu'elle était censée détester parce qu'il était son rival dans la course au poste de chef de la traumatologie et qu'il était le genre de coureur de jupons qu'elle avait évité toute sa vie. Et maintenant, ce coureur de jupons avait découvert la concernant des fragilités qu'il pourrait exploiter.

Si elle perdait le poste, elle sombrerait définitivement.

— Vous vouliez quelque chose ? demanda-t-elle en entraînant Andrew vers le bureau de ce dernier.

— Eh bien..., hésita-t-il, visiblement gêné, je voulais vous parler du poste. J'ai l'impression que tout n'a pas été facile pour vous depuis votre retour de là-bas, et je voulais savoir où vous en étiez.

— Que voulez-vous dire ? Que les choses n'ont pas été faciles, ou que moi je ne l'ai pas été ?

Éviter de se montrer agressive. Arrêter sa parano !

Il attendit d'être arrivé dans son bureau pour répondre à sa question.

— Je n'ai pas géré votre retour comme je l'aurais dû. Je sais que vous avez déjà pris des mesures pour vous réadapter, entre autres en revenant travailler.

Elle se contenta de sourire. Elle ne voulait rien laisser paraître de son état et ne voulait pas parler non plus.

Heureusement, des coups insistants à la porte vinrent la tirer d'affaire.

— Entrez ! cria Andrew.

Jacob passa la tête par l'entrebâillement, le visage disparaissant presque entièrement derrière un dossier médical.

— Excusez-moi, Andrew, mais le Dr Forbes est réclamée d'urgence, dit-il avant de s'éclipser.

Michelle prit rapidement congé d'Andrew et s'élança à la suite du dossier médical sur pattes.

Lorsqu'ils furent arrivés dans le service de traumatologie, Jacob vérifia qu'Andrew ne les avait pas suivis et se découvrit le visage.

— Où se trouve le malade ? demanda-t-elle.

Il désigna son nez et ses yeux au beurre noir.

— Il faut que je passe une radio. Tu m'as enfoncé la moitié du visage.

Il loucha, et elle éclata de rire.

— Le service de radiologie se trouve au premier étage. Tu trouveras plein de personnel soignant pour s'occuper de toi.

— Ah..., dit-il d'un ton rêveur tout en libérant le passage pour un chariot de réanimation. Mais il faudra que je leur explique comment je me suis cassé le nez, pendant ma garde et sans qu'il y ait de témoins.

— Je suis vraiment désolée. Je ne l'ai pas fait exprès. Tu m'as surprise. Je m'en veux terriblement. Je me sens vraiment mal.

— C'est de cela qu'Andrew te parlait ?

Elle hésita. Devait-elle lui mentir ou lui conseiller de se mêler de ses affaires ?

— Non. Je ne lui ai rien dit. Sinon, j'aurais dû lui raconter les circonstances dans lesquelles c'était arrivé...

Elle s'arrêta net et s'adossa au mur, les bras croisés.

— Ah, d'accord, je comprends ! Tu venais me dénoncer pour que je sois obligée de démissionner. Comme ça, tu aurais été sûr de décrocher le poste.

— Quoi ? s'indigna Jacob sans répondre au téléphone qui vibrait dans sa poche. Tu crois que je suis venu voir Andrew pour ça ? Je te cherchais, figure-toi. Je suis venu pour t'aider.

— Pour t'aider toi à t'approprier ma carrière, plutôt, ricana-t-elle.

— Je n'en crois pas mes oreilles !

Il l'entraîna sans ménagement dans la réserve devant laquelle ils se trouvaient et ferma la porte derrière eux.

C'était une grande pièce peinte en blanc équipée de rayonnages chargés de matériel médical.

Il s'assit sur le sol, dos contre une étagère, sortit son téléphone, envoya un message et remit l'appareil dans sa poche.

— Moi aussi, j'ai besoin de ce poste, Michelle, mais pas à n'importe quel prix. Je ne ruinerai pas la carrière d'une collègue pour l'obtenir. Je suis venu te chercher parce que je m'inquiétais.

— Tout va bien pour moi, rétorqua-t-elle en s'asseyant par terre à côté de lui mais pas trop près. Je n'ai pas besoin d'un ange gardien. Je me débrouille très bien toute seule depuis un moment déjà.

Elle ne donna pas de détails sur le désastre de sa dernière relation amoureuse. Elle s'était déjà trop dévoilée. Mais ce qui était fait était fait, elle devait désormais redoubler de vigilance.

Jacob secoua la tête et planta ses yeux dans les siens.

— Je *veux* ce poste. Mais ce qu'il s'est passé dans la salle de garde est oublié. Je n'en parlerai plus jamais.

Elle reçut cette déclaration comme un coup de poing dans le ventre.

Elle ne voulait pas tout oublier. Elle pensa à Scott, si désorienté. À Becks lui criant de fuir. À la charlotte orange couverte de sang gisant sur le sol. Elle faisait souffrir ceux qu'elle approchait. Les événements d'aujourd'hui en apportaient un exemple flagrant.

Pardon, Becks. J'ai insisté pour que tu m'accompagnes. J'avais besoin de toi à mes côtés, et mon caprice t'a coûté la vie.

— On efface tout et on recommence ? proposa Jacob en lui tendant la main.

— Marché conclu. Plus de bagarres.

— Ni de coups de tête, ajouta-t-il.

Elle ne put s'empêcher de rire.

— Non. Plus de coups de tête. Je suis vraiment désolée.

— Hé ! Pas si vite, Zidane, la rappela Jacob en la voyant s'avancer vers la porte. Je me tais à une condition.

À *quelle* condition ?

Elle avala sa salive et se força à se détendre. Certains jours, elle avait mal au ventre et des crampes dans les épaules à force de s'évertuer à afficher une façade « normale » alors qu'elle se débattait avec ses démons. Pour éviter de perdre son calme, elle essaya d'entraîner Jacob sur le terrain du football.

— OK. Quelle est ta condition ? Un match de football dont les bénéfices seraient reversés à une œuvre caritative ?

Mais il ne tomba pas dans le panneau Il la regarda droit dans les yeux, les mâchoires serrées.

— Ça ne va pas te plaire.

— Vas-y ! Je suis une grande fille.

— Cinq séances avec un thérapeute ici, à St. Marshall, et nous sommes quittes.

Le soir, sur le parking de l'hôpital, Michelle jeta ses sacs sur la banquette arrière de sa voiture, poussa le chauffage à fond contre le froid inhabituel de ce mois d'avril et coupa le lecteur de CD qui avait démarré automatiquement.

Après la journée qu'elle venait de passer, l'idée d'écouter une seule note de musique lui était insupportable.

Les souvenirs pesaient particulièrement lourd ce soir. L'hôpital, son champ de bataille à présent, se dressait devant elle avec ses centaines de fenêtres éclairées, et elle était tiraillée entre l'envie de monter au front et celle de prendre ses jambes à son cou.

Elle était brisée et avait voulu essayer de recoller les morceaux en revenant sauver des vies à St. Marshall. Elle voulait se soigner pour Becks, pour Smithy, pour tous ceux qui n'étaient pas revenus. Mais suivre une thérapie, était-ce vraiment nécessaire ? Pourquoi avait-elle l'impression que tout le monde lui mettait la pression ? Ne réussissait-elle pas aussi bien qu'elle le croyait à masquer sa souffrance ?

6

Tôt le matin, Jacob, tout guilleret à l'idée d'aller courir avant de prendre son service, dévala l'escalier de sa nouvelle maison. Mais en arrivant dans le salon, il perdit son entrain devant l'empilement de cartons dont il repoussait de jour en jour le déballage.

S'il procrastinait ainsi, c'était entre autres parce que l'essentiel du contenu de ces boîtes – affiches d'art, coupes et médailles de marathons et de réalisations chirurgicales – ne cadrait plus avec son mode de vie actuel avec Ebony.

En outre, grâce à Michelle qui avait fait émerger en lui quelque chose dont il avait ignoré l'existence, il se sentait changé. Malgré la mauvaise nuit qu'il avait passée à cause de son nez cassé, il s'était réveillé le cœur léger, car les derniers jours avaient été pour le moins « intéressants ». Plus il en apprenait sur sa collègue et rivale, plus il était tiraillé et, oserait-il l'avouer, attiré sexuellement.

Le souvenir de la soirée où Michelle, inhabituellement pomponnée, s'était autorisée à lâcher prise faisait vibrer une corde au plus profond de lui. Il avait découvert ce soir-là une facette d'elle qu'il n'avait pas soupçonnée. Et que dire de l'épisode dans la salle de garde ! Bref, il voulait en apprendre davantage sur elle. La voir plus souvent. Savoir pourquoi elle tenait tant à ce poste.

Qu'est-ce qui la motivait ? Le désir de gagner ? L'ambition ? Ne finirait-elle pas par se lasser de St. Marshall ? Elle ne lui semblait en effet pas du genre à rester longtemps dans sa zone de confort. Comme lui, elle avait besoin de vivre à plein, de sauter dans un avion pour porter secours aux rescapés de conflits et de catastrophes naturelles. Ils étaient taillés dans la même étoffe imbibée d'adrénaline. Voilà pourquoi son acharnement à rester à St. Marshall le déroutait, comme le sien à lui devait dérouter ceux qui le connaissaient dans le métier.

Michelle était-elle à ce point perturbée sur le plan psychologique ?

Elle ne lui avait pas répondu la veille quand il avait posé sa condition comme prix de son silence. Il s'était préparé à ce que cette tentatrice fougueuse qui lui embrouillait les idées et lui tournait la tête rue dans les brancards et se batte pied à pied. Au lieu de cela, elle était partie de la réserve sans un mot, le plantant là comme un idiot.

Quand il l'avait revue, elle s'était comportée comme si de rien n'était. Au point qu'il s'était demandé si elle n'avait pas une jumelle maléfique. Comment expliquer autrement qu'une seule et même personne offre d'elle deux visions si différentes ?

Dans la cuisine, il voulut mettre en marche la cafetière – un des rares ustensiles qu'il avait extraits des cartons —, mais elle ne s'alluma pas. Alors qu'il commençait à pester, il aperçut le mot laissé par la nounou sur la machine.

Plus de filtres. Les ai ajoutés à la liste de courses.

Parfait ! Elle contrôlait la situation. Mais pour autant, pas de café pour lui ce matin.

— Papa ?

Sa fille se tenait en grenouillère sur le seuil de la cuisine.

— Bonjour, mon petit lutin, répondit-il en même temps qu'une panique irrationnelle le gagnait. Il est tôt, dis donc. Tu veux manger ?

— Un toast, s'il te plaît, répondit Ebony en essayant de se hisser sur un tabouret devant le bar.

Il la regarda, ne sachant s'il devait l'aider ou pas. Mais elle se débrouilla toute seule. Avec un sourire hésitant à Ebony, il ouvrit la boîte à pain... et y trouva une demi-miche.

Ouf ! Merci la nounou !

Il fouilla ensuite les placards à la recherche de confiture.

Rien ne lui était familier ici. La plupart du temps, quand il rentrait le soir, il était trop fatigué pour se préparer un vrai repas, et Ebony dormait déjà, ce qui augmentait un peu plus son sentiment de culpabilité. Au moins, avant que Jenny ne les abandonne, Ebony avait eu un parent qui savait où se trouvait la confiture, et elle n'avait pas vécu dans une maison encombrée de cartons.

Il avait été rappelé d'une zone de combat pour en trouver une autre, différente, avec d'un côté une mère qui voulait vivre sa vie sans contrainte et avec laquelle le lien était trop détendu pour être réparé, et de l'autre une petite fille qui avait besoin d'un foyer.

La première nounou qu'il avait embauchée avait jeté l'éponge, probablement découragée par ce père chirurgien beaucoup trop absent qui n'avait aucune idée de la charge de travail que représente un enfant, autiste qui plus est.

Alors qu'il regardait Ebony prendre son petit déjeuner, les yeux rivés sur sa tablette, son cœur se serra de nouveau.

Dès que Susan – la merveilleuse nounou qui avait réussi à mettre un semblant d'ordre dans leur maison – arriverait, il devrait partir se battre pour un poste dont il avait besoin mais qu'il rechignait à prendre à une femme qu'il respectait. Une femme qui l'attirait. De quoi désorienter n'importe qui, surtout sans café du matin !

Il s'assit à côté de sa fille et l'embrassa sur le sommet du crâne, à côté des écouteurs.

— Papa, dit-elle gentiment, c'est le jour de la vente de gâteaux à l'école. Tu as acheté ce qu'il fallait ?

Mince, le texto de la veille au soir !

Les élèves vendaient de temps en temps des gâteaux après l'école pour acheter du matériel sensoriel.

Il était passé en coup de vent au supermarché sur le chemin du retour et avait jeté dans son chariot les ingrédients d'une recette trouvée sur Internet. Il avait ensuite sué pendant trois heures dans la cuisine pour ne produire que série après série de cupcakes immangeables ou, dans le meilleur des cas, non présentables.

— Oui, ma puce, mais papa ne sait pas faire les gâteaux, s'excusa-t-il en lui montrant le fruit calamiteux de ses efforts.

Quelle innocence dans la frimousse de sa fille ! Il devait à tout prix se ressaisir et se montrer à la hauteur.

Il s'accroupit devant Ebony et la prit sur ses genoux.

— Nous pourrions peut-être acheter des gâteaux, ou bien papa peut donner de l'argent ?

Ebony le fixa de son regard sans expression et l'embrassa sur la joue.

— Ce n'est pas grave, papa. Ne t'inquiète pas.

Sur ces entrefaites, la porte d'entrée s'ouvrit, et Susan fit son apparition. Cachant sa surprise devant le calme inaccoutumé de la scène, elle montra un sac de courses plein à ras bord.

— J'ai fait des biscuits au chocolat pour mon Charlie, mais j'ai vu trop grand. Tu veux en apporter à l'école ?

Dans un cri de joie, Ebony sauta sur ses pieds pour se précipiter dans les bras de Susan, et Jacob en profita pour jeter en douce ses créations à la poubelle.

Quand Ebony l'eut relâchée, Susan sortit de son sac une boîte de filtres.

— Merci, Superwoman, dit Jacob en la serrant contre lui comme il l'aurait fait avec sa mère.

Ebony, de nouveau munie de ses écouteurs, esquiva le bisou qu'il voulut lui donner avant de partir mais éclata de rire devant ses grimaces.

— Je vais rentrer tard. Bonne journée à toutes les deux.

Il avait prévu d'aller au travail à pied pour découvrir un peu leur nouveau quartier et peut-être se débarrasser du sentiment de culpabilité qui lui collait à la peau depuis le résultat positif du test de grossesse.

L'ancien Jacob ne posait jamais définitivement ses valises quelque part. Il changeait d'appartement tous les deux ans en même temps qu'il passait à un nouveau travail, un nouveau projet. Le nouveau Jacob avait acheté une maison avec jardin et petite clôture blanche.

À l'hôpital, il n'avait parlé d'Ebony à personne, attendant d'être installé et d'avoir mis en place une certaine routine. Puis ce projet était passé à la trappe avec l'arrivée perturbante de Michelle.

Si lui avait, à ce moment de sa vie, besoin de ce poste ici, à St. Marshall, qu'en était-il pour Michelle ? Et d'ailleurs, en voudrait-il encore après la bataille qui se profilait ? Car, à présent qu'il avait travaillé avec cette dernière, il concevait difficilement sa vie à l'hôpital sans elle. La situation avait beau lui donner la migraine, cette fois il ne se sauverait pas. Cette époque-là était révolue, remplacée par des emprunts à rembourser, des histoires du soir à raconter et des recettes de gâteaux.

Pour le moment, son sac à dos sur les épaules, il admirait le paysage tout en courant.

Il avait obtenu le feu vert d'un des médecins de l'hôpital pour continuer à travailler malgré son nez cassé à condition de se montrer prudent, et il avait hâte de voir la femme qui l'avait démonté au propre et au figuré.

Quarante minutes plus tard, dans sa tenue habituelle – costume et blouse blanche – alors qu'il consultait le tableau de service, il constata avec surprise que Michelle était notée comme « à l'extérieur » pour la journée et qu'elle n'avait pas réservé le bloc opératoire.

À cause de l'autre nuit dans la salle de garde ? Aurait-elle été mise à pied ?

Il sentit son ventre se nouer.

Il interpella une infirmière qui passait par-là, Wendy quelque chose.

— Le Dr Forbes est-elle en congé aujourd'hui ? Son nom ne figure pas sur le tableau.

— Je sais seulement que le directeur a annulé tous ses rendez-vous non urgents de la journée.

Elle se redressa, la poitrine en avant, et lui adressa son plus joli sourire, mais il avait la tête ailleurs. Il marmonna des remerciements et prit la direction du bureau d'Andrew.

— Jacob ! Je partais justement à votre recherche, s'exclama celui-ci, qui avait ouvert la porte au moment où Jacob allait frapper. Le Dr Forbes n'est pas là aujourd'hui, alors il va falloir que vous assuriez. Dites donc, qu'est-il arrivé à votre nez ? Est-ce aux urgences que vous vous êtes blessé ?

— Non, répondit Jacob sans autres précisions.

Instinctivement, il voulait protéger Michelle, lui laisser la possibilité de réfléchir à sa proposition.

Uniquement parce qu'il le devait à une collègue médecin humanitaire. Rien à voir avec leur baiser, ni avec sa personnalité. Il lui donnait une chance, point final !

Il ne poussa pas plus loin l'analyse de peur de se mentir.

S'il était perdu en tant qu'homme, en revanche, en tant que médecin, il avait les idées très claires : il voulait ce poste, et il voulait l'obtenir loyalement. Ce qui se passerait après, mystère. Mais son cœur accéléra ses battements à cette question.

Quand Michelle sortit de l'ascenseur au troisième étage, elle eut l'impression de pénétrer dans une bulle.

Une atmosphère feutrée régnait dans ce service. L'éclairage était chaud et doux. Personne ne courait, personne ne hurlait de douleur. Pas de sang par terre comme parfois aux urgences. Tout semblait vivre au ralenti, elle comprise.

En tenue de ville – jean et joli petit haut – sur son lieu de travail, elle se sentait dépouillée de son armure.

Alors qu'elle avançait dans le long couloir vers l'homme en chemise et cravate assis derrière le comptoir de la réception, elle avait l'impression de marcher dans de la mélasse tant elle peinait à soulever les pieds du sol. Sa mâchoire tremblait, et quand l'homme la regarda avec un large sourire, elle cala.

— Je peux vous aider ?

Il était parfait pour l'emploi avec son sourire et sa prévenance. Maintenant, il fallait simplement qu'elle arrive à sortir sa phrase.

— J'ai rendez-vous à 8 heures, réussit-elle enfin à articuler. Michelle Forbes.

— Absolument, docteur Forbes. Je vais prévenir le Dr Colton que vous êtes arrivée. Je vous en prie, asseyez-vous.

Elle prit place dans un confortable fauteuil, dans un coin, à l'écart d'éventuels autres patients. Son téléphone sonna. Elle s'excusa du regard auprès du réceptionniste qui, toujours avec un sourire aux dents blanches, la rassura.

C'était Wendy qui s'inquiétait.

Attention, M. Dieu de la Traumatologie te cherche.

Elle sourit. Même lorsqu'elle s'absentait, elle pouvait compter sur le soutien de son équipe. Jacob n'aurait jamais la tâche facile avec eux, indépendamment du résultat de leur compétition professionnelle.

— Vous pouvez entrer, docteur, l'appela le réceptionniste.

Elle avala sa salive puis le remercia d'un sourire et se leva, la tête haute. De ses doigts, elle trouva une zone intacte sur sa cuisse gauche et se pinça. Fort.

La douleur lui disait qu'elle était vivante.

En avant marche, soldat. Pincement, gauche ! Pincement, droite !

Elle s'efforça de respirer profondément et posa sa main libre sur la poignée de la porte.

Elle avait mis longtemps à puiser en elle le courage de prendre ce rendez-vous, sans parler de se lever pour venir ici ce matin. Mais elle n'était pas du genre à se défiler, et le défi lancé par Jacob lui avait donné la force de décrocher son téléphone. Elle ne lui en avait rien dit, et de son côté, il n'y avait plus fait allusion.

Ils collaboraient efficacement et en parfaite harmonie. Ils partageaient la même vision de la médecine et bataillaient contre la mort avec la même opiniâtreté. En fait, elle en venait à penser que rien ne l'excitait autant que de travailler avec lui dans les moments difficiles. Un soir, après s'être démenée avec lui toute la journée pour sauver deux blessés par arme blanche, elle avait dû se retenir de lui sauter dessus. Ce dérivatif à l'angoisse qui la rongeait en permanence, quoique bienvenu, était certes frustrant – c'était un euphémisme – mais il lui permettait de sortir un peu la tête hors de l'eau. Elle devait poursuivre dans cette voie et se soigner. Pour elle-même. Pour lui. Pour ses patients. Pour Becks.

Si seulement elle savait comment cesser de s'accuser de la

mort de Becks, comment être de nouveau elle-même ! Jacob l'avait tirée de sa torpeur, mais elle devait à tout prix démêler les fils de leur rivalité pour le poste et de sa liaison avec Rebecca, dans l'intérêt de tout le monde. Du moins, essayer.

— Tout va bien ? s'enquit le réceptionniste de son ton éternellement enjoué.

Elle était restée les yeux fixés sur la poignée comme si elle allait ouvrir la porte vers un autre monde.

Cette pensée la stimula.

— Pas vraiment, finit-elle par avouer avec un sourire qui, elle en était sûre, ressemblait à la grimace d'un clown triste. Mais maintenant que je suis là, autant y aller.

— Non ! Ne me touche pas !

Le petit Benjamin Johnston, un pot de chambre coincé sur la tête, refusait de se laisser amadouer. Câlins, sucette, menaces, grimaces, rien n'y faisait. Jusqu'à ce que Jacob finisse par se rappeler les leçons qu'il avait tirées des crises avec sa fille : devant ce genre de situations, il fallait sortir des sentiers battus et faire preuve de créativité.

Il chuchota quelque chose aux infirmières derrière lui.

— J'ai ce qu'il faut, s'écria Jude. Attendez une minute.

Elle s'élança hors de la salle tandis que Ben continuait à tempêter, ne laissant personne l'approcher, ses grands yeux tristes braqués vers les adultes.

Mme Johnston, assise à côté de son fils, son sac à main serré contre sa poitrine, lui parlait avec douceur, essayant tour à tour de le consoler, de le distraire, de le faire rire, sans résultat. Et lorsqu'elle essayait les câlins, les hurlements et l'agitation du gamin redoublaient. Elle avait l'air fatigué et abattu.

Une fois de plus, Jacob se demanda pourquoi les gens voulaient devenir parents, se lancer dans cette aventure que, en son for intérieur, il ne voyait que comme une vie entière de soucis, d'« astreinte », d'angoisse.

— Voilà ! Une veine que ce soit la soirée curry chez moi.

Jude était de retour et brandissait un grand pot d'huile de coco qu'elle tendit à Jacob.

— Vous croyez que ça va marcher ? demanda Mme Johnston, dont la mine effarée aurait mérité une photo.

— Je vais tenter une tactique qui a fait ses preuves, dit Jacob dans un gentil sourire. Détourner l'attention.

Une tactique qui s'appliquait à lui aussi, réalisa-t-il, car il se laissait distraire en permanence depuis sa rencontre avec Michelle.

— Attention, je me lance...

Il s'assit par terre à côté de Ben et déboucha lentement le flacon apporté par Jude tandis que les infirmières partaient s'occuper de leurs patients. Il enduisit d'huile des mèches de ses cheveux et les dressa sur sa tête en tous sens.

Ben le regardait du coin de l'œil, et peu à peu les cris et les plaintes diminuèrent, comme si quelqu'un avait trouvé sa télécommande. Mme Johnston soupira bruyamment de soulagement.

Jacob lui adressa un clin d'œil. Il trempa de nouveau ses doigts dans le récipient et cette fois se massa toute la chevelure. Quand il s'aperçut dans la glace sur le mur, il vit l'image d'un savant fou... et Michelle qui, debout sur le seuil de la pièce, en tenue de ville, le regardait.

Son cœur cognant fort dans sa poitrine, il détourna la tête et s'appliqua à lui montrer ce qu'il savait faire, à lui prouver qu'il méritait sa confiance, sans analyser les raisons pour lesquelles cela lui importait tant. Il y réfléchirait lors d'une autre de ses nuits d'insomnie.

Dire que, en mission, il avait souvent dormi comme un bébé, bercé par l'agitation autour de lui ! Là-bas, il s'était senti appartenir à un tout, alors qu'ici il s'était senti perdu. Désarmé. Dépassé. Jusqu'à elle.

Ben, pieds nus, s'approcha. Jacob lui tendit le flacon et, après avoir tergiversé un moment, le gamin plongea ses petits doigts dans l'huile. Soudain hilare, il les en ressortit et les montra à ses trois spectateurs.

— Voilà ! Bravo, bonhomme !

Jacob s'huila de nouveau les cheveux en suivant grosso modo le dessin du pot de chambre coincé sur la tête de Ben. Au bout d'un moment, le petit l'imita.

— Allez, bonhomme ! Maintenant, enlevons ce truc, et ensuite tu auras ta sucette.

Comme Ben se penchait vers lui et s'essuyait les mains sur sa tête, il en profita pour tirer avec précaution sur l'objet du délit. Après quelques tentatives, le pot de chambre commença à céder, tandis que Ben faisait signe à sa mère de se joindre à leur jeu.

Quand Jacob le libéra enfin, le petit ne le remarqua même pas, tant il s'amusait à patouiller dans l'huile.

— Oh ! merci ! Merci ! s'écria sa mère dans un sanglot. J'ai cru qu'on n'y arriverait jamais.

Elle serra son fils dans ses bras, riant aux éclats quand il lui saisit le visage entre ses mains au parfum de noix de coco pour lui faire un bisou. Il avait oublié sa mauvaise humeur de tout à l'heure. Tout était rentré dans l'ordre dans son petit monde.

— De rien, répondit Jacob en leur adressant un large sourire à tous les deux.

Le sentiment d'avoir aidé des gens le transportait de joie.

— Je vous conseillerais de ne plus utiliser ce genre d'objet, dit-il en brandissant le pot de chambre. Ça n'a jamais marché chez moi. Ma fille les détestait.

— Et qu'est-ce qui a marché, alors ?

Il s'aperçut qu'il ne le savait pas.

Il était parti en mission, laissant Ebony avec sa mère, Jenny, une infirmière qu'il avait fréquentée pendant un temps mais sans intentions sérieuses, jusqu'à ce qu'elle tombe enceinte. Il avait alors assumé ses responsabilités. Ou essayé en tout cas.

Jenny et lui n'avaient guère partagé qu'une attirance physique, et des métiers avec des horaires qui ne favorisaient pas les rapports sociaux. Élever un enfant ensemble, habiter ensemble, s'était avéré très compliqué. Jenny avait fini par partir. Il était alors rentré de « là-bas » et s'était attelé à sa tâche de père.

— La persévérance, je pense, dit-il honnêtement. Soyez là, encouragez-le dans son apprentissage. Il n'a besoin de rien d'autre. Il y arrivera avec votre aide.

Elle hocha la tête, visiblement plus détendue et confiante.

— Vous vous en sortez très bien, madame Johnston. Ne vous inquiétez pas, il est en pleine forme.

Il se rappela alors Michelle, et les battements de son cœur s'accélérèrent. Il regarda vers la porte...

Elle était partie. Encore une occasion manquée de lui apprendre l'existence d'Ebony.

Le luxe des salles de bains des salles de garde était ahurissant, comparé à la simple bâche tendue au-dessus de piquets et au seau d'eau que Jacob avait connus ! Pourtant, même avec une installation sanitaire moderne, il mit une bonne vingtaine de minutes à enlever l'huile de coco de ses cheveux. Quant à l'odeur, elle flottait encore dans l'air lorsqu'il sortit de la douche.

Il se noua une serviette autour de la taille et entreprit de se frotter la tête avec une autre tout en gagnant la pièce attenante.

— Tu sens comme après un orage sous les tropiques.

Il sursauta en reconnaissant la voix de Michelle. Comme il se débattait avec la serviette qui lui recouvrait la tête, il fut incapable de retenir l'autre, qui se dénoua et le laissa nu comme un ver.

Il découvrit alors Michelle qui le regardait d'un air ébahi, allongée sur le lit du fond.

— Euh, je..., commença-t-il.

— Oh ! je suis vraiment...

Ils se turent, leurs phrases en suspens sinuant autour d'eux comme les volutes du parfum de noix de coco.

— Je ne m'attendais pas à ce quelqu'un vienne ici, dit-il quand il eut recouvré l'usage de la parole. Je suis désolé.

— Ce n'est pas grave, assura-t-elle, un petit sourire aux lèvres. Je suis entrée en catimini. Pour être honnête, je n'ai pas très envie de rentrer chez moi.

Elle le contemplait, se délectant visiblement de ce qu'elle voyait, jusqu'à ce que, gêné, il remédie à son manque de décence.

— Oh ! le spectacle est terminé ? se désola-t-elle, avant d'éclater de rire en le voyant s'empourprer. Je vais te laisser.

Là-dessus, elle se dirigea vers la porte, mais il la rattrapa et plaça sa main sur celle que Michelle avait posée sur la poignée, entrelaçant ses doigts avec les siens.

— Ne t'en va pas. Reste juste un petit peu. En fait, il faut que je te dise quelque chose. J'ai essayé tout à l'heure... D'une certaine façon.

Il aurait voulu lui dire qu'elle s'était trompée sur lui, lui parler de sa fille, mais il était incapable d'articuler le moindre mot. Il avait l'impression d'être transformé en torche vivante, tant il brûlait de désir pour elle. Et, de toute évidence, elle vivait la même chose.

— Je vais te laisser te rhabiller, dit-elle sans grande conviction. Tu me le diras plus tard.

— J'ai du temps, répondit-il d'une voix rauque.

Soudain, il se rappela son absence dans la journée, et il demanda de but en blanc :

— Au fait, où étais-tu aujourd'hui ?

Une ombre traversa le visage de Michelle.

— Au troisième étage. Chez le psy.

Il remarqua seulement alors sa pâleur et ses traits tirés.

Ainsi, elle avait franchi le pas !

Une vague de fierté l'envahit, suivie par une seconde chargée de quelque chose d'autre.

— Pourquoi ? ajouta-t-elle avec un regard espiègle. Je t'ai manqué ?

Ma parole, elle le draguait ! Attention, ce n'était pas le moment d'entamer quoi que ce soit. Il ferait mieux de penser au poste, à...

Mais Michelle avait déjà effacé les quelques centimètres qui les séparaient, et sans lui laisser le temps de réagir, elle posa ses lèvres sur les siennes.

Quand elle s'écarta, trop vite à son goût, il dut mobiliser toute sa volonté pour ne pas la serrer contre lui et lui faire savoir ce que cachait sa serviette.

— Apparemment, c'est moi qui t'ai manqué, s'amusa-t-il.

Mais déjà, son regard rieur avait disparu. Visiblement, elle était de nouveau ailleurs. Probablement dans la pièce du troisième étage où elle avait dû exhumer le passé devant un inconnu impassible.

Il vit sa main libre commencer à pincer sa cuisse à travers son pantalon.

Il la regarda droit dans les yeux, saisit la main coupable et l'embrassa.

— Tu n'es pas seule, tu sais…

Il aurait pu ajouter, comme il le faisait systématiquement autrefois pour encourager les soldats à tenir bon, qu'il était là, qu'il y avait une lumière au bout du tunnel, que personne ne serait laissé sur le bord de la route. Et surtout pas une femme dont il était en train de tomber éperdument amoureux. Une femme qui le poussait dans ses retranchements, lui donnant envie de s'améliorer, de sortir de sa zone de confort. Qui troublait son cœur et son corps. Il se sentait à sa place ici, en ce moment, avec elle. Il voulait l'aider à guérir de son passé, à recouvrer son intégrité. Pour elle, et aussi pour lui.

— Je suis là.

— C'est en partie le problème, marmonna-t-elle, avec une faible lueur amusée dans le regard.

— Dis donc, je crois que tu n'as pas trop à te plaindre de moi, finalement. Simplement, tu refuses de l'admettre parce que tu es une vraie tête de bois. Touchée ! s'esclaffa-t-il devant la mine de Michelle.

La grimace hautaine qu'elle lui adressa lui donna de nouveau envie de l'embrasser. L'embrasser à l'étouffer.

Ses précédentes conquêtes n'avaient été qu'un dérivatif, la satisfaction d'un besoin, un moment de réconfort partagé dans une zone de guerre chaotique, une façon d'oublier une vie familiale ratée où il faisait face cahin-caha aux conséquences d'une brève aventure… Avec une femme qui, à présent, vivait sa vie de son côté, sa fille et son ex-amant loin de ses pensées.

Michelle représentait bien davantage que Jenny. Elle n'était pas une passade. Pour la conquérir, il allait devoir se battre.

— Que voulais-tu dire tout à l'heure, avec cette histoire de pot de chambre pour enfant ? demanda-t-elle, le prenant de court. On aurait dit que tu avais l'expérience de la chose.

— Tu étais là ? demanda-t-il, feignant l'ignorance. Qu'as-tu entendu exactement ?

— Juste que tu détestais ces trucs. Après, on m'a appelée, et j'ai dû partir. Il était mignon, ce gosse, mais pas commode. Je ne m'imagine pas devoir gérer des crises comme ça à longueur de journée. Attention, j'adore ma nièce mais, ce gamin, c'était quelque chose quand même !

Il renonça à lui parler sur-le-champ d'Ebony.

— Ce n'est pas la première fois que je rencontre ce type de situation, dit-il d'une voix monocorde.

Il se rappelait une petite fille toute rouge à force de crier parce qu'elle n'avait pas réussi à faire ce qu'on lui demandait. Il entendrait ses sanglots jusqu'à son dernier souffle. C'est à ce moment que Jenny et lui avaient compris qu'Ebony était différente. Pas pire, juste différente. On leur avait annoncé qu'elle était autiste, et son départ à lui pour l'étranger, imminent, avait terriblement compliqué les choses pour tous les trois.

— Tu voudrais des enfants plus tard ? demanda-t-il en retenant sa respiration.

— Oui. Un jour peut-être. Quand les choses se seront tassées. J'avais toujours pensé en avoir. Mais avec cette vie-là… Tu comprends ?

— Oui, je comprends, répondit-il en essayant de cacher son soulagement et à la fois son inquiétude. À ce propos, je voulais…

Un rire retentit derrière la porte, suivi du fracas d'un objet et d'une ovation.

Michelle, le front plissé, tendit l'oreille pour déterminer s'il y avait un danger.

— C'est probablement cette maladroite de Wendy. Tout lui glisse entre les doigts, maugréa-t-il en se rapprochant d'elle jusqu'à appuyer son front contre le sien.

Il avait besoin de la toucher, de la réconforter, il ne parvenait plus à se retenir.

Elle n'objecta pas, l'attira même à elle avec un petit rire.

— Qu'est-ce qu'il nous arrive, Mich ? chuchota-t-il, incapable de refréner davantage son désir.

Pour la première fois de sa vie pourtant aventureuse, il se sentait comme un adolescent vulnérable, débordant d'hormones et d'incertitudes. Comment s'y prenait-elle ? Lui, un mâle alpha, elle le faisait manger dans sa main gantée de chirurgienne, et le plus extraordinaire, c'était qu'elle n'en avait pas la moindre idée.

À présent, elle se mordait la lèvre, la tête baissée.

De l'index, il lui releva le menton pour que leurs regards se croisent. Il voulait qu'elle entre dans son monde, qu'elle apprenne l'existence d'Ebony, qu'elle comprenne quel genre d'homme il était, quel genre de père il essayait d'être. Il avait besoin qu'elle le voie tel qu'il était par-delà le sang, la mort et la peur. Comme lui l'avait vue, elle.

— Michelle, répéta-t-il, l'amour faisant tambouriner son cœur dans le silence de la pièce, que nous arrive-t-il ? Ressens-tu pour moi ce que je ressens pour toi ?

Il retint son souffle.

La question qui le tarabustait depuis cette première nuit était enfin sortie. Il était terrorisé à l'idée que, après lui avoir brisé le nez, Michelle lui brise aussi le cœur.

— Oui, répondit-elle, les yeux dans ses yeux. Je le ressens aussi.

Sans plus attendre, il tira le verrou de la porte. Puis, lentement, il lui prit le visage entre ses mains et effleura ses lèvres au goût sucré avec les siennes. Il se déplaça ensuite vers son cou, promena sa langue sur son épaule tout en la débarrassant de son haut et se mit à la mordiller. Le gémissement qu'il lui arracha agit comme un aiguillon. La ceinturant avec vigueur, il la souleva de terre, le dos contre la porte de la salle de garde.

Aussitôt, elle lui enlaça la taille de ses jambes et s'agrippa à ses cheveux pour attirer de nouveau sa bouche sur la sienne en un baiser qui ne tarda pas à s'enfiévrer.

— Le lit, souffla-t-elle.

Sans cesser de l'embrasser, il la porta jusqu'au lit, s'allongea près d'elle et la laissa prendre la direction des opérations.

Elle le fit aussitôt rouler sur le dos. À cheval sur lui, les lèvres gonflées par leur baiser, elle se pencha sur sa poitrine.

Il se redressa lentement sans la lâcher. Il l'entourait de ses bras, elle l'entourait de ses cuisses. Elle ne portait plus que son jean et son affriolant soutien-gorge en dentelle noire.

— C'est une mauvaise idée, murmura-t-elle en se penchant

pour lécher les gouttes d'eau qui constellaient encore sa poitrine après la douche.

Il tressaillit, ses muscles se contractèrent.

Michelle poursuivit sa progression vers ses côtes, ses abdominaux, manifestement enchantée de le sentir s'arc-bouter et se contorsionner sous elle, avant de se soulever pour lui enlever la serviette qui ceignait encore ses reins, se donnant ainsi accès à chaque centimètre de son corps.

— Excessivement mauvaise, renchérit-il dans un souffle, en attirant de nouveau sa bouche sur la sienne. Continue.

Dans un rire, elle le bascula en arrière.

Il dégrafa alors son soutien-gorge avec dextérité, révélant ses seins magnifiquement galbés... et une cicatrice sur le côté de son sein gauche.

— Non, la retint-il quand elle voulut se couvrir. Laisse-moi te regarder.

Le chirurgien avait essayé de refermer la plaie le mieux possible, mais c'était visiblement du rafistolage exécuté dans l'urgence avec les moyens du bord. Il s'agissait d'une cicatrice de guerre, et manifestement elle la détestait. Il le lisait dans son regard, qu'elle dirigeait partout dans la pièce sauf vers lui.

— Tu es parfaite, murmura-t-il.

Jusqu'à aujourd'hui, il n'avait prononcé ces mots que pour Ebony. Et en cette occasion aussi, il le pensait très fort.

— Ne te crois jamais obligée de cacher une partie de ton corps. Surtout à moi.

Poussant un « Ah... » de surprise, elle suivit du doigt le tracé de la petite couture argentée le long de sa clavicule.

— Des shrapnels ?

— Oui. Au Qatar. Les derniers jours ont été durs dans notre camp.

Il chassa le souvenir de la douleur fulgurante lorsque la bombe artisanale avait explosé, projetant sur eux une pluie de bouts de métal coupants, de boulons, d'écrous, bref de tout ce qui cause le plus de dégâts. Heureusement - un drôle de mot dans ces circonstances —, la bombe avait été fabriquée par un gamin sans expérience.

— Et la tienne ? demanda-t-il.

Elle plia le bras gauche, révélant une série de zébrures rouges aux bords déchiquetés encore incomplètement cicatrisées.

— Une embuscade, finit-elle par répondre du bout des lèvres. Un de nos blessés était recherché. Les rebelles sont venus dans le camp le récupérer.

Une larme coula sur sa joue et s'écrasa sur les pectoraux de Jacob.

— J'ai pris une balle en voulant me protéger. J'ai cru que mon bras avait été arraché.

Il essuya avec son pouce une autre larme et se redressa pour l'embrasser. Elle l'enlaça et, lentement, il l'allongea à plat dos et l'immobilisa de son corps nu.

— Tout va bien, murmura-t-il sans interrompre ses baisers. Tu es ici. Tu t'en es tirée.

— Toi aussi, rétorqua-t-elle. Mais cela veut-il dire que nous en sommes sortis ? Est-il possible d'en sortir ?

Que lui taisait-elle ? Que cachaient ses yeux méfiants ?

Il ne lui répondit pas avec des mots, de crainte de lui mentir, mais avec ses mains qui la caressèrent et l'attirèrent vers lui. Il aurait voulu qu'ils se fondent l'un dans l'autre, unis contre ce monde de guerres et d'ennemis.

Ils bougèrent ensemble, se soignant mutuellement. Il lui murmura des mots doux à l'oreille, la laissant choisir le moment où elle s'ouvrirait. Il savait que Michelle avait besoin d'être aux commandes, et c'était avec plaisir qu'il tenait le rôle du passager dans ce voyage qui l'amènerait à retrouver son identité.

Tout ce qu'il avait à lui dire aujourd'hui, il le lui dirait avec son corps.

— Tu as ce qu'il faut ? murmura-t-elle.

— En bon soldat, j'ai mon matériel. Et maintenant, assez parlé, docteur Forbes !

7

Un bourdonnement réveilla Michelle. Pour une fois, aucun cauchemar et même aucun rêve n'étaient venus perturber son sommeil.

Elle se redressa légèrement.

Sur l'autre lit, le pager accroché à la blouse blanche de Jacob était allumé. Ce n'était pas un appel d'urgence.

Un mouvement à côté d'elle...

Jacob allongé sur le dos, entièrement nu, la retenait contre lui d'un bras et lui emprisonnait le poignet de sa main libre. Elle essaya de s'écarter, mais il resserra sa prise dans son sommeil en marmottant des mots incompréhensibles.

Ils étaient à mi-parcours dans la course au poste, et la situation se compliquait maintenant qu'elle avait couché avec son rival, ironie du sort, dans la pièce même où elle lui avait cassé le nez d'un coup de tête quelques jours plus tôt. De là où elle était, Rebecca devait s'amuser !

La pensée de son amie lui donna un coup au ventre.

Jacob lui avait-il murmuré les mêmes mots qu'à elle ? Prodigué les mêmes caresses ? Pourtant, il n'avait pas semblé mû par un simple besoin sexuel. Il avait parlé juste. Un homme pouvait-il être un coureur de jupons un jour et vouloir une relation sérieuse le lendemain ?

Avec précaution, elle se dégagea de son étreinte et s'habilla sans faire de bruit.

Elle ne pouvait pas rester. Il fallait qu'elle rentre chez elle.

Qu'adviendrait-il si Andrew les trouvait ? Perdraient-ils tous les deux leur travail avant même d'avoir pu faire leurs preuves auprès des investisseurs ?

Elle entendit Jacob bouger, et elle se retourna, sur le qui-vive...

Non. Il dormait tranquillement, un sourire béat aux lèvres.

Ses affaires à la main, elle s'accroupit à côté du lit, en admiration devant ses longs cils noirs qui frémissaient sur sa peau.

Qu'y avait-il à l'intérieur de cette jolie tête ? Pouvait-elle vraiment lui faire confiance ? Savait-il réellement à quel point elle était amochée ? Et à quel point il l'était lui-même ?

Elle repoussa avec tendresse les mèches noires qui lui barraient le front et découvrit à la naissance des cheveux une minuscule cicatrice qu'elle n'avait pas remarquée auparavant. Elle y promena ses lèvres, comme un murmure dans la nuit.

Elle avait beau savoir que Jacob était son rival et en outre un séducteur invétéré qui avait couché avec l'amie qu'elle continuait de pleurer, elle ne pouvait pas se résigner à laisser tomber leur histoire. Car il ne quittait plus ses pensées, et ils avaient beaucoup de choses à se dire. Dans ces conditions, peut-être devraient-ils se lancer sans trop réfléchir.

On frappa à la porte.

— Docteur Peterson ?

Zut ! L'appel sur le pager devait être urgent, finalement.

Le pager se déclencha de nouveau, mais Jacob dormait toujours et n'entendait rien. Il était épuisé.

Elle ne put retenir un petit sourire de satisfaction à l'idée qu'elle n'était peut-être pas étrangère à sa fatigue.

Elle se mit debout et se regarda dans la glace.

Ses cheveux en bataille trahissant une indiscutable activité nocturne, elle les recoiffa rapidement avant d'entrouvrir la porte sur une des réceptionnistes, une intérimaire d'une vingtaine d'années dont elle ne se rappelait pas le nom.

— Oui ? dit-elle de son ton ferme de médecin.

— Oh ! Excusez-moi, docteur, dit la fille en rougissant et en essayant de voir à l'intérieur de la pièce. Je croyais trouver le Dr Peterson.

— Il est parti... à la cantine. Il y a une urgence ?

— Non, pas du tout, répondit la jeune fille en secouant la tête. Il faut simplement qu'il appelle chez lui. Vous pouvez lui transmettre le message si vous le voyez ?

C'est alors que Michelle remarqua la petite note rose dans la main de la réceptionniste.

Le teinturier, peut-être ? Ou un artisan ? Les personnes qui vivaient seules, comme elle et lui, ne recevaient pas d'appels de chez eux.

— Oui, bien sûr, répondit-elle en arrachant quasiment le morceau de papier des mains de la jeune fille, qui recula de surprise. Je lui remettrai le message, merci. Vous pouvez retourner travailler.

Après le départ de la réceptionniste, elle ferma lentement la porte et jeta un coup d'œil à Jacob qui dormait toujours à poings fermés.

Elle lut alors le mot puis le chiffonna entre ses doigts tremblants jusqu'à en faire une boule compacte.

Comment avait-elle pu être aussi stupide !

Autour d'elle, les draps, les vêtements, les oreillers étaient éparpillés sur le sol. Une odeur de sexe flottait dans la pièce. Elle qui avait cru à la rencontre passionnée de deux corps et de deux esprits, elle ne voyait plus qu'une scène sordide d'une partie de jambes en l'air expédiée à la va-vite sur le lieu de travail. Elle fut submergée de honte, puis de colère contre elle-même. Elle s'était raccrochée à du vent. Elle n'était qu'une conquête de plus sur la liste de Jacob Peterson. Comment avait-elle pu tomber dans le panneau ? Et qu'allait-elle faire à présent que, à peine apparue, la lueur d'espoir qu'elle avait entrevue s'était éteinte ? C'était trop dur. Elle n'allait pas tenir le coup. Et comment remonter la pente ensuite ?

Un sanglot s'échappa de sa poitrine.

Arrêter ! Tout de suite !

Elle ponctua sa réflexion d'un pinçon désespéré à sa cuisse.

Quand elle eut vérifié que la voie était libre, elle sortit en claquant la porte derrière elle et ne s'arrêta qu'une fois dans sa voiture. Elle démarra alors en trombe, sans cesser de se pincer.

Ce n'est que lorsqu'elle se fut enfermée à clé chez elle qu'elle s'écroula et laissa couler ses larmes.

Elle était de nouveau seule au monde. Un petit bout de papier rose l'avait brutalement privée de la présence rassurante de Jacob.

— Quoi ? s'écria Jacob, sortant en quelques secondes d'un rêve merveilleux où il était à la maison avec Ebony... et Michelle.

Il était à présent debout, les poings en avant comme un boxeur, le cerveau encore embrumé.

Un bruit – une détonation ? – l'avait réveillé, et maintenant il était là, nu comme un ver, prêt à se battre... contre la porte.

— Michelle ? appela-t-il.

Mais il savait qu'elle était partie. Ses affaires avaient disparu. Elle n'avait laissé aucun message.

Il fouilla le tas de vêtements à la recherche de son caleçon, consulta son pager et fronça les sourcils.

Ouf ! Rien de professionnel, mais une série d'appels de chez lui anormalement rapprochés. Il fallait qu'il rappelle.

Le lendemain, Michelle entra comme une furie dans le cabinet de son thérapeute en agitant sous son nez un morceau de papier rose.

— Docteur Forbes, j'attends un patient dans...

— « Ouvrez-vous, faites confiance à quelqu'un », m'avez-vous dit. Et maintenant, que dites-vous, hein ? Docteur Colton, vous êtes nul.

Elle froissa en boule le message avant de se laisser tomber en un mouvement théâtral sur le divan en face du thérapeute.

— D'une, je n'ai que quelques minutes à vous accorder avant ma prochaine consultation. De deux, je m'appelle Greg. Vous semblez perturbée. Pourquoi ?

Elle martela de ses poings les coussins pour tenter de maîtriser sa colère.

Une colère essentiellement dirigée contre elle-même. Un

moment d'inattention, et hop ! Elle était une encoche de plus parmi celles qui tailladaient la tête de lit du Dr Love.

— J'ai essayé de suivre vos conseils. J'ai essayé d'aller à la rencontre des autres.

Le visage de Greg Colton s'habilla lentement d'un sourire prudent.

— Je vois. Et ?

— Lisez ce mot, docteur. Je suis sortie de ma coquille, et je me suis ridiculisée. Je me suis plantée. Une fois de plus.

Sans rien répondre, Greg déplia la boule de papier et la lut.

On mange chinois ce soir ? Dépêche-toi de rentrer. Je t'aime. Appelle-moi.

Ebony

Greg rangea le papier dans le dossier de Michelle et se cala dans son fauteuil. Son expression n'avait pas changé.

Purée ! Qu'est-ce qu'il avait, ce psy, à ne jamais rien montrer de ce qu'il pensait !

— Ce mot est adressé au Dr Peterson. Est-ce le médecin qui occupe votre poste ?

— Oui, confirma-t-elle, renonçant à discuter avec lui des subtilités administratives concernant le véritable titulaire du poste.

— Et cela vous contrarie ?

Elle leva les yeux au ciel.

Quelle perspicacité, ce Greg !

Il sourit juste une fraction de seconde, avant de tirer de nouveau le rideau derrière lequel il cachait ses pensées.

— Oui, finit-elle par répondre. Ça me contrarie. Il a fait la même chose à Rebecca, vous savez.

— C'est-à-dire ?

— Il a couché avec elle. Il s'est servi d'elle.

— D'après ce que vous m'avez exposé de la situation, observa-t-il avec indulgence, il me semble qu'il y avait consentement mutuel. Des amis-amants, comme on dit. Croyez-vous sincèrement qu'il l'a exploitée ?

Elle ouvrit la bouche pour confirmer et la referma plutôt que de mentir.

En fait, Rebecca était célibataire par choix, elle avait parfaitement su dans quoi elle se lançait. Tout comme Jacob.

— Il n'empêche qu'il n'était pas aussi libre qu'elle. Il n'était pas célibataire. Il est juste comme la moitié des hommes sur terre. Il se laisse mener par sa braguette. J'aurais dû faire preuve de plus de discernement.

Les yeux mi-clos, Greg notait quelque chose sur un bloc à côté de lui au moment où la réception l'appela.

— Mon patient est arrivé, docteur Forbes, mais je souhaite approfondir le sujet avec vous. Êtes-vous disponible demain ? Nous pouvons fixer un rendez-vous avant votre prise de service. Arrangez ça à la réception, d'accord ? Nous partirons de là où nous nous sommes arrêtés aujourd'hui.

Il posa ses coudes sur son bureau, les mains l'une contre l'autre, le bout de chacun de ses doigts se touchant.

— La clé de votre problème est le pardon, vous vous rappelez ? Vous devez cesser de vous excuser d'avoir survécu, Michelle. Cette culpabilité vous mine.

Elle sortit et alla sans enthousiasme fixer un rendez-vous avant de prendre l'ascenseur pour descendre au service de traumatologie.

À l'étage en dessous, les portes s'ouvrirent sur Andrew Chambers.

— Bonjour, la salua-t-il d'un ton enjoué en entrant dans la cabine. Ça va ?

— Très bien, lui répondit-elle avec son sourire le plus convaincant. J'ai hâte de commencer la journée.

— Super ! Jacob est dans le même état d'esprit. On le dirait en mission.

Quoi ? Elle avait une heure d'avance, mais Jacob était déjà au travail ?

Jacob tomba de son petit nuage quand il vit les portes de l'ascenseur s'ouvrir sur Andrew et Michelle en grande conversation, si pris par leur sujet qu'ils ne s'apercevaient même pas qu'ils étaient arrivés.

Que se passait-il ? Parlaient-ils de lui ? Du poste ? L'informait-elle de leur nouvelle relation ? Plus leur conversation se prolongeait, plus sa colère montait.

Il devenait complètement paranoïaque, ma parole ! Lui qui n'avait jamais eu peur de perdre quoi que ce soit jusque-là, il gérait très mal cette éventualité.

Voyant Michelle sourire à Andrew, il serra les poings involontairement.

Comme si Michelle avait été munie d'antennes, elle se tourna vers lui en sortant de l'ascenseur. Elle le toisa des pieds à la tête sans ciller, puis d'un coup, elle pivota sur ses talons et disparut.

Alors qu'il restait là, stupéfait, une pensée désagréable s'insinua dans son esprit : aurait-elle été prise de regrets après leur nuit ? C'était la première fois que cette situation se présentait. D'habitude, c'était lui qui abandonnait sa partenaire.

Après tout, ils se connaissaient à peine et concouraient pour le même poste. Cette compétition n'allait-elle pas mal se terminer pour un des deux ? Le fait que lui aille de l'avant ne signifiait pas que Michelle en était capable aussi. Elle avait ses problèmes à affronter, ses démons. Comme lui... À la différence près que sa souffrance à elle se voyait et qu'elle lui entrouvrait – oh, juste un peu ! – la porte de son monde intérieur. Ce qui n'était pas son cas à lui. Ne prendrait-elle pas ses jambes à son cou si elle connaissait sa situation ?

Trop de questions se posaient.

En traumatologie, on essayait en permanence d'éteindre des incendies. On rafistolait, on bricolait, on improvisait, bref on s'efforçait de remettre du sable dans le sablier pour donner davantage de temps aux patients afin de leur permettre de vivre et d'être aimés un jour de plus. Il s'épanouissait dans ce travail, tout autant que Michelle. Mais dans la vraie vie, une relation nourrie d'adrénaline et de rivalité n'était-elle pas condamnée dès le départ ?

À la façon dont ils avaient fait l'amour la veille, il avait pensé que non. Ils s'étaient entendus à merveille physiquement, mêlant intimement leurs maux, qu'ils avaient soignés mutuellement et transformés en quelque chose de positif. Ce genre de socle s'avérerait-il plus solide pour porter une relation ?

Une chose était sûre : il voulait essayer. Il leur restait presque trois semaines, il allait tout donner, advienne que pourra.

Cela ne répondait cependant pas à la question qui le taraudait : au bout de ces trois semaines, serait-il davantage intéressé par le poste ou par sa rivale ?

Mais pourquoi se torturer à ce sujet puisque Michelle l'avait quitté et qu'elle complotait maintenant avec Andrew ? D'autant plus que le regard qu'elle lui avait lancé n'augurait rien de bon. Qui sait si la femme qui lui occupait l'esprit cinquante fois par heure n'allait pas lui briser le cœur et lui prendre par-dessus le marché le poste dont il avait besoin ?

Michelle soupira de déception en constatant le peu d'interventions prévues sur le planning du bloc.

Nom d'un chien ! On aurait dit qu'elle espérait des accidents ou une catastrophe naturelle pour se changer les idées !

— C'est le calme plat aujourd'hui, observa Jacob de sa voix grave à laquelle, à son grand désespoir, elle ne restait pas indifférente. Figure-toi que j'ai appelé de mes vœux l'arrivée de blessés. Ce n'est pas bien, n'est-ce pas ?

— Pas bien du tout, en effet, confirma-t-elle en souriant malgré elle.

— J'en étais sûr, se désola-t-il, la mine faussement contrite. Où es-tu allée hier ? ajouta-t-il à voix basse.

— Il fallait que je rentre chez moi, répondit-elle, troublée par le parfum de sa lotion après-rasage. C'est le bazar dans mon appartement.

Que pouvait-elle dire d'autre ? Difficile de lui parler du petit bout de papier rose et encore moins de le lui montrer, puisqu'elle l'avait volé et lui en avait caché l'existence par-dessus le marché.

— Voilà mon numéro de téléphone, dit-il en lui tendant sa carte de visite.

— J'ai le numéro de ton pager, répliqua-t-elle sans ranger la carte dans sa poche.

— Je sais, mais c'est seulement pour le travail. De mon côté, j'aimerais aussi avoir ton numéro personnel. Pour t'inviter au restaurant, par exemple. Ce serait bien de bavarder ailleurs que devant le tableau de service, non ? En fait, il faut absolument que je te parle. Demain ? Eastgate Park ?

Elle avait refusé de la tête avant même qu'il ait terminé.

— Je ne sais pas quel film tu te fais, Jacob, mais je te rappelle que nous courons après le même poste. Je pense donc qu'il vaut mieux que nous nous cantonnions désormais au domaine strictement professionnel.

— Quoi ?

Il était visiblement atterré. Il voulut lui prendre le bras pour l'entraîner à l'écart, mais elle se dégagea vivement, recula de quelques pas, croisa les bras sur la poitrine et, le fixant d'un regard qu'elle s'efforça de rendre glacial, déclara d'une voix froide et détachée qu'elle-même ne reconnut pas :

— Docteur Peterson, j'ai du travail qui m'attend. Comme vous, je présume. Alors, oublions le reste, d'accord ?

Il semblait si troublé, si perdu !

Cet homme était décidément difficile à cerner. La veille, entre ses bras, elle ne s'était jamais sentie autant appréciée, désirée. Personne ne l'avait regardée avec autant d'attention que lui. Il l'avait ressuscitée, lui avait donné l'envie de partager l'existence avec lui. Même maintenant, elle attachait de l'importance à ce qu'il pensait d'elle, et elle s'en voulait.

— Michelle, je ne comprends pas..., commença-t-il en se rapprochant d'un pas.

Hésitant entre résistance et fuite, elle se mit à pincer et triturer le coussinet de chair de son pouce gauche avec tant d'acharnement et de force qu'il semblait prêt à se détacher de l'os.

Il le remarqua et leva la main.

— Arrête, Michelle. Regarde-moi, s'il te plaît. Je suis là. Je suis là pour toi, Mich.

« Je suis là pour toi. » Ces cinq petits mots firent déborder la coupe pour elle. La tête haute, le regard dur, les yeux dans ceux de Jacob, elle déchira en mille morceaux la carte de visite.

— Je n'ai besoin de personne, Jacob. Tu ne l'as pas encore compris ? J'ai des amis et mon travail. Depuis bien avant toi. Et je les aurai toujours quand tu seras passé à... à ta prochaine conquête.

Elle retourna sa main et regarda les petits bouts de papier voleter jusqu'au sol.

— À partir de maintenant, consulte tes messages quand tu te sentiras seul. Je ne doute pas que tu trouveras quelqu'un qui te tienne compagnie.

— Michelle ! l'implora-t-il. Qu'est-ce que j'ai fait ? De quels messages parles-tu ?

Mais dans sa tête, elle avait envoyé Jacob Peterson au diable. Hors de question qu'elle laisse le poste lui filer entre les doigts ! Elle en avait absolument besoin, se répéta-t-elle encore, ignorant la douleur qui lui transperçait le cœur tandis qu'elle s'éloignait de l'homme dont elle était amoureuse.

Elle ferma les paupières pour retenir les larmes qui lui brûlaient les yeux.

Jacob arriva hors d'haleine au comptoir de la réception.

— Des messages... pour...

Il se désigna de son index avant de se reprendre et de réussir à articuler :

— Vous avez des messages pour moi, apparemment ?

— Oui, docteur, répondit la réceptionniste d'un air effaré. Je les ai mis dans votre casier.

Toujours haletant, il courut à son casier. Il en sortit un tas de papiers, qu'il feuilleta, les sourcils de plus en plus froncés, avant de brandir la liasse en direction de la réceptionniste.

— Tout est là ?

— Euh... J'en ai remis un à un médecin hier pour qu'elle vous le donne. Je n'aurais pas dû ?

Elle était au bord des larmes, et il s'en voulut de s'être emporté contre elle. Il n'était pas dans ses habitudes d'être cassant.

Simplement, il était totalement perdu face au revirement de Michelle et à sa soudaine froideur. Il avait commencé à goûter au bonheur avec elle, et il ne se remettrait pas d'en rester là.

Il rangea les papiers dans son casier et retourna voir la réceptionniste.

— Excusez mon attitude... Euh...

— Elaine, acheva la jeune femme en reniflant. J'ai donné un message au Dr Forbes hier. Je croyais que vous étiez dans la salle de garde, mais...

Le vibreur du pager de Jacob interrompit les explications. L'appel venait de chez lui. Il lut le message...

Ouf ! Pas de problème, au contraire même. Ebony partait au parc avec sa nounou. Ou était même peut-être déjà partie.

— Bien... Vous l'avez donc donné au Dr Forbes. Que disait le message ?

Elaine attrapa un bloc de papier rose et feuilleta les carbones.

— Ah ! Voilà !

Elle lui tendit craintivement le duplicata.

Il se décomposa.

— Le Dr Forbes a vu ça ?

— Oui. Elle a dit qu'elle vous le transmettrait. Que vous n'étiez pas dans la salle de garde mais qu'elle vous verrait pendant la journée.

Comme une pièce de puzzle qui finit par s'imbriquer dans les autres lorsqu'on la tourne et qu'on l'examine sous un autre angle, quelque chose se mit en place dans l'esprit de Jacob : le message était arrivé pendant qu'ils se trouvaient tous les deux dans la salle de garde.

— C'est à cause de ce mot qu'elle est partie, dit-il dans sa barbe, la mine sombre.

— Quelque chose ne va pas, docteur ?

— Non, tout va bien, répondit-il en rendant le bloc à Elaine avec un sourire. Excusez encore mon agressivité. Mais la prochaine fois, donnez-moi le message en mains propres, d'accord ?

— Pas de souci, docteur, répondit Elaine, visiblement rassérénée.

Là-dessus, le pager de Jacob vibra.

— Il faut que j'y aille. Un blessé arrive.

Alors qu'il partait en courant vers le parking des ambulances, son pager s'alluma de nouveau : il devait appeler chez lui.

Il avait vraisemblablement oublié de signer une autorisation de sortie ou une paperasse quelconque pour l'école. Mais il n'avait pas le temps maintenant. Décidément, il semblait écrit qu'il allait contrarier toutes les femmes de sa vie aujourd'hui !

En arrivant à l'ambulance, il vit que Michelle était déjà sur place, en tenue, et donnait des instructions à une armée de soignants : la situation avait mérité la présence de la moitié du personnel de traumatologie.

Il était presque arrivé à sa hauteur quand elle le repéra. Une expression étrange lui traversa fugacement le visage, puis elle reprit immédiatement son rôle de Dr Forbes, déesse du service de traumatologie. Et bourreau pour lui.

Elle le regarda par-dessus sa feuille.

— Accident de la circulation. Dans St. John's Road. Bus scolaire et camion. Un mort, le chauffeur du camion. Autre véhicule impliqué : une voiture avec une femme et une fillette. Blessures légères. Leur véhicule a été accroché par le bus lors de la collision avec le camion. Elles arrivent. L'autre ambulance est toujours sur les lieux. Il y a d'autres victimes.

Des gens couraient en tous sens autour d'eux tandis que les sirènes des ambulances se rapprochaient. Des annonces par haut-parleur résonnaient dans les couloirs et les soignants s'activaient avec méthode, comme une machine bien huilée.

Michelle et lui, eux, auraient pu être seuls au monde. Ils avaient beau n'être séparés que de quelques centimètres, ils étaient dans des univers très éloignés l'un de l'autre. Il voyait qu'elle l'avait effacé de son esprit en même temps que les quelques moments merveilleux qu'ils avaient partagés. Il avait tout gâché, et il ne savait pas quoi entreprendre qui n'aggraverait pas davantage les choses.

— Dans quel état ? demanda-t-il, revenant sur terre.

— Pas bon. Douze gamins sont déjà en route. Les autres ont de simples coupures, ou sont en état de choc et sont traités sur place en attendant leur transfert ici. Heureusement, nous avons des lits libres. Aucun pronostic vital engagé, mais les pompiers sont encore en train de désincarcérer le chauffeur du bus.

— OK, dit-il avant de se tourner vers la nuée de soignants. Arrivée d'accidentés de la route dans trois minutes. Il faut des poches de sang contrôlées et prêtes à être utilisées, des couvertures, des pansements et de quoi retirer les bris de verre, nettoyer et recoudre les plaies. Parmi les étudiants, y en a-t-il qui maîtrisent les techniques de suture ?

Deux mains se levèrent.

— Très bien. Vous, dit-il en désignant l'un des deux jeunes, allez préparer des plateaux avec le matériel nécessaire. Si vous avez des doutes, demandez à une infirmière. Et vous, appelez le département de chirurgie plastique pour que quelqu'un vienne examiner les blessures. Les autres, profitez-en pour enrichir vos connaissances. Allez ! Au travail !

L'espace d'un instant, rien ne se passa, et il s'aperçut que les infirmiers attendaient leurs instructions de Michelle.

Nom d'un chien, comment allaient-ils travailler ensemble dans ces conditions ?

Michelle prit alors la parole.

— Vous avez entendu le Dr Peterson ? Nous gérons ce département en binôme. Alors, au travail, messieurs et mesdames !

Elle tendit le bras vers les portes, son bloc-notes brandi comme une épée.

— Les blessés arrivent ! Plus personne ne meurt aujourd'hui. Compris ?

Son cri de guerre galvanisa tout le monde, de la craintive réceptionniste au troupeau d'élèves-médecins qui n'avaient pas la moindre idée de comment placer un cathéter. Tous mirent la main à la pâte dans un grand élan de solidarité.

Quant à Michelle et lui, ils ne formaient plus qu'une seule entité dirigée par un seul cerveau.

Les victimes du car furent amenées seules ou par deux par une flotte d'ambulances. Leurs proches, dont les téléphones n'arrêtaient pas de sonner, suivaient en larmes, brandissant des photos sur leur portable ou dans des cadres argentés attrapés au vol sur une table de chevet pour aider les équipes à identifier leur enfant.

Jacob ne parvenait pas à les regarder. Il avait trop souvent vu ce masque de douleur et de terreur sur d'autres visages. Il porta donc son attention sur les personnes qu'il pouvait aider : celles qui nécessitaient des soins.

Quand l'épouse du camionneur se présenta un peu plus tard, il se défila, incapable d'affronter le chagrin de cette femme dont la vie basculerait définitivement à la seconde où elle franchirait les portes du service.

Il se réfugia dans la salle de garde, dont il trouva la salle de bains fermée.

— Pardon, dit-il, pestant intérieurement contre l'intrus.

C'est alors qu'il entendit... des pleurs.

— Qui est là ?

Il frappa énergiquement à la porte, qui finit par s'ouvrir.

— C'est moi, lança Michelle d'un ton bourru en jetant dans la poubelle un mouchoir en papier. J'avais besoin d'une minute pour moi.

Il lui avait fallu un moment à elle aussi, loin des sanglots et de la détresse des gens qui attendaient des nouvelles d'un proche ou d'un enfant, celui-là même qu'ils avaient embrassé le matin et qui avait été tout excité à la perspective de cette sortie scolaire.

Parfois la vie semblait si injuste !

— Ça va ? demanda-t-il bien qu'il connaisse la réponse.

Aujourd'hui comme toujours, certains cris étaient pires que d'autres.

— Oui, assura-t-elle en passant devant lui pour sortir.

Pour la première fois, elle le regarda, et ses doigts se tendirent instinctivement vers lui. Mais, pour les en empêcher, elle croisa les bras sur sa poitrine, le visage fermé.

— Tu as vu... ?

— La veuve ? Oui, c'est pour ça que je me suis sauvée.

Il sentit son cœur se gonfler.

Ils n'étaient pas en couple, ils ne se parlaient pas vraiment, et pourtant ils se ressemblaient sur tant de points.

Il voulut prendre la parole, mais Michelle le devança.

— Laisse-moi tranquille, Jacob, s'il te plaît, dit-elle sur le même ton qu'elle aurait utilisé pour lui demander qu'il lui passe le beurre.

Les mots que préparait Jacob s'envolèrent et lui retombèrent sur l'estomac tandis que Michelle lui portait l'estocade :

— Aujourd'hui, j'ai besoin de toi comme collègue. Le reste est terminé. Mort.

Lorsque Michelle avait découvert Jacob en ouvrant la porte de la salle de bains, elle avait failli s'attendrir devant son visage crispé d'inquiétude, se mettre à pleurer de nouveau et se jeter à son cou. Mais cela ne lui ressemblait pas. Elle avait encore une fois ceinturé et emprisonné les mots tapis en silence depuis des mois dans un coin de son cerveau et qu'elle avait été à deux doigts de libérer.

Elle aurait pourtant voulu s'épancher, parler à quelqu'un. Lui parler à lui. Malgré elle, et malgré ce fichu bout de papier rose, elle ressentait toujours leur attirance mutuelle. Leur harmonie professionnelle était parfaite. Ils travaillaient ensemble sans le moindre raté, et chacun savait toujours où trouver l'autre. En fait, elle n'avait pas connu pareille complicité depuis Rebecca.

C'était cette pensée qui avait menacé de faire céder le barrage. Mais ce n'était pas possible. Pas maintenant. Elle devait tenir Jacob Peterson à l'écart. Simplement, elle n'en était pas capable toute seule. Il fallait qu'il s'éloigne pour lui donner une chance d'en finir avec son passé. D'en finir avec lui.

— Je sais que tu en baves, Mich, mais je peux t'aider. Moi aussi, c'est le bazar dans ma tête. J'ai quelque chose à te dire, mais tu refuses de m'écouter.

— Je te demande d'être un simple collègue. C'est possible ?

À ce moment, son pager vibra.

— Les deux occupantes de la voiture seront là dans une minute, annonça-t-elle en partant au pas de course, Jacob sur les talons.

Deux ambulances arrivaient. Elle mit la main sur la poignée de la portière de la première, laissant à Jacob la seconde.

La femme sur la civière était consciente mais ne bougeait ni ne parlait. Une entaille rouge vif lui barrait le front.

Michelle testa la réactivité de ses pupilles.

— Depuis combien de temps est-elle comme ça ?

Waseela, l'ambulancière, consulta sa montre.

— Moins de trois minutes. Ses pupilles sont stables et réagissent. Elle est en état de choc. Elle a appelé quelqu'un au téléphone tout à l'heure, mais elle tenait des propos incohérents. Elle a un bras cassé. Elle a essayé de protéger l'autre passagère au moment de la collision.

La seconde ambulance s'arrêta dans un crissement de pneus, et du coin de l'œil elle vit Jacob s'élancer.

Elle se sentait rassurée de l'avoir à ses côtés, bien qu'il n'ait pas répondu à sa question et n'ait pas caché son irritation...

Stop ! Sa patiente requérait toute son attention.

Elle marchait à côté de la civière tout en vérifiant la vision de la blessée quand elle s'arrêta net.

Dans l'autre ambulance, une fillette hurlait.

— Ne me touchez pas ! J'ai mal ! J'ai mal !

Jacob se figea. L'espace d'une seconde seulement, mais Michelle le remarqua. Elle confia aussitôt sa patiente à une infirmière pour aller proposer son aide.

— Papa ! Papa !

La gamine avait un pansement sur le front et le visage criblé de petites coupures causées par des morceaux de verre provenant de la vitre latérale quand celle-ci avait volé en éclats.

Jacob sauta dans l'ambulance. Avant que quiconque puisse intervenir, il s'assit derrière la civière et serra dans ses bras la fillette qu'il avait adossée contre lui. Elle arrêta de crier pour se mettre à geindre en se balançant d'avant en arrière. Il accompagna son mouvement tout en lui murmurant à l'oreille des paroles d'encouragement et d'amour.

Les ambulanciers la sortirent de l'ambulance pour l'emmener dans un box. Michelle suivit.

— Je t'ai téléphoné, papa, sanglota la fillette.

Michelle regarda autour d'elle mais ne vit personne accourir près de la gamine. Elle s'écarta et fit signe à Jude, occupée à mettre à jour le tableau des urgences, d'approcher.

— Jude, vous pouvez appeler la famille de cette petite fille, s'il vous plaît ? La dame qui conduisait n'est apparemment pas sa mère. Sa grand-mère, peut-être ? C'est le Dr Peterson qui s'occupe d'elle.

En tournant la tête, elle vit que la petite était à présent installée dans un box. Jacob, seul avec elle, lui massait tendrement le dos.

Quelque chose clochait. Certes, Jacob savait s'y prendre avec les enfants, mais pourquoi ne suivait-il pas le protocole ?

— Allez le voir, Jude, et demandez-lui un premier bilan. Je retourne auprès de la conductrice.

En passant, elle ralentit malgré elle à la hauteur du box et regarda Jacob, puis la fillette.

Elle lui rappelait quelqu'un... Oui, bien sûr, elle l'avait déjà vue traîner dans l'hôpital - à la cafétéria, à la boutique de cadeaux - toujours accompagnée d'une femme d'un certain âge. Elles s'étaient même parlé un jour à la cantine. Michelle l'avait aidée à se servir du jus d'orange. Depuis, les rares fois où elles se croisaient dans les couloirs, elles se disaient bonjour.

— Papa, c'est qui, la dame ?

Jacob tourna la tête. En la découvrant, il lui sourit à demi d'un air penaud et dit avec douceur :

— Je suis désolé. J'ai voulu te le dire à plusieurs reprises. Je te présente ma fille. Je comptais faire les présentations au parc...

Ah oui ! Ce rendez-vous au parc qu'elle avait refusé.

Cette gamine craquante, joyeuse et bien élevée était la fille de Jacob ?

— C'est Michelle, une amie de papa, ma chérie. Le Dr Forbes. Elle va te soigner.

La fillette la regarda avec de grands yeux, la réplique exacte de ceux de son père. En fait, elle était une version en miniature de Jacob : mêmes longs cils noirs, mêmes yeux verts perçants, même courbure des lèvres, même forme de nez.

Ainsi il avait une fille...

Et, brusquement, lui revinrent en mémoire des bribes de conversation avec lui au fil des semaines.

« J'ai quelque chose à te dire. »

C'était sans aucun doute de cela qu'il avait essayé de lui parler. Mais, chaque fois, elle lui avait coupé la parole ou était partie sans l'écouter.

La fillette la regarda droit dans les yeux.

— Et Susan aussi ? s'inquiéta-t-elle. Tu vas aussi soigner ma nounou ? Elle s'est endormie.

La conductrice était donc la nounou. La pauvre petite avait dû être terrorisée.

Jacob était blême, quasiment en état de choc lui aussi, s'aperçut Michelle, dont le cœur pourtant brisé palpitait toujours pour lui.

— Docteur Forbes ?

Une infirmière du service d'orthopédie s'approchait, graphique en main.

— La conductrice de la voiture est revenue de la radio. On lui a mis une poche de glace sur le bras pour diminuer l'hématome. Jude est avec elle.

Michelle l'aurait volontiers embrassée de lui offrir ce dérivatif. Après l'avoir remerciée et renvoyée, elle revint à sa conversation avec Jacob et sa fille.

— Enchantée, mademoiselle Peterson, dit-elle avec un sourire chaleureux que la petite mit un certain temps à lui retourner. Je dois aller voir une malade. Je reviens très vite.

— Que..., commença Jacob.

Mais elle était déjà partie, pressée de s'éloigner de ces deux-là pour le moment.

Jacob Peterson : médecin, séducteur, héros de guerre plusieurs fois blessé et... père ? Ce puzzle lui donnait la migraine. Il n'y avait pas eu que de l'amour et de la rivalité entre eux dans la salle de garde. Il y avait eu des secrets aussi, et pas que les siens à elle. Les conquêtes féminines, les provocations, les missions... Tout ça alors qu'il avait une fille ? Elle ne parvenait pas à concilier l'ancien Jacob et le nouveau. C'était une énigme insoluble.

Elle qui avait cru atteindre le fond avec le petit message rose ! Que dire maintenant qu'était apparue cette petite fille ? C'était trop énorme à concevoir.

Elle passa voir la conductrice, qui souffrait beaucoup. Hors de question donc de l'ennuyer avec des questions indiscrètes sur son employeur.

Elle poursuivit ses visites, vérifiant tout au moins deux ou trois fois. À un moment, son crayon se cassa en deux tant elle le serrait fort entre ses doigts.

Ses peurs et ses angoisses avaient pris le dessus. Elle avait besoin d'aide. Sans attendre. Après tout, même la femme la plus forte avait besoin d'aide de temps en temps.

Quelle bonne intuition d'avoir fixé ce rendez-vous ! Outre l'accident de bus, elle avait un sujet nouveau à aborder avec son psy : ses sentiments amoureux pour son rival, l'homme qui, en ce moment même, consolait son enfant surgi de nulle part et attendait probablement l'arrivée de sa sublime femme.

Un élément qui venait encore compliquer leur relation.

Elle pénétra une nouvelle fois dans la bulle rose du troisième étage. Elle eut l'impression qu'elle venait à peine de s'asseoir quand le réceptionniste l'appela.

Les jambes flageolantes, elle entra dans le cabinet du psychologue et n'osa pas lever les yeux avant d'être installée dans le fauteuil en cuir.

Greg était assis dans son siège habituel, calme et doux comme toujours.

Les mains sur les genoux, Michelle pinçait le coussinet de son pouce gauche. Tous deux regardaient la pendule, et lorsqu'il fut l'heure juste, Greg appuya sur le poussoir de son stylo.

— Alors, Michelle, par où commençons-nous ?

Vaincue par la fatigue, Ebony s'endormit dans les bras de son père. Avec précaution, il l'allongea sur le lit et la contempla quelques instants, attristé de la voir si pâle, avant de sortir à reculons du box et de gagner le poste des infirmières.

Jude tapait sur son clavier d'ordinateur et, au regard qu'elle lui lança, il comprit que la nouvelle avait fait le tour du service.

— Eh bien, oui, c'est ma fille. Comment va sa nounou ? Elle l'emmenait en sortie pour la journée.

— Elle dort, répondit Jude, lèvres pincées. Sa famille est en route.

— Très bien. Prévenez-moi quand ils seront là. De toute façon, je vais passer la nuit ici. Je vais juste faire un saut chez moi chercher quelques affaires.

— OK, dit Jude, qui s'était un peu dégelée. À ce propos, j'ai mis son sac dans votre casier. La nounou est sacrément douée pour faire un sac !

— C'est vrai ! sourit Jacob. Merci, Jude. Le Dr Forbes est-elle dans les parages ?

— Elle avait un rendez-vous. Vous auriez pu nous le dire, pour votre fille. Nous vous aurions aidé.

— Je venais d'arriver ici, Jude, et mon statut de père célibataire était récent. J'allais l'annoncer, et puis...

— Michelle est revenue, et tout est devenu compliqué.

— Exactement ! admit-il, toujours surpris par le don d'observation et la perspicacité des infirmières. Elle compte pour moi. Elles comptent toutes les deux.

Jude, de nouveau concentrée sur son ordinateur, ne répondit pas.

Code féminin ou conscience professionnelle ?

Probablement un peu des deux.

La façon dont les soignants se souciaient de Michelle, quitte à faire bloc contre lui, leur supérieur, en disait long sur sa popularité. S'ils savaient comme il ressentait lui-même ce besoin de la protéger !

Cela dit, ils n'avaient vraiment aucune raison de se méfier de lui, car il était prêt à tout pour épargner à Michelle la plus petite douleur. Sa seule présence dans sa vie le rendait meilleur. Il était épris d'elle, de leur travail. Il avait repris goût à la vie aussi. Mais il avait tout gâché.

« Laisse-moi tranquille, s'il te plaît. »

Au souvenir de ces mots, il sentit ses jambes se transformer en coton.

— Jude, dites-moi où je peux trouver le Dr Forbes, s'il vous plaît, dit-il fermement, usant de son autorité.

— Elle s'est absentée du service, répondit-elle de mauvaise grâce. Elle ne va pas tarder.

Avec un petit sourire narquois, elle reprit sa frappe avec une ardeur ostensible. Elle s'attendait vraisemblablement à le voir s'éclipser.

Mais il ne bougea pas.

— Appelez-la sur son pager, alors. Dites-lui de revenir.

Il fallait qu'il la voie, là, maintenant. Il fallait qu'il s'explique, qu'il tire les choses au clair.

En maugréant, Jude envoya un message. Quand elle eut fini, elle lui dit du regard de ficher le camp et reprit son travail.

Mais aucune réponse n'arriva.

Il était de plus en plus contrarié et inquiet.

Était-elle sortie ? Pour voir qui ?

— Insistez. Dites-lui que c'est urgent.

C'est à peine si Jude lui prêta attention.

— Jude, il est important que je parle au Dr Forbes, revint-il à la charge en contenant difficilement sa colère. C'est votre travail. Vous êtes payée pour ça.

Elle le regarda d'un air indolent par-dessus son écran.

— Je fais mon travail, docteur Peterson, répliqua-t-elle d'un air hautain. Ma chef n'est pas dans le service. Elle répondra sans nul doute à votre message à son retour. Autre chose ?

La menace avait carrément manqué sa cible.

« Rebecca est morte. Jacob est papa. »

Même après que Michelle avait ouvert la bouche pour articuler les trois petits mots qu'elle avait déjà dits à Greg et les trois autres qu'elle n'avait encore jamais prononcés, les aiguilles de la pendule avaient continué à tourner. Tout le temps qu'elle parlait, elle avait regardé la pendule en se pinçant l'avant-bras. Parce que cette douleur-là était plus supportable que les paroles qu'elle forçait à sortir de sa bouche. La pendule, elle, avait continué sa course, indifférente à la culpabilité, à la mort, à la douleur.

Quoi qu'il se passe dans ce cabinet, le tic-tac ne s'arrêtait jamais, songea-t-elle, s'accrochant à cette pensée et étonnée que la vie puisse se montrer d'une terrible cruauté et froideur sans que personne ne s'en soucie vraiment.

Que n'était-elle une pendule, une machine sans émotion ?

— La pendule vous gêne ?

Elle s'aperçut qu'elle avait dû parler à voix haute.

— Oui. Ce n'est pas juste que Rebecca n'ait pas eu la chance de poursuivre son chemin, de vivre comme nous.

Elle pensa alors à Kathryn, la mère de Rebecca, qui continuait à avancer et s'en sortait mieux qu'elle.

Quelle force incroyable ! Elle-même aurait-elle été capable de survivre à la mort de son enfant ?

Elle revit alors le visage blême et affolé de Jacob quand il s'était précipité pour rassurer sa fille et l'avait prise entre ses bras. Elle aurait voulu aller le retrouver. Mais comment le pourrait-elle ?

Tout s'embrouillait, s'enchevêtrait dans son esprit. C'était le chaos, un méli-mélo insupportable de visages et de souffrance. Jacob avait couché avec Becks. Becks était morte. Il était là maintenant, à la tête d'une famille cachée. Une famille qui existait probablement déjà à l'époque où il était parti là-bas. Becks avait-elle été au courant et s'en était-elle moquée ?

— Avant même de savoir qu'il avait une fille ici, je ne digérais déjà pas que Jacob ait eu une liaison avec Rebecca.

Greg haussa les sourcils. Une réaction exubérante, chez lui.

— Que ne digérez-vous pas, qu'ils aient eu une histoire ou qu'il ait eu une fille ici ?

— Les deux, lâcha-t-elle avec colère. Je ne peux pas séparer les deux aspects dans ma tête. Tout est si... si...

— Lié ? suggéra Greg.

Elle acquiesça.

— Mais nous sommes tous liés les uns aux autres, Michelle. Karinthy a élaboré une théorie dite des six degrés de séparation, et cela se vérifie souvent avec mes patients. Avez-vous parlé à Jacob depuis ?

— Non. Il était avec sa fille, ce n'était pas le moment. Avant l'apparition de la petite, j'ai cherché à lui demander de me laisser tranquille pour ne pas avoir à lui avouer ce que j'éprouvais pour lui... Ce que j'éprouve. Je ne suis même pas sûre qu'il ait compris.

Cela n'importait plus maintenant. Tout était fini. Ce qui comptait, c'était de décrocher le poste sans lequel elle sombrerait dans le brouillard où elle se débattait en permanence. Elle aurait eu besoin de cinquante degrés de séparation, pas six ! Il fallait que Jacob s'en aille pour qu'elle puisse faire son trou à l'hôpital et affronter le noir hivernal qui envahissait son esprit.

Le pire étant qu'elle devrait faire son deuil de lui aussi.

— Vous devez commencer par analyser et assimiler vous-même les événements si vous voulez garder l'espoir de partager votre souffrance avec d'autres, Michelle. Je crois que le moment est venu. Vous êtes en train de toucher le fond. Alors, il faut regarder vers la surface. Dès maintenant.

Elle le dévisagea, enfonçant plus violemment encore ses ongles dans sa peau.

Le visage impassible, Greg baissa les yeux vers ses mains, qu'elle coinça aussitôt sous ses cuisses pour les mettre hors d'état de nuire.

— Je ne suis pas sûre d'en être capable, avoua-t-elle en s'efforçant de contenir les émotions qu'elle refoulait depuis si longtemps.

Greg réfléchit un instant puis sortit quelques élastiques d'un tiroir de son bureau. Il s'en passa un autour du poignet et le fit claquer doucement contre sa peau avant de lui tendre les autres.

— Essayons et prenez votre temps. Nous pouvons arrêter quand vous le souhaitez.

Il se cala dans son fauteuil dans sa posture habituelle.

— Êtes-vous prête ? Que vous rappelez-vous de cette journée ?

Une grimace déforma le visage de Michelle quand une image de Becks couchée au sol jaillit dans sa tête.

— Je ne peux pas.

Elle fit claquer un élastique sur son poignet, libérant un peu sa poitrine de la douleur qui l'oppressait, mais l'effet ne dura pas.

— Je ne peux pas en parler. Ni à vous, ni à personne.

— Il faut vous lancer, vous forcer à vous ouvrir aux autres, dit Greg avec douceur. Vous ne pouvez pas tout faire toute seule, et d'ailleurs rien ne vous y oblige.

— Et comment je m'y prends exactement pour m'ouvrir aux autres ?

Il la considéra un moment avant de répondre, un œil sur la pendule.

— En procédant par étapes, Michelle. Nous en discuterons plus avant à la prochaine séance.

Jacob se gara sur le parking, sa banquette arrière chargée de vêtements et d'un crocodile vert assez laid, le jouet préféré de sa fille sur lequel, bébé, elle avait copieusement bavé et dont elle avait toujours besoin lorsqu'elle était fatiguée ou avait peur. Elle avait été tellement à bout de forces tout à l'heure qu'elle s'était endormie sans le réclamer, mais il avait hâte de voir son visage s'éclairer quand elle verrait Crocky.

Ou plus précisément Crocky VI, parce qu'il avait fait une provision de peluches de rechange après que Crocky I avait trépassé sous les roues d'une balayeuse de la voirie. Il se rappelait encore la scène : le nuage de ouate quand le malheureux crocodile avait perdu la bataille contre les puissants balais de l'engin, les cris déchirants de sa fille, la colère de Jenny contre elle. Une métaphore de la façon dont les choses allaient se terminer entre eux, quand on y songeait.

Il attrapa les affaires d'Ebony ainsi que son propre sac de couchage et entra dans l'hôpital.

Chacune dans sa chambre, Ebony et Susan dormaient à poings fermés. On avait installé pour lui un lit d'appoint à côté de celui de sa fille, mais pour le moment il avait besoin de marcher.

Il n'avait pas reçu de message sur son pager, et Jude était partie. Il renonça à demander aux autres infirmières de prendre son relais pour joindre Michelle. Si celle-ci avait voulu répondre, elle l'aurait déjà fait.

La chapelle de l'hôpital, avec ses bancs en bois sombre, son grand autel et ses rangées de cierges piqués sur un cadre en métal, offrait une oasis de calme au milieu de l'agitation ambiante. Une odeur d'encens et de cire y flottait.

Où que l'on se trouve dans le monde, le refuge que constitue un lieu sacré incite au recueillement et donne l'impression d'être en présence de quelque chose de beaucoup plus grand que ses problèmes. Michelle n'était pas religieuse, mais elle cherchait à être seule. Alors, pourquoi pas ici ?

Elle avança dans l'allée entre les bancs vides jusqu'à sentir la chaleur des cierges près de l'autel. Elle en prit un neuf sur une petite table, l'alluma et le piqua sur la rangée de devant. Alors qu'elle regardait la flamme trembloter, elle entendit un bruit de porte derrière elle et se retourna.

Jacob !

— Je te cherche depuis un moment, dit-il, les yeux ostensiblement rivés sur le pager qu'elle portait à la ceinture. Ça va ?

Il voulut s'avancer, mais elle l'arrêta.

— Non, pas vraiment. Et toi ?

Elle se rendit compte alors combien il était tendu, et elle pensa à la fillette qu'elle avait souvent croisée. La fille de Jacob.

— Ta femme est arrivée ?

Si un enfant ne représentait pas un obstacle, loin de là, être « l'autre femme » était en revanche rédhibitoire.

Elle voulait lui faire sentir sa colère, sa mortification, son désespoir d'avoir appris qu'il n'était pas libre alors qu'elle le voulait pour elle toute seule, quand bien même tout en elle lui conseillait de prendre les jambes à son cou.

Elle voulait le blesser pour qu'il sente l'immensité de sa déception et de sa douleur.

— Je n'ai pas de femme, dit-il, ses yeux dans les siens, en avançant inexorablement vers elle. Ni de petite amie.

Elle avait autant envie de l'arrêter que de courir se jeter dans ses bras pour pleurer comme un bébé.

— Ah ! Tu es un père célibataire, alors, lança-t-elle en se demandant pourquoi il continuait d'approcher. Quel homme moderne ! ironisa-t-elle.

Jacob hésita puis renonça à avancer. Les grenades qu'elle lui envoyait fonctionnaient donc. Tant mieux.

— J'ai été fiancé. À Jenny, la mère d'Ebony.

Ebony ! La signature sur le papier rose !

— Le message venait de ta fille ? se trahit-elle.

— Oui. Je suis un père célibataire, Mich, pas un don Juan. Je te l'accorde, ça n'a pas toujours été le cas. Mais j'étais libre, alors. Nous avons essayé de vivre ensemble avec Jenny, mais nous savions tous les deux que c'était voué à l'échec. Nous avons partagé la garde pendant un temps, mais ça ne se passait pas bien. Ebony est autiste, et Jenny n'était pas capable de gérer. Elle a fait ce qu'elle a pu pendant que j'étais là-bas, et puis elle a fini par rencontrer quelqu'un, et ça s'est gâté. Ebony n'était pas heureuse, et sa santé commençait à en pâtir. Jenny m'a demandé de prendre le relais. Alors je suis rentré et j'ai pris Ebony avec moi. J'ai embauché une nounou, acheté une maison et décroché ce travail à St. Marshall. J'aurais dû te le dire, Michelle, mais je ne savais pas comment. Je n'avais jamais imaginé te rencontrer. Jamais imaginé rencontrer quelqu'un comme toi…

Il s'arrêta de parler et avança de trois pas, comme mû par une force incœrcible.

— Je ne m'y attendais vraiment pas. Je sais que tu me détestes…

— Non, je ne te déteste pas, l'interrompit-elle en allant s'asseoir sur le banc de devant, les yeux au plafond. J'ai essayé, crois-moi. Mais j'ai besoin de toi.

Elle sentit les vibrations du rire de Jacob lorsqu'il prit place à côté d'elle.

— Moi aussi, j'ai essayé et je n'y arrive pas, dit-il, ses belles lèvres pulpeuses étirées en un demi-sourire. Je suis content d'apprendre que tu as besoin de moi, parce que je ressens la même chose vis-à-vis de toi. Tu veux bien me dire ce qu'il t'arrive d'autre ?

Il marchait sur des œufs, nota-t-elle.

— Que s'est-il passé, Michelle ?

Elle se mordit la lèvre presque jusqu'au sang avant de se souvenir de l'élastique autour de son poignet.

— Il faut que je parle à quelqu'un. D'après mon thérapeute, c'est une étape indispensable. Mais…

La douleur. Les cris. Les gravats. La poussière. Les poignards. Les coups de feu. Les gens qui couraient. Les pulsations de son propre sang dans ses veines.

Elle ferma les yeux, la peau de sa cuisse entre le pouce et l'index.

La voix de Jacob coupa le film terrifiant qui se déroulait dans sa tête, et ses paroles s'insinuèrent dans son cerveau.

— Je suis là, Michelle. Tout va bien. Parle-moi.

Elle le regarda, tira très fort sur le bracelet en caoutchouc et le lâcha d'un coup. Puis elle recommença. Encore et encore.

Sans quitter Jacob des yeux, elle se prépara mentalement. Elle était là, avec lui.

— Doucement, Michelle. Vas-y doucement. Raconte-moi.

Une image des cheveux de Rebecca collés par le sang et la poussière la tétanisa, et des larmes glissèrent entre ses paupières closes.

— Je ne peux pas. Je ne veux pas. C'est trop affreux.

— Si, tu en es capable, Michelle, l'encouragea Jacob d'une voix ferme et rassurante. Tu n'es pas obligée de tout raconter d'un coup. Commence par ce qui te pèse le plus.

Elle réfléchit intensément, les yeux toujours fermés. Elle fit une nouvelle fois claquer l'élastique et fut de nouveau transportée là-bas, dans la petite chambre aux lits superposés. Transportée dans un souvenir qui lui apparaissait comme la réalité présente.

Le camp était calme. Le calme d'avant la tempête. Rebecca était allongée sur sa couchette en train de coudre un tissu orange en se moquant d'elle.

— Mais non ! Tu n'as rien compris. Je ne vais pas me marier avec lui, ce n'est que du sexe entre nous.

Michelle avait pris un air dégoûté, et son amie avait pouffé.

— Arrête de faire ta bégueule ! J'ai failli me piquer avec l'aiguille tellement tu me fais rire.

Michelle lui avait lancé à la figure un bonbon que Becks avait rattrapé avec brio et mis dans sa bouche.

— Je ne suis pas bégueule, simplement je ne vois pas ce que tu cherches. Tu ne vas jamais le revoir. D'ailleurs, pourquoi le voudrais-tu ? Ce n'est qu'un chaud lapin qui collectionne les conquêtes !

— Calme-toi, Jane Austen ! Je ne cherche pas un mari. Tout ce qui m'intéresse, c'est m'envoyer en l'air. Je m'amuse bien avec lui. Aucun engagement, aucune promesse, et en plus il m'apporte des douceurs. Qui refuserait ça ?

Becks avait agité ses sourcils si drôlement que Michelle s'était déridée.

— Il a sa vie ; moi, j'ai mon travail et toi. Mais tu ne satisfais pas tous mes besoins, figure-toi ! Tu m'as amenée ici, mais tu ne m'as pas donné de jouets pour m'occuper.

Là-dessus, elle avait achevé son ouvrage, avait coupé le fil et lancé le tissu vers Michelle.

— De temps en temps, une femme a juste envie que quelqu'un la serre dans ses bras et lui donne l'impression d'être vivante. C'est ce qu'il fait. Nous passons du bon temps. Point final.

Michelle avait essayé de rester fâchée, sans succès.

Bien sûr, il n'y avait aucun mal à s'amuser un peu. Elle s'était même avoué qu'un peu de compagnie masculine ne lui ferait pas de mal non plus. Elle avait alors pensé à Scott et s'était aperçue que, certes il lui manquait, mais qu'elle redoutait le moment où ils se reverraient. Il s'était montré si froid au téléphone quand ils avaient réussi à parler !

Elle avait déplié le tissu orange et avait découvert ses initiales brodées dans un des angles.

— C'est une charlotte ? C'est génial !

Elle l'avait tout de suite essayée... Elle lui allait parfaitement.

Coiffées toutes deux de leur charlotte, elles étaient parties dans un fou rire inextinguible. Elles étaient restées à bavarder jusque tard dans la nuit, plus tard qu'il n'était raisonnable. Mais c'étaient ces moments qui leur avaient permis de tenir le coup quand les combats avaient commencé et que les blessés affluaient.

— Ça a été notre dernière nuit ensemble, dit Michelle en levant enfin la tête vers Jacob. Le lendemain... C'est ma faute, tu comprends ? J'étais là. J'ai essayé de la sauver, mais elle est morte devant moi.

Jacob plissa imperceptiblement les yeux, seul mouvement dans son visage.

— Michelle, j'ai lu les rapports. Un groupe de rebelles vous a tendu une embuscade. Ni toi ni personne ne pouvait le prévoir.

Le service de renseignements des armées ne possédait aucun élément indiquant que votre unité médicale était en danger, et le fait que vous vous soyez couchées un peu tard n'est pour rien dans ce qui est arrivé. Tu souffres du syndrome du survivant, Michelle. Et peut-être aussi de stress post-traumatique. Tu dois me croire quand je te dis que ce n'est pas ta faute.

Elle fit claquer l'élastique sur son poignet.

Un, deux. Ce n'est pas ta faute. Trois, quatre. Ce n'est pas ta faute.

Jacob la serra contre lui.

— Ton amie est morte, mais tu es restée à ses côtés jusqu'au bout alors même que tout se déchaînait autour de toi. Tu n'as pas cédé à la panique. Tu n'as absolument rien à te reprocher. Tu n'as pris aucune mauvaise décision. Tu as sauvé des gens dans une zone de guerre, et ton amie n'est pas morte seule. Elle a quitté ce monde avec toi à ses côtés, tu lui as montré l'amour indéfectible que tu lui portais. Tu n'as rien fait de mal, Michelle, et il faut que tu cesses de te sentir coupable de vivre. Il faut que tu dises au revoir à ton amie.

À présent, il léchait ses larmes.

— Je suis désolé... J'étais rentré pour Ebony. Les nouvelles en provenance du camp, quand elles me parvenaient, étaient très vagues, et de toute façon je ne pouvais pas repartir. Il fallait que je prenne mes nouvelles marques. Mais je suis là à présent, Mich. Dis-lui au revoir, dans cette chapelle. Parle-lui.

Tout en se punissant méthodiquement avec l'élastique, lentement, très lentement, elle se mit à parler.

À Jacob et à Becks.

La présence de Jacob lui paraissait à la fois étrange et évidente. Elle lui raconta tout. Comment Becks était morte et comment elle se sentait perdue depuis. Comment son travail et lui étaient ce qui la faisait tenir. Elle lui parla de la culpabilité qui l'avait submergée et comment lui, sans le savoir, l'avait aidée à avancer et à recouvrer sa capacité à éprouver des émotions.

— Donc, tu penses que la thérapie a été utile ? demanda-t-il quand elle se tut.

Il lui tenait la main et lui caressait le pouce lentement, tendrement, en la regardant avec... Non, pas de la pitié, mais...

Elle n'osait pas prononcer le mot.

Ils allaient mal tous les deux. Or, dans quelques jours, ils seraient devant Andrew à attendre son verdict concernant l'attribution d'un poste qui leur était indispensable à chacun. Elle ne voyait aucune solution pour se sortir de cette impasse, et elle ne voulait plus y penser. Elle en avait assez fait pour aujourd'hui. Elle avait exorcisé autant de démons qu'elle pouvait.

Et tandis qu'ils se regardaient dans un silence détendu – heureux ? – elle ne put s'empêcher de penser qu'elle lui devait d'avoir réussi à progresser.

8

— Qui veut du dessert ? demanda Jacob d'un ton enjoué alors qu'il se dirigeait vers la chambre d'hôpital d'Ebony avec des petits pots de la mousse au chocolat préférée de sa fille.

— Wendy, ça vous tente ? proposa-t-il en en lançant un à l'infirmière, qui l'attrapa et le mit dans sa poche avec un sourire.

— Merci, docteur Peterson. Elle est adorable, votre fille, au fait.

Là-dessus, elle s'éloigna d'un pas sautillant, preuve que l'atmosphère générale s'était améliorée dans le service.

Andrew était sur des charbons ardents à l'approche de l'inauguration du centre de traumatologie. C'était la dernière ligne droite – les décorateurs étaient attendus le lendemain pour un dernier peaufinage —, mais Jacob, plutôt que de se faire remarquer en s'attribuant les cas les plus graves, ne se préoccupait plus que de l'instant présent.

— Hé, papa, ne donne pas tous mes pots !

Ebony avait beau n'avoir que cinq ans, elle se comportait souvent en adulte, et elle regarda son père avec un air sévère d'institutrice.

— Gardes-en pour Michelle !

Il faillit s'étrangler en découvrant Michelle assise dans le fauteuil au chevet d'Ebony. Elle se crispa à son arrivée, mais le sourire qu'il lui adressa – amical et non sensuel par égard pour sa fille – sembla la rassurer.

— Ne t'inquiète pas. Il m'en reste plein pour mes filles préférées.

— Papa ! pouffa la petite. Michelle, c'est pas une fille, c'est une dame.

— Et puis, je suis son chef, intervint Michelle avec un clin d'œil à Ebony, qui rit de plus belle.

Avec quelle rapidité elle avait conquis Ebony ! s'émerveilla-t-il. Cette femme avait vraiment de la ressource, et ce qui ne gâtait rien, elle n'hésitait pas à dire le fond de sa pensée. Finalement, ils se ressemblaient comme deux gouttes d'eau.

— Avez-vous apporté des cuillères, garçon ? demanda-t-elle.

Il se mit à remuer les hanches comme s'il faisait du hula-hoop.

— Là, dans ma poche de pantalon.

Avec un petit sourire et un moulinet du bras, elle sortit de l'endroit indiqué les couverts en plastique.

Sous les yeux ébahis de Jacob, Ebony se précipita pour en prendre un des mains de Michelle.

D'habitude pourtant, comme le personnel l'avait remarqué à ses dépens lors de son admission, elle ne supportait pas les contacts physiques avec des inconnus.

D'émotion, il en perdit l'usage de la parole.

Michelle et Ebony, les deux « filles » de sa vie, s'étaient mises à déguster leur entremets dans des éclats de rire. Il fut tenté de prendre la scène en photo pour l'immortaliser.

Il aurait tellement voulu qu'ils restent tous les trois dans cette bulle, loin des postes à pourvoir, des champs de bataille et des malentendus ! Et Michelle, qu'il n'avait jamais vue aussi joyeuse, pensait comme lui, il en était certain.

Peut-être que tout espoir qu'elle ne le quitte pas n'était pas perdu, après tout ?

Ebony paraissait plus gaie aujourd'hui et étonnamment en confiance avec Michelle. Cette dernière avait un vrai don pour mettre les gens à l'aise. Il avait eu l'occasion au cours des dernières semaines de constater avec quelle attention et quel respect elle s'adressait aux patients comme au personnel, et comment elle soulageait discrètement les infirmières de tâches qu'aucun autre médecin ne se serait abaissé à accomplir. Elle parvenait ainsi à faire régner dans le service une atmosphère familiale.

Difficile dans ces conditions de se bagarrer avec elle pour décrocher le poste. Surtout après ce qu'il s'était passé entre eux. Il préférait ne pas y penser.

— Tu as fini ta journée, Jacob ? demanda-t-elle en posant son pot vide.

Ebony, qui terminait le sien, les considéra tous les deux en silence. C'était une gamine très observatrice, qui ne parlait pas beaucoup mais remarquait tout. À la façon dont elle les scruta tour à tour, il se doutait que rien de ce qu'il se passait entre Michelle et lui ne lui échappait.

À l'idée d'élargir peut-être son microcosme familial, il sentit son ventre se nouer. Ebony le supporterait-elle ? Sa mère n'avait pas rompu tout contact, mais il savait que c'était par pur souci des convenances.

Les deux paires d'yeux fixées sur lui l'arrachèrent à ses réflexions.

— Oui, j'ai fini. Je pensais rester pour jouer un peu. C'est une bonne idée, non, mon petit lutin ?

Mais Ebony fronça le nez en se cachant à demi le visage et reporta son attention sur le documentaire animalier diffusé par la télévision accrochée en face de son lit.

Michelle fit signe à Jacob d'approcher, et il s'accroupit devant elle.

— Les autres enfants vont regarder un film dans la salle de jeux après le dîner. Ebony s'est inscrite.

Il s'affola, mais Michelle s'empressa de le rassurer et couvrit de la sienne la main qu'il avait posée sur les draps.

— C'est Jude qui les surveillera. Ebony adore le cinéma.

Il hocha la tête en s'efforçant de se décontracter, émerveillé par la façon dont Michelle semblait toujours être là pour lui quand il en avait besoin. Et maintenant pour Ebony aussi.

— Détends-toi, Jacob, tu ressembles à Hulk quand tu t'inquiètes.

Elle prit une mine exagérément furieuse.

Ebony éclata de rire et, à la grande surprise de Jacob, imita Michelle en ajoutant sa touche : elle exhiba ses biceps dans la pose d'une culturiste.

— Gare à Hulk ! cria-t-elle avant de pouffer dans ses petits poings.

En riant, Michelle tapa dans la main d'Ebony.

La joie de la gamine emplissait la chambre, et Jacob ferma les yeux l'espace d'un instant, pour en graver à jamais le son dans sa tête.

Quoi qu'il arrive, il savait maintenant qu'il avait pris la bonne décision. Il s'était posé. Le bonheur de sa fille suffisait au sien après les événements des derniers mois. Il choisissait sans hésiter le rire d'Ebony plutôt que le hurlement des sirènes, la confusion ou le bruit des hélicoptères dans le désert. Pour la première fois de sa vie, il ne rêvait que d'être dans sa maison avec elle. Il lui restait juste quelques pièces à placer dans le puzzle pour être comblé.

Deux heures plus tard, Jacob regardait Ebony partir en fauteuil roulant vers la salle de télévision.

La gamine ne lui prêtait pas la moindre attention, mais lui resta planté dans le couloir jusqu'à ce que les portes de la salle se ferment derrière elle.

Alors, appuyé contre le mur, il se passa la main sur le visage.

— Vous rentrez chez vous ?

Il sursauta.

Andrew Chambers se dirigeait vers lui, la cravate dénouée, le col de chemise ouvert, sa mallette se balançant au bout de l'un de ses bras.

— Il y a un point dont je voulais vous toucher un mot, si vous avez le temps. Je sais..., ajouta-t-il, la mâchoire un peu crispée lorsque, malgré lui, Jacob soupira de contrariété. Ça a été un coup dur pour vous. Simplement, l'inauguration du nouveau pôle de traumatologie a lieu dans moins de deux semaines, et mes deux médecins-phares ne savent plus où ils habitent. Comment vont votre fille et sa nounou ?

— Bien. Elles ont eu de la chance. A priori, Ebony sort demain, et Susan est déjà rentrée chez elle. Mais à mon avis, elle ne va pas reprendre le travail de sitôt. Ce qui veut dire...

— ... Que vous avez besoin de temps. Je le comprends bien. Pas de problème. Mais il faut trouver une solution, et rapidement. Je dois réorganiser le service, et j'ai besoin d'une équipe solide. Avez-vous enterré la hache de guerre avec Michelle ?

Si seulement il le savait ! Une chose était sûre : elle l'avait planté dans un jardin de sensualité, et il s'était épanoui en un homme amoureux épris d'images d'Épinal.

— Il y a moins de frictions. Elle est rentrée chez elle ?

— Je ne sais pas. Je lui ai envoyé un message parce que je veux lui parler à elle aussi, mais elle n'a pas répondu. Elle a terminé son service, alors je la verrai demain. Allez vous reposer, et venez me voir demain. Mieux encore, venez avec Michelle. Nous pourrons dresser un plan de bataille ensemble.

— Très bien, dit Jacob, pressé de s'éclipser. Bonne nuit, Andrew.

Il avait presque atteint la sortie quand Andrew lança :

— Quoi qu'il arrive, Jacob, le jour J, j'aurai un chef de service opérationnel. Les blessés n'attendent pas, et je ne peux pas reculer l'échéance.

Sans se retourner, Jacob leva le pouce.

— Pas de souci, patron. Vous aurez votre chef de service.

Michelle était allongée à plat ventre sur le lit de la salle de garde. La lumière du réverbère qui filtrait par le store, seul éclairage de la pièce, zébrait le papier de la lettre qu'elle aurait dû écrire depuis longtemps. Brusquement, un rai de lumière artificielle l'aveugla avant que la porte ne se referme, plongeant de nouveau la pièce dans la pénombre.

Elle s'apprêtait à dire à l'intrus de ne pas allumer quand la salle de bains s'éclaira, et elle découvrit Jacob.

Il paraissait épuisé, les ombres de la pièce accentuant ses cernes.

Elle aurait voulu parler, mais pour dire quoi ? Et comment ?

Il avait débarqué sur son lieu de travail, donné un coup de pied dans la fourmilière et bouleversé son existence. Il lui avait montré les dégâts que ses mensonges et ses silences avaient causés à sa vie soi-disant idyllique. Il l'avait forcée à se regarder dans une glace pour qu'elle voie ses problèmes, et elle espérait lui avoir renvoyé l'ascenseur.

À moins que cet honneur ne revienne à sa fille ?

Finalement, Becks avait peut-être eu raison : elle avait nourri sur Jacob des idées préconçues. La patience et la tendresse qu'il manifestait à l'égard d'Ebony les avaient fait voler en éclats. Elle lisait dans ses yeux de l'amour paternel, de l'implication, et elle s'éprenait davantage encore de lui.

— Salut ! dit-elle quand elle eut recouvré la parole.

Il fouilla la pénombre du regard jusqu'à ce qu'il la trouve.

— Salut toi-même. Tu rédiges mon CV ?

Cette curieuse tentative pour rompre la glace fonctionna : elle pouffa. Ils subissaient tous les deux la pression de l'inauguration à venir, et elle se sentait rassurée de ne pas être la seule à en souffrir.

— Non, ça, c'est déjà fait. Il ne m'a pas fallu longtemps pour écrire « N'embauchez pas ce débile ». Alors, je me suis mise à travailler sur le planning du service. Tiens, regarde si tu veux.

D'un coup de pied, Jacob ouvrit plus largement la porte de la salle de bains avant de prendre délicatement le papier qu'elle lui tendait. Elle roula sur le dos, et il vint s'asseoir à côté d'elle, les yeux fixés sur le document.

C'était le début de soirée. Dans le couloir, on entendait épisodiquement une voix ou une toux ou les roues d'un chariot.

— Pas de problème pour moi, déclara-t-il en posant sur le lit la feuille qu'il n'avait que parcourue. Je vais dire la chose la plus gênante que j'aie jamais dite à une femme avec qui j'ai couché. Figure-toi que j'aimais vraiment beaucoup ton amie Becks. C'était quelqu'un de bien, et manifestement vous étiez très attachées l'une à l'autre. Quel gâchis !

Michelle opina, retenant ses larmes.

Grâce à ses séances avec Greg, elle avait petit à petit admis que Jacob avait raison, comme les autres : elle n'était pas responsable de ce qui était arrivé à Becks.

— Je me suis sentie totalement inutile après avoir perdu ma meilleure amie de cette façon. Elle était là, devant moi, et je n'ai rien pu faire d'autre que de la regarder mourir. Je crois que, moi aussi, je suis un peu morte à ce moment-là. Et j'avais une telle colère en moi que je me suis renfermée sur moi-même. La maman de Becks a essayé je ne sais combien de fois de me contacter depuis l'enterrement, et je n'ai jamais donné suite. Je suis une égoïste, Jacob.

Elle se triturait la peau de la main avec acharnement, comme avant, son élastique s'étant cassé une heure auparavant.

— Tiens, dit Jacob en passant autour du poignet de Michelle un autre élastique.

— C'est un pur hasard que tu aies ça dans ta poche, je suppose ? dit-elle dans un sourire.

— Norma, du bureau général, m'a arrangé le coup, avoua-t-il en lui montrant une petite collection de différentes couleurs qu'il remit dans sa poche. Je lui ai apporté des muffins au chocolat en contrepartie.

Il lui prit la main pour y déposer un baiser.

— Ils servent à quelque chose ? demanda-t-il.

— Oui, finit par répondre Michelle, après un long silence qui l'inquiéta.

Mais elle caressa de son doigt le bracelet en caoutchouc en regardant Jacob avec ce sourire joyeux qu'il s'était lancé comme défi de lui arracher au moins une fois par jour, parce que celui-ci signifiait qu'elle était en train de guérir.

Malheur à tous ses collègues de St. Marshall quand elle serait complètement rétablie ! Car même quand elle était au plus bas de sa forme, elle les surpassait tous.

— Comment va Ebony ? demanda-t-elle.

Il s'illumina à la mention de sa fille et, main dans la main, ils s'allongèrent côte à côte sur le lit.

— Bien. Elle t'apprécie, tu sais.

Il la sentit hausser les épaules à côté de lui.

— Elle est géniale. Moi aussi, je l'aime bien. Qui va la garder quand elle rentrera chez vous ?

— C'est une question qui m'obsède, figure-toi…

Jacob poursuivit :

— L'agence me propose une autre nounou. Ebony doit la

rencontrer demain. Nous verrons si elles s'entendent toutes les deux.

Comme Michelle se taisait, il lui serra gentiment les doigts, et elle répondit à son geste.

— Andrew commence à stresser pour l'inauguration, dit-elle doucement. Il m'a envoyé un mail aujourd'hui avec une douzaine de propositions plus terrifiantes les unes que les autres pour le nom du pôle. Il pense que le fait de le rebaptiser mettra les investisseurs dans de bonnes dispositions. Au fait, il paraît qu'ils ont été très impressionnés par les deux médecins qui concoctent des cocktails quand ils ne partent pas secourir les gens à l'autre bout de la terre.

— C'était une chouette soirée, acquiesça Jacob dans un petit rire.

— Oui, on peut dire ça, finalement. Nous formons vraiment une bonne équipe... Quand tu écoutes ta chef.

Il fit mine de s'étouffer d'indignation et se mit à la chatouiller. Elle se contorsionna pour essayer de lui échapper en poussant de petits cris.

— D'accord ! D'accord ! capitula-t-elle. Je plaisantais. Arrête !

Il obéit instantanément.

Les yeux pétillants, elle se redressa au-dessus de lui, visiblement prête à se venger, mais il lui emprisonna les jambes entre les siennes et la plaqua sur le matelas, sous lui.

Il fut alors incapable de retenir les mots qui montaient dans sa gorge.

— Je crois que je suis en train de craquer pour toi, Michelle. Je sais que ça fait peur, mais je t'aime vraiment beaucoup.

La façon dont elle avait accroché avec sa fille avait été la cerise sur le gâteau. La première fois qu'il l'avait rencontrée, il l'avait vue comme une menace pour sa nouvelle vie encore fragile et comme une rivale professionnelle. À présent, il n'imaginait pas comment leur relation aurait pu prendre une autre tournure.

— Il était écrit que nous nous rencontrerions, Michelle. Sinon, pourquoi nous serions-nous retrouvés ensemble sur ce poste ? Nous sommes faits l'un pour l'autre. Ces quelques semaines passées avec toi sont les meilleures de ma vie, malgré ce que nous avons traversé. Tu as accepté Ebony, tu m'as pardonné ma bêtise, et...

— Je t'ai cassé le nez ? suggéra-t-elle en déposant un baiser sur son appendice nasal encore tuméfié. D'où sors-tu ce beau discours ? Et que fais-tu du poste ?

— Ce n'est plus de notre ressort. Andrew va choisir, et nous gérerons sa décision ensemble. Nous gérerons *tout* ensemble.

Dans la pénombre de la salle de garde, Michelle, protégée par le corps de Jacob, sentait son cœur battre très vite.

Il parlait de sentiments, d'émotions. Il prononçait des mots qu'elle ne s'était jamais attendue à entendre dans sa bouche. Oui, lui, ce « Bec-Sucré » dont elle s'était moquée !

Si Rebecca était encore là, qu'en dirait-elle ?

À présent, elle pouvait penser à son amie avec une relative sérénité. Elle se surprenait même à se réjouir que Jacob ait connu et apprécié sa joie de vivre, parce qu'il pouvait ainsi comprendre le vide qu'elle avait laissé dans son cœur à elle.

Elle ne parvenait pas vraiment à s'imaginer comment une vie avec lui fonctionnerait ni à quoi elle ressemblerait, mais elle était sûre d'une chose : elle ressentait la même chose que lui, et elle voulait trouver avec lui les réponses aux questions en suspens.

Pour le moment, ils étaient un peu dépassés.

— Viens ici, murmura-t-elle, en lieu et place de tout ce qu'elle aurait voulu dire. Tais-toi et embrasse-moi. Tout de suite.

Il lui attrapa les bras, qu'il lui maintint derrière la tête sur les draps, et lui déposa un baiser furtif sur le front, les joues, le menton...

— Comme ça ? demanda-t-il en lui mordillant l'épaule. Ou comme ça ?

Il prit son sein entre ses lèvres, et elle sentit sur son mamelon son souffle chaud et sa barbe de deux jours.

— Jacob...

Il ne la laissa pas achever. Il s'empara de sa bouche, et elle n'eut pas d'autre choix que de répondre à son baiser.

En un éclair, ils se déshabillèrent et se trouvèrent nus sur la couette, corps enlacés. Elle avait l'impression qu'un énorme point d'interrogation était suspendu au-dessus d'eux mais, lorsqu'il la pénétra, la seule réponse qui lui vint fut un « oui » sans réserve, et peu importent les conséquences.

C'est alors que l'on frappa à la porte. Des coups impérieux.

Ils se figèrent, puis Jacob roula sur le dos et tira la couette sur eux.

— Qui sait que tu es ici ? murmura Michelle.

Leurs lèvres se touchaient presque. Il la serrait dans ses bras en un geste délicieusement protecteur.

— Pas la moindre idée. Et toi ?

— Pareil.

Les coups reprirent.

— Docteur Peterson ?

C'était la voix de Francis, l'infirmier qui veillait sur Ebony ce soir !

Elle attrapa ses vêtements et se précipita dans la salle de bains tandis que Jacob allait ouvrir la porte. Pendant qu'elle s'habillait, elle n'entendit pas l'échange mais, elle devinait qu'il y avait un problème. Elle enfilait ses chaussures quand Jacob la rejoignit.

— Ebony a disparu. Elle n'était plus dans la salle de télévision à la fin du film.

9

Deux doigts dans la bouche, Michelle émit un sifflement strident en débarquant dans le poste du service de traumatologie.

Le vacarme cessa aussitôt, et tout le monde se tourna vers elle.

— Ebony Peterson, cinq ans, légèrement blessée dans l'accident de bus et dont la sortie était prévue demain, a disparu. Les agents de sécurité ont verrouillé le bâtiment, et le Dr Chambers examine avec la police les cassettes enregistrées par les caméras de surveillance. Elle a été vue pour la dernière fois dans la salle de télévision il y a un quart d'heure. A priori, elle n'a pas quitté l'hôpital.

Elle jeta un coup d'œil à Jacob qui, téléphone à la main, épluchait le registre des visiteurs.

Ils avaient éliminé l'hypothèse d'une intrusion de Jenny, partie en week-end avec une amie. De toute façon, lui avait expliqué Jacob, vu le peu d'intérêt que celle-ci témoignait à sa fille, elle ne serait pas venue la kidnapper. Et elle ne viendrait pas non plus prêter main-forte dans les recherches.

— Ebony est autiste, ajouta-t-elle. Elle est prise de panique face à des inconnus ou un environnement nouveau. Si vous la trouvez, ne la touchez surtout pas. Ne courez pas après elle. Prenez juste les mesures nécessaires à sa sécurité. Vous avez tous le numéro de pager de Jacob… du Dr Peterson. Appelez-le. Il ne va pas bouger d'ici, pour le cas où elle reviendrait toute seule.

Michelle parcourut la masse de visages familiers devant

elle. Rien que des gens qu'elle aimait, qu'elle admirait, en qui elle avait confiance.

— Ebony est fragile. Nous devons la trouver. Au travail !

Émue par l'abattement de Jacob qui était maintenant assis dans le poste des infirmières, la tête dans les mains, elle s'approcha de lui et posa ses doigts sur les siens.

— On va la trouver, Jacob. Tu m'as entendue, Jacob ? Nous allons la trouver.

Il ne dit rien. Il resta là, sur sa chaise, le regard dans le vide. Elle ne l'avait jamais vu aussi perdu.

— Je reviens, dit-elle brusquement en apercevant Andrew qui rôdait. Retourne dans la salle de vidéosurveillance. On ne sait jamais.

À contrecœur, elle lâcha la main de Jacob, qu'il laissa mollement tomber sur ses genoux. Elle aurait voulu le serrer contre elle, embrasser ses joues sur lesquelles ne coulait aucune larme, mais ce n'était pas le moment.

— Que se passe-t-il ? demanda-t-elle en entraînant Andrew à l'écart.

— Le bâtiment est entièrement bouclé, et d'après les caméras de surveillance, aucune personne correspondant à son signalement n'est sortie au cours des trente dernières minutes. La police et nos agents de sécurité passent au peigne fin tous les étages. Elle est forcément quelque part ici.

Il ajouta, avec un regard vers Jacob qui s'était levé pour étudier les plans de l'hôpital avec les agents de sécurité :

— Comment va-t-il ?

Il était blême et avait l'air à la fois agité et égaré. Dans une autre vie, elle en aurait probablement profité pour lui asséner le coup de grâce.

— Aussi bien que possible. Nous contrôlons la situation. Les nouveaux blessés sont tous dirigés vers d'autres établissements pour le moment.

Andrew secoua la tête. Visiblement, quelque chose le tracassait.

— Allez-y, Andrew ! Dites ce que vous avez à dire. Nous n'avons pas le temps de tourner autour du pot.

— Vous avez raison… Le moment est mal choisi, nous pourrons en parler plus tard. Êtes-vous devenus amis tous les deux ?

Bien que certaine qu'Andrew avait une idée derrière la tête, elle n'insista pas. En revanche, l'allusion à leur « amitié » lui donnait une idée.

— Si on veut, oui, répondit-elle. Bon, il faut que j'y aille.

Elle fonça droit sur Jacob et lui murmura quelque chose à l'oreille. Une lueur d'espoir lui éclaira le visage, et tous deux s'élancèrent dans le couloir tout en donnant des instructions aux infirmières.

Au-delà de la salle de télévision, il y avait un autre couloir interdit aux patients qui abritait les bureaux, les vestiaires et les salles du personnel des services voisins. Ils s'y engagèrent et regardèrent à tout hasard dans chaque pièce.

Rien.

Ils arrivèrent finalement à un vestiaire. Là, Michelle marqua une pause, les mains sur la porte, pour leur donner le temps de reprendre leur souffle et de faire une petite prière silencieuse.

Elle finit par ouvrir et, retenant son souffle de peur de s'être trompée, suivit Jacob à l'intérieur de la pièce.

— Ebony, ma puce ! s'écria ce dernier en s'élançant vers le fauteuil poire où Ebony était assise, le visage maculé de mousse au chocolat, un pot à moitié mangé sur les genoux.

Il ne la gronda pas. Il s'assit à côté d'elle et la prit sur ses genoux. Elle se débattit un peu et libéra une main de l'étreinte de son père pour plonger de nouveau sa cuillère dans la mousse. Visiblement, elle n'avait pas une égratignure.

Michelle sentit une larme de soulagement puis deux lui couler sur la joue et donna enfin libre cours aux sanglots qui se pressaient dans sa poitrine.

Jacob et Ebony la regardèrent avec des yeux inquiets tandis qu'elle traversait la pièce en courant à moitié pour les prendre tous les deux dans ses bras.

Ils étaient à présent tous les trois dans le vaste pouf en un méli-mélo de jambes et de bras.

— Tu es un super papa, et tu as une fille formidable, dit-elle en hoquetant. Ne te reproche rien. Tu es bien placé pour savoir que les accidents arrivent. Elle est entre de bonnes mains avec Susan. Tu travaillais… Tu sauvais des vies. Je suis sûre qu'Ebony est fière de son vieux papa.

Elle, en tout cas, elle était fière de Jacob. Elle le voyait avec d'autres yeux, maintenant qu'elle détenait toutes les pièces du puzzle. La disparition d'Ebony avait plongé Jacob dans une angoisse terrible, et elle se sentait chavirer d'amour pour lui.

Elle s'était attachée à Ebony. La santé et le bonheur de la petite fille lui tenaient autant à cœur qu'à Jacob qui, alors qu'il avait perdu ses repères, avait surmonté son désarroi et trouvé le temps de s'occuper d'elle quand elle avait eu besoin de lui.

— Je comprends maintenant, dit-elle à Jacob.

— Tu comprends quoi ? demanda-t-il avec un regard si plein d'adoration qu'elle en rougit, en les embrassant tour à tour comme s'il n'arrivait pas vraiment à croire à sa chance d'avoir ses deux « femmes » saines et sauves dans ses bras.

— L'histoire des desserts de M. Bec-Sucré, c'était en pensant à Ebony, n'est-ce pas ?

Jacob se mit à rire, imité par sa fille qui, le doigt pointé vers son père, claironna :

— Papa Bec-Sucré !

Hilare, elle caressa la joue de Michelle pour la dérider elle aussi.

— Oh ! Ebony ! Que ton rire fait du bien ! s'écria Michelle en embrassant la menotte de la gamine.

En réponse, Ebony se mit à se tirer les oreilles dans tous les sens, et son père suivit son exemple.

Et lorsque Michelle eut annoncé la fin de l'alerte et rempoché son téléphone, ils restèrent un moment là à faire les pitres, se régalant tout simplement d'être ensemble tous les trois.

10

Michelle se réveilla le lendemain matin dans la salle de garde, reposée comme jamais. Elle s'était endormie sereinement, ses démons réduits au silence, son élastique sur son tas de vêtements et non à son poignet. Le soleil, encore bas à l'horizon, se faufilait à travers les stores et lui chauffait la peau.

Elle consulta sa montre : il lui restait une demi-heure avant sa prise de service et moins de deux avant son entrevue avec Andrew Chambers. Pour une fois cependant, elle n'avait pas envie de commencer sa journée sur les chapeaux de roues, surtout quand elle vit Jacob sortir de la salle de bains et se glisser dans le lit à côté d'elle.

— Quelle heure est-il ? demanda-t-il de sa voix envoûtante en lui caressant la joue avec sa barbe naissante.

— Une demi-heure avant la transmission des consignes. Ebony va bien ? Tu es de service toute la journée, je crois ?

— Elle va bien. Les infirmières l'adorent et rivalisent d'idées pour la distraire.

Il se redressa un peu tout en parlant. Il avait la tête hérissée d'épis. Un vrai bébé singe ! songea-t-elle en pouffant de rire.

— Quoi ? s'étonna-t-il, avant de comprendre.

Comme il se passait la main dans les cheveux, elle la lui saisit pour la poser sur son sein. Avec un gémissement rauque, il commença à promener son pouce sur son mamelon.

— Bonjour, docteur Peterson, dit-elle en l'embrassant sur le sommet du crâne.

Il voulut s'emparer de sa bouche, mais elle l'en empêcha.

— Haleine du matin, dit-elle en louchant comiquement.

Sans un mot, il ramassa sa blouse qui gisait au sol, sortit de la poche un paquet de pastilles à la menthe et commença à en sucer une en la regardant de façon suggestive.

— Maintenant, femme, embrasse-moi. C'est un ordre.

Un baiser qui les embrasa en un éclair.

Assis à l'extérieur du bureau d'Andrew, Jacob et Michelle étaient tous les deux trop anxieux pour répondre aux paroles d'encouragement que les agents leur adressaient en passant.

Jacob regarda Michelle qui pinçait son bracelet en caoutchouc comme une corde de guitare.

Que se passerait-il une fois le verdict tombé ? Il n'osait pas y penser. C'était trop cruel que cette décision affecte autant leurs vies.

Ebony allait bien, mais elle était encore fragile et avait un immense besoin d'un foyer stable. Michelle continuait sa thérapie avec des résultats évidents, mais le SSPT n'était pas facile à soigner. Elle ne serait jamais plus la même. L'amour est un combat, disait-on, et perdre sous ses yeux quelqu'un qu'on aime cause un chagrin à nul autre pareil. Il savait qu'elle n'oublierait jamais ce jour et que ce souvenir façonnerait sa carrière à venir, consciemment ou pas.

Il se pencha vers elle avant qu'Andrew n'ouvre la porte.

— Ça va ? Tu es prête ?

Michelle fit claquer l'élastique, ferma les yeux un long moment et prit une profonde inspiration.

— J'espère que ça va marcher, Jacob. C'est un risque.

Cachant son angoisse, il lui sourit pour lui montrer qu'elle pouvait compter sur lui.

— Tout est un risque de nos jours, non ? Tu m'as adoubé, et ça a donné de plutôt bons résultats.

— Le jury est toujours en train de délibérer sur cette question-là, répondit-elle, les yeux au ciel, en camouflant son élastique sous sa manche.

— Tu me connais, ma chérie, riposta-t-il, les yeux mi-clos. J'obtiens toujours ce que je veux.

Là-dessus, la porte s'ouvrit. L'heure du lever de rideau avait sonné.

— Bien..., commença Andrew.

De toute évidence, il essayait de se comporter en professionnel sans états d'âme. En réalité, il donnait l'impression d'un bourreau face à ses premiers condamnés. Si l'entrevue avait eu lieu au rez-de-chaussée, il se serait probablement sauvé par la fenêtre. Ce que Jacob ne lui aurait pas reproché. L'entretien s'annonçait délicat.

— Bien quoi ? demanda Michelle en prenant une viennoiserie dans l'assiette sur le bureau d'Andrew. Il y a du café ?

Les épaules d'Andrew se détendirent un peu, il lui sourit.

— Il arrive. Je voulais vous voir tous les deux pour vous annoncer ma décision concernant le poste.

Jacob était encore debout, adossé au mur derrière le fauteuil de Michelle. Elle le regarda et demanda :

— Qui le lui dit, toi ou moi ?

Interrompus par l'arrivée de la secrétaire qui apportait les cafés, ils se regardèrent tous les trois en chiens de faïence jusqu'à ce qu'elle reparte.

Jacob, dont le cœur battait à tout rompre, admirait le calme apparent de Michelle. Son élastique pendait à son poignet, et elle engloutit une seconde viennoiserie avec la voracité d'un ours venant de pêcher un saumon.

Elle lui jeta un coup d'œil qui l'aida à retrouver sa voix.

— Andrew, le poste nous intéresse tous les deux, alors nous l'acceptons humblement, avec quelques conditions.

Comme dans les dessins animés, Jacob vit l'emblème du « dollar » clignoter dans les yeux affolés d'Andrew.

— Mais, mais, mais... Vous deux ?

— À temps partiel, compléta Jacob pour mettre fin au supplice de leur patron. Nous vous offrons deux chefs pour le prix d'un. Une opportunité qui ne se présentera plus.

Le fait qu'ils soient apparus comme un duo de rêve lors de la soirée de collecte de fonds avait beaucoup aidé à leur image de marque auprès des investisseurs. Ce matin, ils s'étaient entretenus brièvement avec ces derniers, qui avaient accepté le principe. Même les membres du personnel, divisés entre les pro-Peterson et les pro-Forbes jusqu'à la disparition d'Ebony, étaient à présent soudés derrière eux. Tout était prêt. Il ne manquait plus que la signature d'Andrew.

Ce dernier, suffoquant comme un poisson hors de l'eau, se cala dans son fauteuil pivotant et avala son café d'un trait.

Michelle et Jacob échangèrent un clin d'œil.

— Allez-y, soupira Andrew, moitié riant, moitié pleurant à la pensée de la paperasse qui l'attendait. Faites feu.

— Nous voulons mettre en place un poste à deux têtes, se lança Michelle qui pétillait maintenant d'excitation. Ce qui veut dire que nous pourrons à la fois profiter chacun de journées de liberté – Jacob pour élever sa fille et moi pour poursuivre ma thérapie – et mieux nous occuper du centre.

Quand elle eut conclu, elle regarda Jacob, qui fut une nouvelle fois transporté d'amour. Il remercia silencieusement Becks grâce à laquelle, d'une certaine façon, ils s'étaient rencontrés.

Il s'éclaircit la voix et prit le relais.

— Nous avons exposé les grandes lignes de notre programme aux investisseurs. Non seulement ils sont d'accord pour que nous occupions conjointement le poste, mais ils sont prêts à nous allouer une subvention supplémentaire pour la mise en place d'un autre projet.

— Et comment avez-vous obtenu tout ça en une seule réunion ? demanda Andrew, dont les yeux menaçaient de sortir de leurs orbites.

— Un simple coup de fil, en fait. Juste après celui passé au Royal.

Jacob vit les narines d'Andrew frémir de colère.

Le Royal et St. Marshall avaient toujours été rivaux, et Andrew se démenait pour que son établissement supplante son concurrent.

— Les investisseurs ne voyaient apparemment pas d'un

bon œil que le Royal recrute leurs deux traumatologues chéris. N'est-ce pas, Mich ?

— Ils ne sautaient pas vraiment de joie, effectivement, confirma Michelle qui avait retrouvé tout son allant. Je crois qu'ils préfèrent que nous restions ici.

Andrew secoua la tête lentement, l'air incrédule, alors qu'il commençait à comprendre la tactique.

— Bien joué. J'aurais dû y penser. Et votre projet, alors ?

Jacob serra les épaules de Michelle. Une fois. Deux fois.

Je suis là. Tu ne seras jamais plus toute seule.

— Michelle et moi avons été traumatisés l'un comme l'autre par nos missions à l'étranger. Nous voudrions aider les combattants à leur retour. Or, vu les nombreuses coupes budgétaires qu'a subies le système de santé public, nous aimerions créer une clinique à leur intention avec des fonds privés. La moitié des chefs de service ont déjà proposé leur concours et les infirmières sont gagnées à la cause elles aussi. Nous pourrions l'installer dans les locaux de l'ancien centre de traumatologie qui doit être affecté en...

— En local de stockage, acheva Andrew. C'est effectivement un usage plus satisfaisant. Mais pouvez-vous vous occuper des deux établissements ? Même à deux, cela représentera de longues journées de travail et des acrobaties pour gérer votre vie privée. Votre partenariat peut-il aller jusque-là ?

Michelle, qui avait cru devoir se battre pied à pied avec Andrew, parut prise au dépourvu de le voir accepter aussi facilement. Jacob, lui, se sentait prêt.

Il récita les mots imprimés dans sa tête depuis des jours.

— Nous sommes des partenaires dans tous les sens du terme, Andrew. Nous sommes en mesure de mener à bien cette entreprise... Si vous nous en donnez la chance.

Il n'aurait pas été surpris que Michelle se rétracte, mais elle le soutint.

— Il a raison, Andrew. C'est vrai, au début, nous n'avons pas accroché tous les deux, mais la situation a changé.

Elle regarda son patron et vieil ami, et lui sourit.

— J'ai changé moi aussi, poursuivit-elle. Le service de

traumatologie a besoin d'évoluer. Nous sommes déjà très bons, mais pourquoi ne pas aller plus loin ? Pourquoi ne pas l'utiliser pour aider nos forces armées comme elles-mêmes nous aident en combattant là-bas tous les jours ? Nous le leur devons pour nous acquitter un minimum de notre dette envers eux.

Sa voix s'était tendue. Elle devait penser à Kathryn, privée de sa fille, à elle-même privée de sa meilleure amie.

Andrew se pencha en avant, les coudes sur son bureau, ses mains se touchant par le bout des doigts. Trois longues secondes s'écoulèrent... Puis il se leva et leur serra la main à tous les deux.

— Marché conclu. J'appelle les investisseurs.

11

— J'arri-i-i-ve ! annonça Jude à tue-tête.

Une nuée d'enfants s'égaillèrent dans des cris et des rires sur les pelouses baignées de soleil. Ebony était parmi eux, et ce n'était pas la moins bruyante.

— Non, Jude ! Ne m'attrape pas ! hurla-t-elle en entraînant son père dans sa course.

Jacob, en jean et chemise blanche, riait à gorge déployée.

Michelle les accompagna de son rire.

Quand Ebony se sentait en sécurité dans un univers familier et serein, elle s'épanouissait, et le petit être nerveux et introverti se transformait en une fillette pleine de vivacité. Elle n'arrêtait pas de les surprendre, et avec elle, Michelle découvrait une facette entièrement nouvelle de son ancien rival.

La journée d'inauguration du nouveau pôle de traumatologie promettait d'être inoubliable. Ils avaient obtenu l'autorisation d'utiliser le parc autour de l'hôpital et avaient dressé en carré sur l'herbe verte de belles tentes blanches. Un petit orchestre local monté par Jacob jouait des tubes connus de toutes les générations. Outre le jeu de cache-cache organisé par Jude, d'autres activités étaient offertes, pour la plupart grâce à l'imagination d'Ebony et de Jacob.

Michelle elle-même ne se sentait pas très à l'aise dans la robe longue et les sandales à brillants que Jacob l'avait aidée à choisir pour l'occasion, mais elle avait voulu faire honneur à l'événement. Elle avait quelques élastiques dans son sac, par sécurité, et Jacob aussi en gardait toujours dans sa poche.

Cet homme l'avait surprise de bien des façons...

— Tout se passe bien, on dirait ? dit Andrew en lui tendant un verre alors qu'elle contemplait les gamins. Les investisseurs sont ravis de cette fête. Comment saviez-vous qu'ils avaient tous des enfants ?

De la tête, elle indiqua Jacob, allongé sur l'herbe, victime d'une demi-douzaine de diablotins qui le chatouillaient.

— C'est lui qui a fait des recherches. Bonne idée, n'est-ce pas ?

— Difficile de le nier, avoua Andrew. L'événement a attiré des gens de très loin.

Repérant soudain un visage connu, elle s'excusa auprès d'Andrew et s'éloigna.

Une femme venait de sortir du bâtiment et se dirigeait vers la buvette en fouillant la foule du regard. Elle la cherchait elle, devina Michelle, en respirant profondément selon la méthode enseignée par son thérapeute.

Elle avait oublié comme Kathryn Hughes ressemblait à sa fille. Elle en fut ébranlée mais se ressaisit très vite.

— Bonjour, dit-elle en s'arrêtant à quelques pas de celle-ci. Merci d'être venue.

— Merci de m'avoir invitée, répliqua Kathryn avec sa cordialité habituelle. Comment vas-tu ? Tu as l'air en forme.

Des dizaines de réponses vinrent à l'esprit de Michelle, dont aucune ne semblait adaptée à ce qu'elle ressentait. En désespoir de cause, elle prit Kathryn dans ses bras, et toutes les deux s'agrippèrent l'une à l'autre, perdues ensemble dans leur monde.

— Je suis désolée de ne pas avoir été là pour vous après l'enterrement, murmura Michelle. Je voulais pourtant. Vraiment.

Kathryn resserra encore son étreinte et lui caressa les cheveux en un geste maternel.

— Tu as fait ce que tu pouvais, ma chérie. Je sais que ça a été dur pour toi aussi.

Elle s'écarta un peu et la dévisagea.

— Tu te fais aider ?

— Droit au but, comme toujours. Oui, je me fais aider.

Le visage de Kathryn se détendit un peu, et son sourire s'élargit.

— Ne vous inquiétez pas pour moi, Kathryn. Je vais bien. Et j'ai quelqu'un à vous présenter.

Jacob, qui les observait, s'approcha avec Ebony qui lui tenait la main. La fillette portait une robe en tulle crème aussi maculée de taches d'herbe que le jean de son père.

— Dans quel état vous êtes, tous les deux ! s'esclaffa Michelle. Je plains le teinturier.

— Ça en valait la peine, assura Jacob avec un de ses regards envoûtants. Pas vrai, Ebs ?

— Si ! pouffa Ebony. Qui c'est cette dame ?

Michelle se creusait la tête pour savoir comment faire les présentations, mais Kathryn s'était déjà accroupie devant la gamine.

— Je m'appelle Kathryn et je suis une amie de Michelle.

Elle voulut serrer la main d'Ebony, mais celle-ci la salua avec un « high five » à la façon des jeunes, et le rire joyeux de Kathryn prit Michelle par surprise.

Elle ne l'avait pas entendu depuis si longtemps !

— Désolé, intervint Jacob. Nous sommes en plein apprentissage des bonnes manières. Je m'appelle Jacob. Je suis médecin à l'hôpital, et ce petit monstre est ma fille Ebony.

— J'aime bien taper dans la main pour dire bonjour, tu sais, Ebony, dit gentiment Kathryn. C'est plus amusant. Le nouvel hôpital te plaît ?

— Oui, répondit la petite.

Mais elle était déjà passée à autre chose et lorgnait sur les stands.

— Tu vois Jude, là-bas, près de la camionnette ? demanda son père. Va lui demander de t'acheter une glace. Tiens, voilà de l'argent.

Ebony prit la pièce et se sauva, sa robe ondulant comme une cape derrière elle.

— Elle est magnifique, observa Kathryn alors que tous trois regardaient la fillette.

— Mais elle n'est pas de tout repos, croyez-moi, dit Jacob.

C'est vrai qu'elle se montrait parfois difficile, songea Michelle.

Mais elle avait récupéré de l'accident, et grâce aux écouteurs et à la bande-son du dernier Disney, elle avait fini par accepter de remonter en voiture.

— Alors, Jacob, vous connaissiez ma fille ? demanda Kathryn.

Michelle jubila devant le regard paniqué de Jacob, mais à ce moment la voix d'Andrew résonna.

— C'est l'heure, annonça-t-elle.

Après avoir rassemblé son équipe, Kathryn à ses côtés, elle traversa la pelouse jusqu'à la tente principale plantée devant le nouveau centre de traumatologie et le bâtiment qui hébergerait d'ici quelques semaines les anciens combattants.

Alors qu'elle pénétrait sous la tente, elle sentit une petite main s'agripper à ses doigts.

Ebony, tout en léchant sa glace, levait la tête vers elle.

Michelle lui adressa un clin d'œil que la gamine essaya d'imiter d'une façon comique.

Les invités prenaient place sur les chaises blanches disposées devant l'estrade où se tenait Andrew, en costume de lin. Derrière lui étaient assis les administrateurs de l'hôpital. Michelle et ses collègues s'installèrent dans la dernière rangée aux places qui leur étaient réservées.

Tout avait été organisé dans les moindres détails au prix de beaucoup de travail. Le grand jour était arrivé, et elle espérait de toutes ses forces que tout se passerait sans anicroches.

— Coucou, dit Jacob. Arrête de t'inquiéter. Nous avons tout prévu. La journée va être inoubliable.

— Je sais, mais...

— Mais rien. Profite du moment. Tu veux un élastique ? demanda-t-il en tapotant la poche de sa veste.

— Non, merci. Ça va aller, assura-t-elle au moment où tout le monde se taisait pour laisser la parole à Andrew.

— Je suis ravi de voir que vous vous êtes déplacés au St. Marshall en aussi grand nombre aujourd'hui pour célébrer l'ouverture de notre nouveau centre de traumatologie. Comme vous le savez, la notion de communauté est une valeur importante dans le Surrey, et de vous voir si nombreux et si engagés fait chaud au cœur. Nous sommes maintenant officiellement un pôle d'excellence. En outre, j'ai l'immense plaisir d'annoncer que, grâce à la générosité de nos administrateurs et investisseurs, nous allons mettre en place dans l'ancien bâtiment de traumatologie un service spécialisé dans les soins postopératoires aux blessés de guerre et dans la prise en charge des problèmes psychologiques liés au syndrome de stress post-traumatique.

Les flashs des appareils photo crépitaient autour de lui, signe que la presse était sous le charme et qu'elle couvrirait largement l'événement. Tant mieux, car cela faciliterait la prise de conscience des problèmes par le public et l'obtention de davantage de lits pour les malades.

— Et la création de ce service, nous la devons à deux médecins, qui ont participé avec courage et dévouement à des missions humanitaires en zone de guerre. J'ai nommé le Dr Michelle Forbes et le Dr Jacob Peterson. Un immense merci à eux. Ils sont ici aujourd'hui pour répondre à toutes vos questions. Allez les saluer, visitez notre nouveau centre de traumatologie, jetez un coup d'œil aux plans de l'ancien bâtiment. Bref, je vous souhaite de passer une excellente journée avec vos familles au St. Marshall. Et à présent, M. Atkinson, élu de la circonscription, va inaugurer officiellement le nouveau pôle.

M. Atkinson s'avança.

— Merci, docteur Chambers, et merci à tous d'être venus montrer votre attachement à notre hôpital. Sans plus attendre, je déclare officiellement le centre de traumatologie Rebecca Hughes...

Il tira sur une corde, et la bâche qui cachait le bâtiment tomba, révélant sur le mur la plaque où le nom de Becks était gravé en lettres d'or.

— ... Ouvert !

Toute l'assistance se leva dans un tonnerre d'applaudissements.

Michelle, elle, ferma les yeux pour un au revoir silencieux à l'amie qu'elle n'oublierait jamais. Quand elle les ouvrit de nouveau, Kathryn était à côté d'elle, les yeux embués de larmes.

— Kathryn, je...

Cette dernière l'enlaça, étouffant ses mots.

— Je n'en reviens pas que tu aies fait ça, sanglota Kathryn. Je trouvais déjà extraordinaire que tu aies pris contact avec moi.

— Je l'aimais moi aussi, dit Michelle en essayant de ne pas craquer elle-même. J'ai l'impression qu'elle est en permanence avec moi. Maintenant, tout le monde connaîtra son nom.

Incapable de parler, Kathryn articula un « merci » silencieux, et elles s'embrassèrent.

— C'est l'idée de Jacob, précisa Michelle quand elles eurent recouvré l'usage de la parole. Je parle du nom du centre.

Toutes deux tournèrent leur regard vers Jacob qui, Ebony accrochée à son dos comme un petit singe, poursuivait les autres enfants en faisant l'avion. Ebony riait le plus fort de tous. Elle avait l'air si heureuse !

— C'est un homme bien, déclara Kathryn avec un sourire un peu triste. Et il a une bonne influence sur toi. Ce n'est pas la peine de rougir ! Je ne t'ai jamais vue comme ça du temps de Scott. Oh ! il était gentil, je ne dis pas le contraire, mais j'ai l'impression que tu as rencontré l'homme qu'il te faut vraiment. La vie est trop courte pour ne pas profiter du bonheur quand il se présente. Je t'assure que je regrette de ne pas l'avoir fait davantage...

— Michelle, excusez-moi, vint les interrompre Andrew, empêchant Kathryn de s'expliquer plus avant. Une ambulance amène des blessés.

— Vas-y, ma grande, dit Kathryn devant l'hésitation de Michelle. Ne t'inquiète pas pour moi. Andrew, accepteriez-vous de boire un verre avec moi ?

Andrew, en hôte parfait, s'inclina en un geste théâtral avant de tendre le bras à sa nouvelle compagne.

— Avec grand plaisir, Kathryn. Allons-y.

Ne trouvant pas Jacob, Michelle se dirigea vers le centre et jeta en passant un coup d'œil à la plaque.

Quel meilleur moyen de se souvenir de son amie puisqu'elle passerait ces portes tous les jours désormais ?

— Hé ! Pas de relâchement à présent que tu travailles à mi-temps, plaisanta Jacob en arrivant à sa hauteur. De quoi s'agit-il ?

— Des blessés. Tu as reçu un message ?

— Non. Andrew me l'a juste signalé, et je suis venu prêter main-forte. Il est resté avec Ebony et Kathryn. Elle s'est entichée de notre fille.

« Notre fille. »

Michelle ne releva pas, mais son cœur s'était comme illuminé.

Dès qu'ils entrèrent, Wendy et Imogen, les deux infirmières de garde ce jour-là, leur exposèrent l'état des cinq blessés.

— OK, dit Jacob quand elles eurent terminé. Vérifiez les groupes sanguins, apportez des chariots de réanimation aux lits deux et trois, prévenez les services d'orthopédie et de pédiatrie qu'ils envoient quelqu'un. Nous, nous allons nous changer.

— Et la fête ? demanda Wendy.

— La fête est ici ! répondit Michelle qui enlevait ses sandales. Laissons les autres s'amuser. Nous, nous allons montrer à tous que les sommes investies dans le centre le sont à bon escient.

12

Deux ans plus tard…

Dans un frou-frou de tissu, Michelle s'avança vers l'autel de la chapelle de l'hôpital d'un pas mal assuré.

Satanés talons ! Mais il fallait bien faire de nécessité vertu… Elle obliqua pour aller allumer un cierge.

— Alors ? demanda-t-elle, les yeux levés en l'air, en riant et en essuyant tout à la fois une larme de sa main gantée. Qu'en dis-tu ? Pas mal pour une ex-habitante du désert, non ?

Elle tourna sur elle-même en faisant virevolter sa robe avant d'aller s'asseoir sur le banc de devant pour regarder la flamme danser.

— Tu trouves que je me précipite, n'est-ce pas ? Je t'assure que tu te trompes… OK, soupira-t-elle comme aucune réponse ne lui parvenait. Je vais prendre une minute pour réfléchir. C'est beaucoup, tu sais.

Elle inclinait la tête sur le côté, quand une voix s'éleva derrière elle.

— Vous avez terminé ?

Elle se retourna.

Jude et Andrew se tenaient là, bras dessus bras dessous. Jude semblait contrariée.

— Ce n'était pas la peine que je passe tout ce temps à vous maquiller, si vous esquintez tout !

Elle s'élança vers Michelle en sortant du matériel de sa pochette et s'employa à réparer les dégâts.

— Vous parliez à Becks ? demanda avec douceur Andrew.

— Je l'ai embrassée de votre part.

Puis, changeant de sujet :

— Comment va-t-il ?

— Bien, assura Andrew, éternel diplomate. Pas de problème.

— Andrew, pourquoi mentez-vous ? le rabroua Jude avant de se tourner vers Michelle avec un air de conspiratrice. Il a vomi deux fois, dont une dans la poubelle du poste des infirmières. Il n'est pas beau à voir. Mieux vaudrait ne pas le faire attendre.

— D'accord. Je vous suis, déclara Michelle.

Elle sortit de l'hôpital au bras de ses amis, ses collègues témoins de son passé, de son présent et de son avenir. Elle leur était reconnaissante de l'avoir toujours soutenue, même quand elle avait voulu les repousser.

Avant d'entrer dans le pub, elle prit une profonde inspiration.

Celui-ci avait été décoré pour l'occasion : les murs étaient tendus d'organdi et de satin blancs, des nœuds dorés étaient accrochés au dos des chaises et les tables avaient été déplacées pour ménager une allée.

Dans toute l'assemblée, elle ne vit que Jacob. Il était vêtu d'un costume gris et portait une cravate bleue qui l'étranglait. Elle vola littéralement vers lui, s'arrêtant cependant pour donner à Ebony, debout au bord de l'allée, son bouquet de lys blancs.

— Tu es belle, maman, dit la petite, le visage radieux.

Sa robe était une réplique miniature de la sienne, et ses yeux verts pétillants un cadeau de son père, l'homme que Michelle s'apprêtait à épouser.

— Ton maquillage ! chuchota la fillette quand Michelle la serra contre elle. Tata Jude a dit qu'elle va te peindre le visage de Bobo le clown si tu l'abîmes.

— Houp là ! feignit de s'affoler Michelle, et toutes les deux pouffèrent de rire.

— Je t'aime, dit Michelle, reprenant son sérieux, à la petite fille qu'elle considérait comme la sienne.

La mère biologique avait cédé sa place de bon cœur et depuis longtemps. Dorénavant, c'était Michelle sa vraie mère. Celle qui serait là pour Ebony, quoi qu'il arrive. Même des chirurgiens de premier plan comme Jacob et elle savaient que tout n'est pas une question de sang. C'était leur amour pour Ebony et leur attention à ses besoins qui les légitimaient comme parents.

— Moi aussi, je t'aime, murmura Ebony en déposant un bisou sur le nez de Michelle, avant de reprendre sa place à côté de Jude.

— Tu es absolument superbe, s'extasia Jacob quand elle le rejoignit. Je t'aime. Tu n'imagines pas à quel point.

Elle le regarda, radieuse à travers des larmes qu'elle ne cherchait pas à cacher.

Elle aperçut Kathryn au milieu de l'assistance, qui lui adressa un sourire humide. La présence de tous ses amis la réconfortait et la mettait en joie. Des amis qui constituaient sa famille désormais. À la vie, à la mort.

Son regard se porta sur le panneau derrière le bar.

Lucas souriait au milieu d'autres visages affichés, ceux de soldats qui s'étaient fait soigner dans le nouveau centre et avaient trouvé une nouvelle raison de vivre, ceux d'enfants qu'ils avaient sauvés, ceux de familles qu'ils avaient aidées à se reconstruire avec un mot gentil et un traitement sur mesure.

Au centre de toutes les autres, il y avait la photo datant du mois dernier d'une scène qu'ils avaient espérée sans oser y croire. Elle avait été prise chez eux. Ils étaient assis sur le canapé.

Ebony avait appelé son père pour qu'il vienne s'asseoir et ouvrir son cadeau.

— Un cadre ! Super ! s'était-il exclamé en ouvrant la boîte à l'envers dans son impatience et troublé par les cris excités d'Ebony.

— Regarde-le, papa, vite ! Dépêche-toi !

Ebony s'était collée à Michelle sur le canapé, et toutes les deux avaient épié sa réaction quand il retournerait le cadre. C'est à ce moment que Kathryn avait immortalisé l'expression de surprise de Jacob devant l'échographie en couleur. Ebony avait les bras en l'air, le visage plissé de bonheur, tandis que Michelle considérait sa famille d'un air serein. C'était sa photo préférée, celle de la mise en place de la dernière pièce du puzzle.

— Ça va ? s'inquiéta Jacob alors que l'officier d'état civil prenait la parole.

Il posa instinctivement la main sur le ventre de Michelle, et elle la couvrit de la sienne.

— Oui. Je suis heureuse. Je t'aime.

Il lui serra les doigts.

— Je ne vais pas mentir, ça me fait plutôt plaisir d'entendre ça. Tu sais que j'ai vomi tout à l'heure ?

L'officier d'état civil leur jeta un regard interrogateur, mais ils lui sourirent, et Jacob baissa la voix quand l'homme reprit son discours.

— Il faut que je te prévienne quand même. J'ai un rencard coquin après.

Il la regarda de ses yeux émeraude ensorcelants.

— Pas de problème, répondit-elle avec détachement. Moi, j'ai un médecin très coquin qui m'attend dans la salle de garde.

Les yeux de Jacob lancèrent un éclair de défi qui affola son cœur et sa libido.

Même au moment où ils se préparaient à s'engager l'un envers l'autre pour la vie, ils restaient eux-mêmes : brouillons, impétueux, originaux. Parfaitement imparfaits et merveilleusement heureux.

— Ce n'est pas une bonne idée avec cette robe, gronda-t-il. Méfie-toi.

L'officier d'état civil, qui ne perdait pas une syllabe de leur conversation, leva les yeux au ciel.

— On n'est à l'abri de rien en traumatologie, poursuivit Jacob. Tu connais les risques.

Oui, elle les connaissait. Le regard braqué sur l'homme qui allait devenir son mari, le père de l'enfant qu'elle portait et de leur fille qui lui ressemblait comme deux gouttes d'eau, elle sourit.

— Nous allons voir ce que nous allons voir, Casanova ! lança-t-elle avec un clin d'œil.

Cette allusion à l'ancienne vie de Jacob ne posait plus problème entre eux. Elle était même devenue un sujet de plaisanterie. C'était un gage d'amour, une façon d'accepter leur passé commun et leur avenir ensemble.

— Femme, dit Jacob, indifférent à la supplication muette de l'officier d'état civil, nous allons effectivement voir ce que nous allons voir.

LOUISA HEATON

Sa femme idéale

Traduction française de
CHARLINE McGREGOR

BLANCHE

HARLEQUIN

Titre original :
HIS PERFECT BRIDE?

Ce roman a déjà été publié en 2020.

1

Le Dr Oliver James était en train de ranger ses affaires quand son père, Patrick, passa la tête dans l'entrebâillement de la porte.

— Tu as une minute ?

Intrigué, Olly leva les yeux.

— Oui, bien sûr. Que se passe-t-il ?

Même si ce n'était plus pour très longtemps, son père était le généraliste en chef de leur cabinet, dans le village d'Atley Wold. Il prenait une retraite anticipée et avait embauché un intérimaire en attendant de trouver un médecin permanent.

— La remplaçante dont je t'ai parlé est arrivée. Je voudrais te la présenter.

Le jour tant redouté était imminent : son père quittait le cabinet, et l'arrivée du remplaçant marquait cet événement de façon irréversible.

Or Olly était exténué. La journée avait été longue et froide. Avec la neige qui était tombée, sa salle de consultation avait été difficile à chauffer et il avait perdu beaucoup de temps à servir à ses patients du thé brûlant pour pallier le peu de chaleur fournie par les vieux radiateurs. Ce qu'il aurait voulu par-dessus tout, c'était rentrer chez lui pour prendre une longue douche chaude jusqu'à ce qu'il ait assez de force pour se sécher et s'écrouler dans son lit. Avec si possible une tasse de chocolat chaud.

Malheureusement, le réconfort d'une simple douche n'était même pas à son programme, ce soir, parce qu'il devait assurer son tour de garde. Ce qui revenait à une nuit passée à essayer de dormir tout habillé sur son lit, prêt à sauter dans ses chaussures si son biper sonnait. En priant pour que son vieux 4x4 veuille bien démarrer.

— Elle est arrivée ? J'ignorais qu'elle devait venir aujourd'hui.

— Enfin, elle n'est pas ici à proprement parler. Elle donne un cours à la salle des fêtes.

Olly haussa un sourcil, impressionné.

— Ça ne fait pas cinq minutes qu'elle est arrivée et elle est en train de faire cours ? Qui est-ce ? *Wonder Woman* ?

— Quand elle est venue pour son entretien, elle a affiché des flyers, répliqua son père, amusé. Tu ne les as pas remarqués ? « Cours de danse du ventre à la salle des fêtes. Ouverts aux hommes et femmes de tous âges. »

— De la danse du ventre ? répéta Olly, ironique. Elle aura de la chance si elle a un seul élève. Par ici, les mamys considèrent le tricot comme le seul exercice admissible et les papys acceptent au maximum de porter leurs paniers. Je n'arrive pas à imaginer l'un d'entre eux trémousser son corps chancelant dans la salle des fêtes. Sans parler du fait qu'on y gèle...

— J'ai promis qu'on irait y faire un tour, histoire de lui manifester notre soutien, et ça vous donnera la possibilité de faire connaissance. Vous allez devoir travailler un bon moment ensemble avant que je me trouve un remplaçant définitif.

Et rebelote... Le rappel désagréable que son père allait partir. Que les choses étaient en train de changer. Et qu'il ne pouvait rien y faire.

— Elle ne veut pas prendre définitivement ton poste ?

Il ne comprenait pas les remplaçants. Pourquoi voyager d'un endroit à un autre, ne jamais rester où que ce soit, ne jamais vraiment connaître les gens ? Pourquoi ne voulaient-ils jamais s'enraciner nulle part ? Pour sa part, il détesterait être itinérant.

— Elle n'en est pas certaine, elle veut effectuer un galop d'essai.

— Ce ne serait pas plutôt à nous de lui proposer de faire un essai ?

Olly se montrait assez possessif envers leur cabinet, propriété de la famille James depuis un bon bout de temps, ayant appartenu au père de son père, Dermot, avant lui. Le fait que son père ait recherché une remplaçante — une femme donc — lui déplaisait également. Patrick essayait sans doute de le recaser, de lui trouver une compagne qui permettrait la perpétuation de la lignée des médecins d'Atley Wold.

— Rien ne nous empêche de voir. C'est une jeune femme charmante. Je pense que tu l'apprécieras.

Le petit éclat qui brillait dans les yeux de son père rendit le sous-entendu manifeste.

— Papa, tu ferais un Cupidon lamentable.

— Ah bon ? fit son père, feignant l'étonnement.

— Oui, les ailes t'iraient très mal et je ne suis pas sûr de te faire confiance avec un arc et des flèches entre les mains.

— Je ne vois pas de quoi tu parles. Cela dit, tu n'as pas de souci à te faire, elle ne correspond à aucun de tes critères de la « femme idéale ».

Olly éclata de rire. Tout le monde se moquait de sa fameuse liste de critères. C'était pourtant quelque chose de sérieux. La femme qui deviendrait son épouse posséderait certaines qualités. La femme d'un médecin de campagne devait être respectable, loyale, charmante, dotée de beauté intérieure et de sang-froid, avoir une tête solidement plantée sur des épaules robustes. Une personnalité capable de tenir sa maison et d'élever ses enfants. D'accord, cela pouvait sembler un peu vieux jeu comme façon de voir les choses, mais qu'y avait-il de mal à vouloir une femme sur laquelle il pourrait compter ?

— Tant mieux. J'aurais détesté te voir déguisé en Cupidon. Comme je te l'ai dit, avec ta mauvaise vue, les flèches pourraient atterrir n'importe où.

Patrick l'aida à finir de ranger ses affaires, lui-même éteignit les lumières et s'assura que sa trousse de garde contenait tout ce dont il risquait d'avoir besoin pendant la nuit. Puis, malgré la neige, le froid et son épuisement, ils s'installèrent dans son 4x4 pour se rendre à la salle des fêtes.

Le trajet était court — pas plus d'un kilomètre —, mais la neige continuait à tomber à gros flocons. Les villes et les axes principaux avaient peut-être été dégagés et salés, mais ici, à Atley Wold, village reculé du Hampshire, on semblait manquer de tout. Les gens d'ici en étaient réduits à saupoudrer leurs allées avec du sel de table ou de la litière pour chats.

La communauté avait beau être unie, Olly n'aurait jamais pensé ne pas trouver de place où garer sa voiture sur le parking de la salle des fêtes.

Ni que le rythme et les vibrations d'une musique exotique poussée à plein volume seraient audibles d'aussi loin.

— Eh bien, je...

En poussant la portière de son 4x4 pour sortir, il fut aspergé par un nuage de neige qui lui glissa dans le cou. Les petits cristaux glacés qui lui descendirent le long du dos le firent frissonner.

Patrick se mit à rire.

— On dirait qu'elle a fait salle comble.

— Je ne vois pas pourquoi ça te réjouit autant.

Les gouttières de la salle des fêtes étaient ourlées des guirlandes lumineuses qu'on n'avait pas encore ôtées depuis Noël et une éclatante lumière jaune flamboyait aux fenêtres. On entendait de la musique indienne, forte mais assourdie, se dévidant sur un rythme brut.

Olly n'en revenait pas. Comment une parfaite étrangère avait-elle pu pousser un village entier à s'adonner à la danse du ventre ? Il aurait imaginé pareil succès pour un cours de jardinage ou un club de crochet, loto ou tricot, mais la danse du ventre !

D'un côté, il avait hâte de rencontrer cette *Wonder Woman* qu'il essayait d'imaginer. Comme médecin généraliste, elle devait être une personne sensée. Etait-ce quelqu'un d'âge mûr et un peu collet monté qui faisait de la danse du ventre pour se changer de son quotidien ? Peut-être cherchait-elle à attirer l'attention sur elle et c'était ce qu'elle avait trouvé... Comme l'avait dit son père, elle n'était pas pourvue des qualités de l'« épouse idéale » selon son cœur.

Une professeure de danse du ventre ne figurait nullement dans sa liste !

Epoussetant la neige tombée sur ses épaules, il pénétra dans la salle des fêtes, sur les talons de son père.

— Prêt ? demanda Patrick en haussant la voix pour qu'il puisse l'entendre.

Olly le dépassa pour pousser la porte.

— Evidemment, répondit-il.

Mais il se figea en découvrant la femme qui donnait le cours, et si brusquement que son père lui rentra dedans.

Bouche bée, il contemplait la nouvelle remplaçante.

Rien à voir avec ce qu'il imaginait.

Elle était menue — presque délicate —, dotée d'une silhouette gracieuse, mince mais féminine, ce qu'il ne put s'empêcher de remarquer étant donné ses vêtements. Ou ce qui lui tenait lieu de tenue. Ses cheveux foncés, presque noirs, étaient coupés court sur la nuque, mais longs devant, et multicolores — des mèches bleu turquoise, violettes et roses lui tombaient sur le visage. Ses bras étaient cerclés de bracelets, une pierre rouge ornait son nombril, et elle tournoyait, tourbillonnait et sautillait tout en donnant son cours d'« ondulation ».

— Ça va, Olly ? demanda son père, le regard pétillant.

Comment cette femme pouvait-elle être médecin généraliste ? Elle n'en avait aucunement l'allure.

Mais à quoi devait donc ressembler une généraliste ? Celle-ci avait un châle multicolore noué autour de la taille, gainant étroitement une chute de reins parfaitement rebondie, qui tintait et miroitait à chacun de ses mouvements. A cet instant, alors qu'elle pointait son petit pied, il aperçut des tatouages, des ongles vernis et des bagues d'orteil, avant que ses yeux ne remontent vers le visage de la danseuse pour y découvrir deux grands yeux marron, des joues roses et un sourire effronté.

Patrick se rapprocha de lui pour lui chuchoter à l'oreille :

— Ferme la bouche, on dirait un hippopotame affamé.

Il obtempéra et déglutit. Cette femme n'était pas médecin. On aurait plutôt dit un lutin. Un diablotin. Ou une fée. Oui, voilà, une fée...

Si elle se détournait, il allait apercevoir des ailes dans son dos.

Mais non, pas d'ailes, juste un autre tatouage, qu'il n'arrivait pas à identifier de l'endroit où il se tenait.

Et cette salle qui était pleine à craquer de patients qu'il connaissait bien ! Des gens qui souffraient d'arthrite, de problèmes de hanche et de genoux, et qui tous se trémoussaient, remuant du popotin et souriant de toutes leurs dents.

Ils devaient avoir oublié leurs médicaments.

Ou leur tête.

L'une de ses patientes, Mme Macamber, l'aperçut depuis le milieu de la salle.

— Bonjour, docteur James ! Quelle joie de vous voir ici ! Vous vous joignez à nous ?

Il la regarda agiter les hanches de haut en bas et de bas en haut. Puis, clignant les yeux pour chasser cette vision, il se souvint de la raison de sa présence ici et lui retourna un sourire poli.

— Désolé, madame Macamber, mais je ne danse pas. D'autant que je suis ici pour des raisons professionnelles.

— Des raisons professionnelles ?

Puis elle éclata de rire tout en suivant les instructions données par le nouveau médecin.

Il n'arrivait tout simplement pas à y croire. La moitié du village était massée dans la petite salle — jeunes et vieux, avec des écharpes nouées autour des hanches —, à agiter leur derrière et balancer les bras dans tous les sens.

La musique était entraînante, cela dit, et Olly se rendit compte soudain que son pied battait la mesure quand celle-ci s'arrêta soudain et que les danseurs se mirent à applaudir. La nouvelle généraliste remercia l'assistance d'être venue avant de s'éponger le visage à l'aide d'une serviette rose.

Les gens se pressaient pour parvenir jusqu'à elle et la remercier de son cours. Cela faisait longtemps qu'ils n'avaient pas passé un aussi bon moment, et cetera, et cetera.

Olly attendit la fin du défilé, saluant chacun d'un signe de tête.

Puis il eut conscience que son père le contemplait.

— Pourquoi souris-tu comme ça ? lui demanda-t-il.

— Je te regarde.

— Et ?

Patrick éclata de rire.

— On dirait que tu es en train de sucer un citron.

— Ne sois pas ridicule.

Son père disait n'importe quoi. Pourquoi aurait-il cet air-là, ce qui aurait signifié qu'il était jaloux de cette femme ? Or il n'y avait pas de quoi. D'accord, le village était venu assister à l'un de ses cours, mais pourquoi en faire toute une histoire ?

Enfin seule, la fée se tourna vers lui.

— Salut !

Elle était encore pleine d'énergie, semblait-il, et paraissait ravie de la façon dont son cours s'était déroulé.

Patrick entreprit de faire les présentations.

— Lula, voici mon fils, Oliver. Oliver, je te présente le Dr Lula Chance.

Le cliquetis des bracelets accompagna leur poignée de main.

— Lula ? Voilà un nom étrange. Quelle en est l'origine ?

— C'est un diminutif pour Louise, mais je préfère Lula.

Elle se frictionnait la poitrine, et il dut faire un violent effort pour ne pas quitter son visage des yeux.

— Vous êtes donc l'homme à la liste ?

Il sentit ses joues s'empourprer.

— En effet. Difficile de garder un secret par ici, visiblement. Bienvenue à la campagne.

Patrick éclata de rire.

— Bien joué, Lula, en tout cas. C'est une prouesse que d'avoir réuni tout le village. Votre cours a été un succès !

Elle hocha la tête, agitant sa frange violet et rose.

— J'espère. Le premier cours était gratuit, afin d'attirer les gens. Le vrai test, c'est de voir s'ils reviennent pour un cours payant.

— Le vrai test, c'est de s'assurer qu'aucun des élèves ne fasse une crise cardiaque, répliqua Olly. Avez-vous une réserve d'oxygène ?

— Je suis sûr qu'ils se porteront comme un charme, intervint Patrick en souriant. Mais venons-en au fait : avez-vous déjà déménagé ?

— Mes cartons sont dans la voiture. Avez-vous apporté les clés du cottage ?

— Quel cottage ? demanda Olly, intrigué.

— Euh… Il me semble qu'il s'appelle Moonrose Cottage. N'est-ce pas, Patrick ?

« Patrick ? Elle l'appelle Patrick ? Qu'est-il arrivé au Dr James ? »

— Moonrose ? Vous allez vous installer dans le vieux cottage de ma grand-mère ?

— En effet, répliqua son père. Et tu vas l'aider, ajouta-t-il en lui tendant les clés.

Son père connaissait pourtant son attachement pour le Moonrose Cottage ! L'endroit était peut-être vétuste, mais c'était aussi un lieu chargé de mémoire où sa mère avait grandi. S'ils laissaient la fée s'y installer, Dieu seul savait ce qu'elle y ferait : fêtes, rave-parties, ou ce genre de folies. Moonrose était une maison tranquille, charmante et traditionnelle, anglaise par essence.

— Je suis de garde, objecta-t-il.

— Et Lula a proposé de t'assister si tu l'aides à emménager. N'est-ce pas gentil de sa part ?

Olly dévisagea l'intéressée, intrigué par ses grands yeux marron qui étincelaient en le regardant et provoquaient de drôles de sensations dans son estomac.

— En effet. Merci, Lula. Mais vous devez être épuisée entre le voyage, le cours de danse et le déménagement…

— J'aime le mouvement.

Elle se tapota la poitrine de sa serviette, et il eut de nouveau beaucoup de mal à ne pas y poser les yeux.

— Bon, je vous laisse, intervint Patrick. Olly, je rentre à pied, ce n'est pas loin. Tu accompagnes Lula et on se voit tous les trois demain matin ?

Lorsqu'ils furent seuls, Olly se sentit mal à l'aise. Il n'y avait personne comme Lula à Atley Wold, pleine de vie, étincelante, folle, et…

Et quoi ?

— En route pour Moonrose Cottage, donc…

— Eh oui… Un nom étrange, je trouve.

— Il le tient des roses Blue Moon que ma grand-mère a plantées quand elle était petite. Il y en a partout et elles ont gagné des prix dans les concours. Si vous êtes encore là cet été, vous les verrez fleurir, c'est très beau.

— Je n'en doute pas, répliqua-t-elle avec un sourire.

— Dois-je vous aider à remballer tous ces falbalas ?

Il désignait les écharpes multicolores qu'elle avait prêtées à ses élèves.

— Merci, mais c'est beaucoup de *falbalas*, dit-elle en riant. Le gardien a dit que je pouvais les stocker sous la scène.

— O.K.

Ils étaient sur le point de partir quand Lula lui montra deux cartons sous d'épaisses couvertures.

— Pourriez-vous m'aider à les emporter ? Ils sont à moi, mais je ne pouvais les laisser dans ma voiture.

Dehors, la neige brillait sous les lumières rouges, bleues, jaunes et vertes, ce qui ravivait encore les couleurs de Lula.

C'était bel et bien une fée.

— Ça va ? lui demanda-t-elle.

— Pardon ?

— Vous aviez le regard fixé... sur moi, acheva-t-elle avec une grimace.

— Ah..., bredouilla-t-il, tentant de reprendre ses esprits. Hum... Je me demandais juste où vous aviez garé votre voiture. Je n'en vois aucune.

— Je l'ai laissée plus bas afin que les participants au cours puissent se garer plus près.

— C'est gentil de votre part, merci.

— De rien... Alors... ?

— Alors ?

— Vous partez devant pour me montrer la route ?

Evidemment !

— Bien sûr. Mais vérifions d'abord que votre voiture démarre.

— Betsy est très fiable.

— Votre voiture s'appelle Betsy ?

— Betsy la Coccinelle, répondit-elle en s'arrêtant devant une voiture rouge constellée de points noirs.

Une fois de plus, il ne trouva rien à répliquer.

— C'est mignon, commenta-t-il bêtement.

— C'est aussi mon avis.

Betsy démarra sur-le-champ et il désigna son 4x4, un peu plus loin, en demandant à Lula de l'attendre.

« Papa, je vais te tuer... Qu'est-ce qui t'a pris, bon sang ? »

Comme remplaçante, elle se posait là. Il devait y avoir des tas d'autres médecins sensés, tranquilles. Le genre à s'adapter à la vie d'une petite agglomération. Contrairement à ce feu follet...

Quand son 4x4 démarra lui aussi et qu'elle se mit à le suivre, il repensa à ses critères de l'épouse idéale.

Elle n'en remplissait aucun.

Pourtant, il se sentait mystérieusement intrigué par elle.

« Une ensorceleuse. Voilà ce qu'elle est. »

En suivant Olly à travers le village aux rues enneigées, Lula admit bien vite qu'elle avait fait une énorme erreur. Lors de l'entretien, Patrick lui avait dit qu'elle aurait à travailler avec lui et son fils, et la situation lui avait semblé parfaite. Mais Patrick étant un vieux renard aux cheveux argentés et aux yeux brillants, elle aurait dû savoir que son fils serait à tomber par terre. Pourtant, elle ne s'en était pas souciée. Elle s'était focalisée sur son autre raison de s'établir à Atley Wold, présumant que le fils de Patrick serait juste un collègue de plus.

Mais quand il avait pénétré dans la salle des fêtes... On aurait dit une star de cinéma. Elle s'était presque attendue à le voir suivi de paparazzi tant il était sexy. S'efforçant de l'ignorer afin de pouvoir terminer son cours, elle avait quand même trébuché, mais personne n'avait rien remarqué, Dieu merci.

A cet instant, il s'arrêta devant un petit cottage au toit de chaume, entouré d'une haie de ronces. L'ensemble était charmant et il n'était pas difficile d'imaginer combien l'endroit devait être beau en été, avec ses murs blancs, ses roses bleues butinées par des nuées de papillons et d'abeilles.

C'était tout près du cabinet médical et elle espérait pouvoir s'y rendre à pied dès demain.

Elle se fraya un chemin dans la neige, dessinant des traces fraîches jusqu'à la porte d'entrée. Olly lui tendit alors une clé.

— Ne vous inquiétez pas, je prendrai soin de cet endroit, dit-elle en souriant pour le rassurer.

— Je n'en doute pas, mais allumons d'abord la lumière, un feu et rentrons vos cartons.

— Joli programme...

Pourtant, se retrouver avec lui au coin d'un feu serait quelque peu étrange.

La clé tourna sans mal dans la serrure, et elle poussa la porte, anxieuse du décor qui l'attendait. Patrick avait accepté de lui louer le cottage à un prix réduit plus que raisonnable et qui n'avait donc rien à voir avec les loyers londoniens !

Dès qu'elle eut actionné l'interrupteur, elle laissa échapper un cri d'admiration. Le plafond bas donnait une impression immédiate d'intimité à la petite pièce. En retirant les draps blancs qui recouvraient les meubles, elle découvrit de vieux sièges en chintz décorés de coussins en patchwork et un canapé de cuir vert. Jalonnés de poutres sombres, les murs étaient d'une blancheur étincelante, avec, au milieu de l'un d'entre eux, une grande cheminée déjà garnie de bûches.

— Vous voulez que j'allume le feu ? demanda Olly.

— Merci, je vais me débrouiller seule, répondit-elle en souriant. Pourriez-vous plutôt récupérer mes deux cartons ?

Il hocha la tête, même s'il aurait visiblement préféré s'occuper du feu.

Typiquement masculin...

Elle l'appréciait déjà. Il était charmant et très anglais, avec son physique classique, ses cheveux blond foncé et les yeux bleus étincelants de Chris Hemsworth. Exactement son type d'homme. Mais en dépit de son visage avenant et de son corps à tomber, elle espérait ne pas avoir à se soucier d'une attirance trop puissante entre eux. Ce n'était pas le genre de choses qu'elle voulait ici. Elle avait ses raisons pour être venue à Atley Wold et une idylle n'en faisait pas partie.

Le feu ne tarda pas à prendre et elle était en train de s'y

réchauffer les mains quand Olly revint, les bras chargés du plus grand des deux cartons enveloppés de couvertures.

— Qu'est-ce qu'il y a là-dedans ?

Elle le lui prit des mains, en quête d'une table qui lui semble convenable. Dès qu'elle eut posé le carton, elle retira la couverture.

— Je vous présente Nefertiti et Cleo !

Elle le vit reculer d'un pas, les yeux écarquillés par le choc et l'horreur.

— Ce sont des... rats ?

Elle sourit malicieusement et ouvrit la cage. Les deux rats — un brun foncé et un blanc aux yeux roses — lui grimpèrent le long d'un bras pour venir s'installer sur son épaule.

— Ce sont des animaux très intelligents.

— Tout comme les dauphins, mais j'ose espérer que vous n'en possédez pas pour autant ! Qu'y a-t-il dans l'autre carton ? ajouta-t-il, visiblement inquiet.

— Anubis ! répliqua-t-elle avec une grimace. Allez vite me le chercher. Il est dans une cage chauffante spéciale.

— Anubis ? C'est quoi, cette fois ?

— J'y vais, répondit-elle, amusée par sa réaction.

Ayant décroché les deux rats de leur refuge, elle les lui posa sur l'épaule, observant les mimiques et les frémissements d'Olly pendant qu'ils le flairaient.

— Dépêchez-vous, s'il vous plaît, chuchota-t-il.

Ayant enfilé une veste, elle se précipita dans la neige pour revenir chargée du plus petit des deux cartons qu'elle posa sur la table basse. Elle avait besoin d'une prise pour cet animal-ci. Dès qu'elle eut branché le câble, une petite lumière s'alluma sous la couverture.

— Pourriez-vous me les enlever ? demanda Olly en désignant les deux rats déambulant sur ses épaules.

Elle éclata de rire et obtempéra, replaçant Nefertiti et Cleo dans leur cage, ce qui arracha un soupir de soulagement à Olly.

— Merci. Et donc, Anubis, qu'est-ce que c'est ?

— Mon plus gros challenge, répondit-elle.

— Un challenge ? Pourquoi ?

— Parce que cet animal-là me cause une peur bleue. Et

comme je veux me libérer de mes peurs, je l'ai emprunté à un ami jusqu'à ce que ce soit le cas.

— Et cette peur porte le nom de... ?

Olly semblait avoir sa petite idée.

— Arachnophobie, répondit-elle en ôtant la couverture.

Réfugiée au fond d'un petit container, enfouie dans un mélange de bois et de terre, il y avait une énorme tarentule d'un noir profond, velue, avec des marques rouges sur les pattes.

— Elle est plus grande que ma main, commenta-t-il.

— N'est-elle pas splendide ?

— Je pensais que vous en aviez peur ?

— En effet, mais ça ne m'empêche pas d'apprécier sa beauté.

— Et votre but dans la vie, c'est de vous familiariser avec ça ?

— L'un de mes buts. Si possible...

— Vous êtes plus folle qu'une troupe de clowns, répliqua Olly en secouant la tête.

Ils éclatèrent de rire.

— Dois-je aller chercher les autres cartons ?

— Si ça ne vous embête pas.

— Ça dépend s'ils contiennent d'autres créatures échappées d'un zoo.

— Juste des pulls en laine, répondit-elle en souriant.

— Ça devrait aller, dans ce cas.

Ils avaient fini de décharger la voiture quand le téléphone d'Olly sonna. Le standard de garde lui annonça qu'un de ses patients âgés souffrait de douleurs dans la poitrine.

— C'est M. Maynard, annonça-t-il à Lula. Il vit dans une ferme en dehors du village. Prenons ma voiture.

Lula acquiesça. Ce serait bien de commencer ainsi pour découvrir les environs, les routes et les raccourcis. Par ailleurs, c'était un bon moyen de faire la connaissance de patients qui, pour une raison ou une autre, évitaient le cabinet médical.

Tout en conduisant, Olly lui parla de M. Maynard.

— Il a quatre-vingt-deux ans. Sa ferme a été prospère, mais il ne s'est jamais marié, et dans les années 1990, tout est parti à vau-l'eau. Il a dû vendre ses troupeaux et, maintenant, il vit seul dans le corps de ferme.

— Comment s'en sort-il ? demanda-t-elle.

— Difficilement. Comme il a de l'arthrite, il ne conduit pas. Deux fois par semaine, Molly, qui tient l'épicerie du village, lui apporte ses courses.

— D'autres problèmes médicaux ?

— Hypertension, mais il est traité pour ça.

— Ramipril ?

— Oui, ainsi qu'un diurétique.

Traverser le village de nuit avait quelque chose d'irréel. Le paysage recouvert de neige baignait dans la lumière jaune des lampadaires qui jalonnaient la route. A la sortie du village, néanmoins, ils ne purent plus compter que sur la lueur des phares du 4x4, et la neige qui continuait à tomber ralentissait leur progression.

Comment l'épicière atteindrait-elle la ferme de M. Maynard dans ces conditions ? Avait-elle un 4x4 ?

Olly tourna au niveau d'un panneau indiquant « Burner's Farm », et ils finirent par arriver, après moult cahots, à une vieille ferme en pierre délabrée, entourée de granges vétustes.

Olly ayant pris son sac, ils se dirigèrent vers l'entrée de la ferme. Il martela la porte, puis la poussa.

— Monsieur Maynard ? Donald ? C'est le Dr James et le Dr Chance.

— Je suis ici, leur répondit une voix rauque.

Le hall d'entrée était plongé dans la pénombre, mais une chambre bien éclairée, qui paraissait également bien chauffée, se trouvait à l'autre bout. Heureusement qu'il avait un poêle à charbon ! Leur patient les attendait assis, emmitouflé de couvertures.

— Donald, je vous présente le Dr Chance, nouvellement arrivée au cabinet. Comment allez-vous ?

Sans un regard pour Olly, M. Maynard la dévisagea.

— Bien le bonjour, ma chère, dit-il avec un grand sourire. Quelle jolie petite femme vous êtes !

— Bonjour, monsieur Maynard. Comment allez-vous ?

Elle s'assit à côté de lui, captant au passage toutes les informations possibles — couleur de la peau, tonus, rythme respiratoire —, mais le tableau lui parut rassurant.

— Ça va, maintenant. Ils ont juste paniqué, là-bas.

Il faisait certainement référence au standard de garde. Pour sa part, Lula savait qu'ils avaient simplement réagi comme il se devait face à un patient se plaignant de douleurs dans la poitrine, un symptôme qui n'était pas à prendre à la légère.

— Qu'est-ce qui vous a poussé à les appeler, ce soir ?

— Eh bien, j'avais des douleurs dans la poitrine, ma chère, et quand vous êtes tout seul, vous vous persuadez vite que vous êtes sur le point de casser votre pipe. Mais il m'a suffi d'un bon rot pour que tout rentre dans l'ordre. C'était juste une indigestion. Vous n'auriez pas dû venir.

Elle secoua la tête et sourit en lui caressant la main.

— On va vous examiner puisqu'on est là, prendre votre tension et votre pouls. D'accord ?

Il se laissa faire et son état leur parut assez satisfaisant : une tension normale pour lui, un pouls ferme et régulier, plus aucune douleur nulle part. Ils remarquèrent qu'il avait mangé un curry particulièrement relevé ; autrement dit, il avait peut-être raison : il s'agissait juste d'une indigestion.

— Vous vivez seul ici, monsieur Maynard ? demanda Lula.

— Appelez-moi « Donald », ma chère. Et oui, je vis comme ça depuis des années, j'ai perdu mon Teddy il y a huit ans.

— Teddy ?

— Son chien, répondit Olly. Un border collie génial.

— Ça, vous pouvez le dire, commenta Donald.

— Vous ne souffrez pas d'être tout le temps enfermé entre ces quatre murs, Donald ?

— Si, mais que faire ? Je n'aime ni le loto ni le pub. Ce n'est pas mon truc, mais j'aime me cultiver. Et question culture, il n'y a pas grand-chose à Atley Wold.

Elle hocha la tête.

— Vous aimez le vin ? demanda-t-elle en montrant le verre posé près de Donald.

— Seulement le bon, dit-il avec un petit rire.

— Eh bien, j'en prends note, Donald. Je vais voir ce que je peux faire pour vous.

Une fois qu'ils eurent regagné le 4x4, Olly lui jeta un regard interrogateur.

— Qu'est-ce que vous avez l'intention de faire ?

— Je connais quelqu'un qui connaît quelqu'un. Je pense que nous pourrions sortir M. Maynard de sa ferme et l'amener à profiter de la vie. Pourquoi devrait-il vivre confiné ici avec ses seuls souvenirs ?

— On dirait qu'il vous aime bien, en tout cas.

— C'est un homme gentil.

— En effet, mais cela fait des années que j'essaie de l'impliquer dans la vie du village, sans qu'il consente jamais à bouger de sa chaise.

— Peut-être qu'il a besoin de quelque chose de plus que ce village, répliqua-t-elle. Ne sous-estimez jamais le pouvoir d'une femme digne de ce nom.

Il la dévisagea, visiblement perplexe, et resta silencieux.

Le lendemain matin, Lula téléphona à l'ami d'un collègue, à Petersfield, qui organisait des circuits en autocar, et lui parla de Donald Maynard. Ils ne tardèrent pas à trouver un voyage qui devrait lui plaire : trois jours de visite dans des propriétés viticoles de la vallée de la Loire, en France, avec nuitées dans de ravissantes auberges.

Elle appela M. Maynard et lui demanda s'il serait prêt à prendre un bus dans une semaine, si celui-ci venait le prendre au bout de son allée.

Donald était enchanté, « aux anges », selon ses propres termes, et il la remercia chaleureusement.

Dès qu'elle eut raccroché, Lula entreprit de se préparer pour le travail. Déterminée à se rendre à pied au cabinet médical, elle se mit en quête de ses bottes, puis coiffée d'un bonnet de laine et emmitouflée de son écharpe, elle ouvrit la porte pour constater qu'il ne neigeait plus.

Et pour découvrir que quelqu'un avait laissé un carton sur le seuil du cottage.

A l'intérieur, il y avait quelque chose qui criait.

2

Le carton, dont les quatre rabats supérieurs étaient imbriqués les uns dans les autres, portait le sigle d'une marque de biscuits, et quelqu'un y avait pratiqué des trous, comme avec la pointe d'un stylo.

Elle n'en croyait pas ses yeux.

Ces choses-là ne se produisaient que dans les films !

S'agenouillant pour écarter les rabats, elle découvrit un nouveau-né emmailloté dans des couvertures.

Laissant échapper un cri de surprise, elle prit le bébé et ouvrit les boutons de son propre manteau pour blottir l'enfant à l'intérieur. Une bouillotte laissée sous le nourrisson avait maintenu une température relativement chaude dans le carton. De sa main libre, Lula le récupéra puis rentra au chaud, refermant sa porte d'un coup de pied. Quelques bûches jetées dans la cheminée ranimèrent le feu.

Après quoi, elle appela la police. Le village voisin — South Wold — avait un commissariat. Elle supposait qu'ils lui enverraient quelqu'un de là-bas.

Elle voulait examiner le bébé, mais le garder au chaud et surveiller sa respiration primaient. Elle téléphona alors au cabinet, pensant qu'une standardiste prendrait son appel.

— Cabinet médical d'Atley, répondit la voix ferme et rassurante d'Olly.

— Oliver ?

— Lula ? Que se passe-t-il ?

— Il faudrait que vous veniez.

— Je suis sur le point d'ouvrir le cabinet.

— Votre père ne pourrait pas le faire ? J'ai besoin que vous veniez. Tout de suite.

Il resta silencieux pendant un instant, mais quelque chose dans sa voix avait dû l'alerter.

— J'arrive.

Elle déambula devant la cheminée, berçant le bébé, essayant de prêter l'oreille à sa respiration. S'agissait-il d'une fille ou d'un garçon ? Etait-il normal ? Elle n'avait pas eu le temps de regarder. Ils le feraient avec Olly quand il arriverait.

Elle savait ce qui allait se passer. La police emporterait tout : le bébé, les couvertures, la bouillotte, le carton. On allait chercher à retrouver la mère, mais ce serait difficile. On n'avait jamais assez d'indices dans ce genre de situation, même si la mère avait laissé une lettre...

Elle fouilla dans le carton. Rien.

« Où se trouve ta mère ? »

Plus important : qui était cette femme ? Elle devait être désespérée pour abandonner son enfant dans un carton, en plein hiver, sur le seuil d'un étranger.

Peut-être s'agissait-il d'une adolescente, incapable d'avouer sa grossesse à ses parents. Comment avait-elle pu la leur cacher ? Le bébé semblait d'une taille normale, environ trois kilos et demi. Bref, cela avait dû se voir...

Comme on tambourinait à sa porte, elle se précipita pour ouvrir à Olly qui se figea, stupéfait, en découvrant le bébé.

— Ce n'est pas mon enfant !

— D'où vient-il alors ?

Elle lui expliqua ce qui s'était passé et ils allongèrent le bébé sur un tapis devant le feu pour l'examiner.

C'était une fillette qui venait de naître, car le cordon ombilical, noué d'un fil bleu, n'était pas encore cicatrisé. La présence de vernix au niveau des aisselles et des plis du corps suggérait qu'elle était peut-être arrivée légèrement avant terme.

Mis à part une légère hypothermie, elle allait bien.

Elle avait eu beaucoup de chance.

— Cela ne devait pas faire longtemps qu'elle était là, déclara Olly. Avez-vous vu quelqu'un lorsque vous avez ouvert la porte ?

Lula essaya de se souvenir, mais le choc de la découverte oblitérait tout le reste. Elle avait vu le carton, entendu des pleurs et s'était ruée à l'intérieur dès qu'elle avait compris qu'il s'agissait d'un bébé.

— Je n'ai pas regardé.

— Lula...

— Je n'ai pas réfléchi. J'étais en état de choc !

Elle serra de nouveau le bébé contre elle.

— Sa mère pourrait bien avoir besoin de soins médicaux, elle aussi, poursuivit-il.

— Je sais. A mon avis, il doit s'agir d'une ado. Y a-t-il quelqu'un qui corresponde, au village ?

— Il y a une vingtaine d'adolescentes, ici, répondit-il après réflexion. La plupart se rendent en bus au lycée de South Wold. Je ne les vois pas souvent, elles ne viennent pas trop consulter le médecin.

— Aucune d'entre elles ne vous a demandé la pilule ? Une jeune fille qui aurait une sexualité active ?

— Non, répondit-il en secouant la tête. Honnêtement, ça fait longtemps que je n'en ai pas vu une.

Il aurait sûrement remarqué une ado enceinte au village. Cela étant, les parents de la jeune fille aussi.

Olly leur prépara un thé, grimaçant à la vue d'Anubis sur le comptoir de la cuisine. Il était en train d'apporter les tasses fumantes dans le salon quand la police arriva.

On leur posa des tas de questions, Lula fit une déposition et Olly leur dit le peu qu'il savait : non, il ne voyait personne qui ait été enceinte récemment.

Son instinct de protection éveillé, Lula eut beaucoup de mal à remettre le bébé aux policiers. Quel serait le futur de cette enfant ? Allait-elle se perdre dans le dédale du système de santé, à transiter d'une famille d'accueil à une autre ?

Elle pouvait seulement espérer qu'ils trouveraient la mère du bébé avant qu'il soit trop tard.

Après le départ des policiers, elle se laissa tomber dans un siège devant le feu et observa Olly, essayant d'oublier le reflet des flammes sur son visage.

— Quel accueil pour son premier jour sur terre !

— Nous avons fait ce que nous pouvions pour elle, répondit-il avec une ébauche de sourire.

— J'ai peur que ça ne soit pas suffisant. Pauvre petite...

— Nous retrouverons sa mère.

— Mais que va-t-il se passer si ce n'est pas le cas ? Ce bébé va être pris en charge d'une façon ou d'une autre et nous n'avons aucune garantie qu'elle tombera sur une bonne famille d'accueil.

— Vous parlez d'expérience ? demanda-t-il, la tête penchée sur le côté.

Elle croisa son regard, admirant la beauté de ses yeux bleus et de ses longs cils noirs. Mieux valait être franche avec lui.

— J'ai été à la place de ce bébé, un jour : ma mère m'a abandonnée dans un panier sur la plage.

— Vous avez été abandonnée ?

Elle eut un sourire ironique.

— Pour autant que je sache... J'ai été trouvée par une famille qui remballait sa cabine de plage. Ma mère avait laissé un message ainsi que ceci, ajouta-t-elle en se penchant pour décrocher de son cou un collier en argent auquel était suspendue une breloque en forme de cœur. Elle avait signé son message des initiales « E. L. »

— « E. L. » ? C'est tout ce qu'elle vous a laissé ?

— Et Louise, mon prénom, répondit-elle après avoir bu une gorgée de thé. Vous n'avez pas à être désolé. J'ai pleinement vécu ma vie.

— Elle est loin d'être terminée !

— On ne sait jamais... Je peux être renversée par un bus dès demain !

— En fait, non, répliqua-t-il, les sourcils froncés. Il n'y a pas de bus en service, demain.

Elle sourit, mais Olly avait recouvré son sérieux.

— Que vous est-il arrivé ensuite ?

— Je suis allée de famille en famille jusqu'à l'âge de sept ans, jusqu'à ce que l'une d'elles se décide à m'adopter.

— Les Chance ?

— Oui. Ils ont été vraiment adorables, mais je ne me considère pas comme l'une des leurs.

— Ils vous ont pourtant choisie parmi des tas d'enfants à la recherche d'un foyer. Ça ne vous touche pas ?

— Ils ont adopté d'autres enfants, et chacun d'eux avait un problème. Un problème de santé... Peter et Daisy Chance semblaient se spécialiser dans les cas difficiles, ne me demandez pas pourquoi.

— Peut-être pensaient-ils que les enfants à problèmes avaient besoin de plus d'amour que les autres ?

— Peut-être...

— Mais qu'est-ce qui clochait chez vous, si je peux me permettre de vous demander ?

— J'ai eu une leucémie, répondit-elle en soupirant. On ignorait si j'allais vivre ou mourir, mais ça n'a pas empêché les Chance de m'adopter. Courageux, non ?

Il hocha la tête.

— Je m'en suis tirée, malgré la chimio. Aussi bien que mon âge me le permettait.

— Vous semblez parfaitement rétablie, maintenant : vous êtes médecin, ce qui est un travail stressant et difficile, et vous faites en plus plein d'autres choses.

Elle lui sourit.

— J'ai pris la décision d'être heureuse et de profiter de la vie...

Comme il la regardait d'un air bizarre, elle éclata de rire.

— Qu'est-ce qui vous fait rire comme ça ?

— Votre expression... La façon dont vous me regardiez.

— J'étais en train de vous admirer, Lula. Enfin, votre attitude face à la vie, pas votre look, avec ces cheveux-là, ajouta-t-il en grimaçant.

— Qu'est-ce qu'ils ont, mes cheveux ?

Elle examina ses mèches et réarrangea la disposition des couleurs. Il vint se poster à côté d'elle pour observer leurs reflets dans le miroir.

— Il n'y a pas à dire, c'est très... classique.

— Ah ! Vous faites le snob, maintenant. J'étais en train de me dire que je pourrais ajouter une couleur, en fait.

— Vraiment ! s'exclama-t-il, les yeux écarquillés.

— Vous diriez quoi si je teignais le reste en vert ?

— Vous plaisantez ?

Son air stupéfié l'amusait décidément de plus en plus.

— Je vous taquine. Je ne vais pas me teindre en vert, voyons !

— Dieu merci !

— Je pensais plutôt à du rouge vif.

Il ne se fit pas avoir, cette fois, et resta stoïque.

— Bien, conclut-il en récupérant sa veste. Même si c'est très drôle de décider de votre future coiffure, docteur Chance, nous devons nous montrer au cabinet, vous et moi, sans quoi le village pourrait succomber à la peste en notre absence.

— Hum... Je ne suis pas du genre à refuser de combattre une épidémie.

— On y va, alors ?

Elle acquiesça, enfilant son manteau et nouant son écharpe.

— Vous ne devez pas nourrir vos animaux avant de partir ?

— C'est déjà fait. J'ai même réussi à m'approcher d'Anubis sans trembler.

— Quels progrès ! Vous voulez recevoir les patients avec moi, ce matin ? ajouta-t-il. Cela me permettrait de vous renseigner sur nos visiteurs les plus fréquents.

— Oui, il me semble que c'est une bonne idée.

— Et si c'est moi qui fais les présentations, personne ne pensera que vous êtes une sorte de fée.

— Vous trouvez que j'ai l'air d'une fée ? demanda-t-elle, la main sur la poignée de la porte, essayant de prendre un air offensé alors qu'elle ne l'était pas.

— C'est la première impression que j'ai eue.

— Eh bien, vous, docteur James, vous ressemblez à Clark Kent en blond. Dois-je prévenir nos patients que vous ne portez pas votre slip par-dessus votre pantalon ?

Olly sembla saisir une pointe d'ironie et de reproche dans sa réplique, car il s'excusa, ce qui la fit sourire.

— Vous êtes tellement sérieux ! reprit-elle. Je plaisantais.

J'aime plutôt bien que vous me compariez à une fée. Je détesterais avoir l'air normal et ennuyeux.

— Qu'y aurait-il de mal à ça ?

— C'est terne. Il faut être différent. Sortir du lot. Faire une liste ! ajouta-t-elle en riant alors qu'il affichait une mine consternée.

— Vous pensez que j'ai tort de dresser une liste de critères ?

— Pas tort en soi. Chacun a des attentes en matière de partenaire… Sauf qu'en général personne ne les écrit.

Il lui saisit le bras au moment où elle allait poser un pied dans la neige.

— Comment savez-vous que je les ai mis par écrit ?

Elle leva les yeux vers lui.

— C'est votre père qui me l'a dit.

La neige craquait sous leurs pas, maintenant. Ils dépassèrent Betsy et le 4x4 d'Olly. Sous sa couverture blanche, le paysage était magnifique.

— Vous savez, un homme comme vous ne devrait pas avoir besoin de liste, poursuivit-elle.

— Un homme comme moi ? Qu'est-ce que ça signifie ?

— Un homme jeune, éduqué, beau garçon… Vous pourriez faire des ravages avec un autre look.

— Qu'est-ce qui cloche avec mon look ?

— Voyons, Olly, tout le village vous considère comme une « bombe », vous le savez bien ! Hier soir, les femmes de mon cours vous trouvaient adorable.

— Vraiment ? dit-il, se rengorgeant. Et vous ?

— Et moi, quoi ?

— Vous me trouvez adorable ?

— Eh bien, tout magnifique que vous êtes, je dirais que votre look n'a pas dû changer depuis des décennies. Il est… assez classique. Vous devriez le pimenter un peu.

Avec ses cheveux noirs, ses yeux bleus étincelants et sa mâchoire carrée, avec ses hanches étroites et ses larges épaules, il aurait pu être mannequin. Le summum de l'élégance masculine. Si elle avait été à la recherche d'un homme, il aurait été exactement son type.

« Mais ce n'est pas le cas. Je ne cherche personne. »

— Au final, ça va, vous n'êtes pas mal, ajouta-t-elle.

Il éclata de rire et, en le regardant, elle éprouva une petite pointe de regret à l'idée qu'elle avait renoncé aux hommes pour toujours.

Olly ignorait comment interpréter les déclarations de Lula concernant son caractère. Il était amusé et vexé à la fois. Quel mal y avait-il à être classique et… raisonnable ?

Etait-il raisonnable, d'ailleurs ? Oui, mais il avait toujours pensé que c'était une force. Il était un type loyal et fiable, qui préférait une vie paisible à l'agitation d'une grande ville bruyante où les gens ne connaissaient même pas leurs voisins. Où il n'y avait aucune solidarité.

Lula semblait le trouver un peu trop guindé. Un peu trop tranquille. Mais c'était ainsi lorsqu'on vivait dans une petite communauté. Or l'arrivée de Lula au village, avec sa frange arc-en-ciel, revenait à jeter une allumette dans un baril de poudre : ça ferait des étincelles et il y aurait des conséquences.

« Vais-je aimer ça ? »

Il l'appréciait, elle, il le savait déjà. Elle était brillante, drôle et intelligente, et il aimait son attitude face à la vie. Mais habitué à son existence tranquille, il s'était résigné à ne pas trouver la femme idéale. Il se voyait finir par reprendre le cabinet quand son père serait parti à la retraite. On attendait cela de lui, et il s'en chargerait sans le moindre regret…

Mais que se passerait-il si Lula était exactement la personne dont il avait besoin pour ne pas vivre sa vie sans avoir rien fait d'excitant ni relevé le moindre défi ?

Il n'aimait pas penser qu'à cause d'elle il trouverait son existence sans saveur.

Il n'aimait pas penser qu'elle la désapprouvait.

Il voulait lui prouver qu'elle avait tort.

Le cabinet était coquet et bien chauffé. La secrétaire leur avait préparé une tasse de thé, et Olly fit visiter les lieux à Lula.

Il lui montra sa future salle de consultation, puis il la conduisit dans la sienne pour lui donner les codes d'accès au système informatique qui renfermait le dossier de chaque patient.

Assise en retrait, elle observa les premières consultations d'Olly.

Il reçut d'abord une mère et son fils de huit ans qui se plaignait de maux de ventre, surtout avant d'aller à l'école. Une petite conversation avec le garçonnet permit de découvrir qu'il n'aimait ni l'école ni ses camarades, et ses maux de ventre furent attribués à de l'anxiété plutôt qu'à une infection ou — plus grave — à une appendicite.

Puis Olly reçut une autre mère, accompagnée de ses jumelles de trois mois. La jeune femme n'arrivait pas à faire face : ses filles se nourrissaient de façon irrégulière, pleuraient beaucoup et dormaient peu. Elle était sur le point de craquer.

Olly lui parla d'un groupe de soutien pour les parents de jumeaux, à South Wold, et lui prescrivit un léger antidépresseur. Poussant le landau où ses deux bébés hurlaient, la jeune femme semblait néanmoins rassérénée en quittant le cabinet.

Ensuite ils virent arriver une femme d'une cinquantaine d'années, Eleanor Lomax. Lula se redressa et l'observa attentivement.

Eleanor avait cinquante-six ans.

Le jour de son cinquantième anniversaire, elle avait découvert une grosseur au niveau de sa poitrine qui s'était révélée être un cancer. Elle était venue à bout de la maladie, mais avait de nouveaux problèmes de santé.

— Chaque soir, quand je me couche, je sens un élancement ici ou là, une douleur ailleurs, et je n'arrête pas de me dire : « C'est ça ? C'est revenu ? » Je n'arrive pas à dormir à l'idée que le cancer soit de retour.

Eleanor se tenait très droite sur sa chaise. Ses cheveux, déjà argentés, étaient joliment coupés. Elle avait de grands yeux marron en amande et un long nez fin dans un visage parfait. Ses vêtements témoignaient d'un goût raffiné. Lula ne put s'empêcher de se demander si...

Pendant ce temps, Olly faisait de son mieux pour rassurer sa patiente.

— Vos inquiétudes sont tout à fait naturelles, Eleanor. Avez-vous essayé d'en parler avec votre infirmière ?

— Elle a beaucoup de travail, je ne veux pas la déranger.

— Elle est là pour ça. Avez-vous bénéficié d'un soutien psychologique depuis votre guérison ?

— Ce n'est pas mon truc, répliqua-t-elle en secouant la tête.

— Qu'est-ce que c'est, votre « truc » ? intervint Lula.

Surpris, Olly lui jeta un regard en coin.

— Je me suis toujours occupée de moi-même, répondit Mme Lomax en se tournant vers Lula. Je n'aime pas dépendre des autres.

Lula n'ajouta rien pendant qu'Olly donnait à Mme Lomax les coordonnées d'un groupe de soutien.

Dès que la patiente fut sortie, il pivota sur sa chaise.

— Ça va ? demanda-t-il.

Elle hocha la tête. Elle n'allait tout de même pas lui révéler qu'elle se demandait si Eleanor Lomax n'était pas la mystérieuse « E. L. » qu'elle cherchait depuis toujours !

Après plusieurs autres patients, ils reçurent une femme qui venait pour leur parler de sa fille.

— Elle s'est montrée très renfermée, ces derniers temps.

— Quel âge a-t-elle ?

— Quatorze ans. C'est peut-être le début de la puberté, je ne sais pas. Mais elle est bizarre, elle se cache tout le temps dans sa chambre et ne mange rien.

Olly rechignait à poser un diagnostic sans avoir vu la jeune fille.

— Peut-être pourriez-vous inciter Ruby à venir me voir ? Nous pourrions la peser et vous rassurer concernant son alimentation.

— Je vais essayer, mais elle n'est pas très coopérative, en ce moment. Elle n'arrête pas de nous contredire.

— Je ne peux rien faire tant que je ne l'ai pas examinée.

— Pourriez-vous venir chez nous ? demanda la femme.

— Je n'effectue des visites à domicile que si mes patients sont dans l'impossibilité de se déplacer.

Lula était surprise. Olly avait tout intérêt à aller voir Ruby, surtout après la découverte du bébé, ce matin, puisqu'ils étaient à la recherche d'une adolescente. Aussi lui suggéra-t-elle discrètement de faire une exception mais, même s'il ne répliqua pas, il ne sembla guère apprécier de voir ses principes remis en cause.

Le reste de la journée fut typique d'un cabinet de médecine générale. Lula reçut certains patients elle-même.

Quand il ne leur resta plus que deux visites à domicile, ils burent une tasse de thé et mangèrent une douceur.

Mary, la secrétaire, avait en effet confectionné un gâteau à la liqueur de café, riche et moelleux, absolument savoureux.

— Il faudra que vous me donniez votre recette, dit Lula.

— Impossible, c'est un secret de famille !

— Si je promets de ne le dire à personne ?

— On verra, docteur Chance. Si vous restez assez longtemps, peut-être.

Elle n'aurait donc jamais cette recette, car elle ne tenait pas à rester à Atley Wold. Elle était ici pour deux raisons. Travailler comme médecin et... Olly n'allait pas tarder à découvrir l'autre.

Il s'assit à côté d'elle, dans la salle de repos.

— Alors, cette première journée ?

— Bien. Intéressante. Un cabinet de village donne vraiment une impression de communauté unie.

— Oui, c'est vrai. Vous pouvez bâtir des relations qui vont durer des années. Ce n'est pas que ce soit impossible dans une ville mais, quand vous vivez auprès des gens que vous soignez, faites vos courses dans leur magasin... des liens d'amitié finissent par se créer.

— Ça ne restreint pas votre vie privée ? demanda-t-elle.

— Pas du tout. Ça m'est égal que tout le monde sache que je suis médecin, comme mon père avant moi, et que j'ai une cicatrice sur la jambe depuis que je suis tombé d'un arbre dans le verger de Mme Macamber.

— Ah oui ? Faites voir !

Olly reposa sa tasse et releva la jambe droite de son pantalon pour dévoiler une cicatrice légèrement dentelée, courant le long de son tibia.

— Je me suis cassé le tibia. Fracture ouverte.

— Aïe !

Elle imaginait aisément les os saillant hors de la peau. La douleur, le sang, la panique. Mais elle refusait de voir la belle musculature de la jambe sous les fins poils noirs.

— Mme Macamber a appelé mon père et ils m'ont emmené aux urgences à Petersfield. On s'est bien occupé de moi, mais je n'étais qu'un patient lambda, alors qu'ici, à Atley Wold, nous nous soucions vraiment des autres.

— Tous les médecins se soucient de leurs patients, Olly.

— Je sais, mais vous voyez bien ce que j'essaie de vous faire comprendre, non ?

Elle acquiesça. Elle se faisait juste l'avocat du diable.

— Vous avez dit savoir beaucoup de choses sur les gens d'ici, leurs histoires. C'est le cas pour tous les habitants d'Atley Wold ?

— Presque. Pourquoi ?

— Que pouvez-vous me dire du passé d'Eleanor Lomax, la femme qui a eu un cancer du sein ?

— Eleanor ? C'est une femme adorable qui a toujours vécu seule. Elle est à la retraite maintenant, mais elle avait une boutique avant. Pourquoi ?

— Elle a retenu mon attention, répondit-elle en haussant les épaules. Surtout parce que… Pour être tout à fait honnête, Olly, je ne suis pas juste ici pour le travail…

— Ni pour la danse du ventre… ?

— En effet, répondit-elle avec un sourire. Je suis ici pour trouver quelqu'un dont les initiales sont « E. L. »

— Comme votre mère ? Vous pensez qu'Eleanor Lomax pourrait être cette femme ? demanda-t-il, incrédule.

— Peut-être, je n'en sais rien.

— Qu'est-ce qui vous porte à croire que votre mère se trouve à Atley Wold ?

— Eh bien, c'est compliqué… Quand j'ai été abandonnée, le fait divers a été médiatisé.

— C'est probable, j'imagine, dit-il, les sourcils froncés.

— Les journaux ont demandé à ma mère de signaler qu'elle allait bien, afin de voir s'ils pourraient nous réunir. Le *Portsmouth News* a reçu une lettre signée « E. L. », où ma mère expliquait qu'elle ne pouvait pas se montrer, que ses parents l'avaient obligée à abandonner son bébé, et elle demandait qu'on la laisse en paix.

— Avait-elle l'air désespéré ?

— La lettre portait le tampon de la poste de Petersfield, reprit-elle après avoir acquiescé. L'écriture étant très particulière, un journaliste a fait le tour des bureaux locaux, demandant si quelqu'un se souvenait d'avoir affranchi cette lettre. L'employé se rappelait même la jeune femme qui l'avait postée parce qu'elle avait les yeux rougis par les larmes. Il se souvenait aussi de l'avoir vue sortir d'un bus en provenance d'Atley Wold.

— C'est donc la piste que vous suivez ? Elle est pour le moins ténue.

— C'est tout ce que j'ai.

— Le journaliste est-il venu ici pour essayer de la retrouver ?

— Il a déclaré que plusieurs femmes portaient ces initiales à Atley Wold, mais qu'elles avaient refusé de lui parler.

— Oh ! Lula... J'aimerais avoir quelque chose de plus constructif à vous dire, mais il me semble que vous faites fausse route. Tout cela ne repose que sur les souvenirs d'un type qui pense avoir vu une femme sortir d'un bus. Et « E. L. » pourrait avoir pris ce bus pour brouiller les pistes.

— C'est mieux que rien du tout, Olly. Vous, vous êtes proche de votre père, vous connaissez votre histoire familiale, vous avez des racines. Imaginez ce que vous ressentiriez si vous n'aviez rien du tout. Ne chercheriez-vous pas à savoir ?

Après quelques instants de réflexion, il finit par hocher la tête.

— Je pense que oui. Ma mère étant morte quand j'étais tout petit, je n'en ai aucun souvenir, et j'ai toujours eu l'impression d'un manque.

— Vous comprenez donc pourquoi je dois essayer. Je ne me le pardonnerai jamais si elle vit à quelques kilomètres de moi et que je n'ai rien fait pour la retrouver.

— Et que ferez-vous si elle se trouve bel et bien ici ?

— Eh bien, je saurai qui elle est, répondit-elle avec un sourire. Ça me suffira. Je ne suis pas stupide, je n'imagine pas que nous allons tomber dans les bras l'une de l'autre.

— Et si elle vous rejette ?

— Elle ne peut pas me blesser davantage qu'elle ne l'a déjà fait.

— Docteur Lula Chance, vous êtes vraiment une femme courageuse.

Elle lui jeta un regard sous sa frange violette, ravie.

— Merci, Olly, j'apprécie votre soutien.

— Tout le plaisir est pour moi. Mais je ne vous ai guère aidée.

— Vous m'avez écoutée, et parfois cela suffit amplement.

— Pour vous, Lula, je suis toujours tout ouïe.

Avant les rendez-vous de l'après-midi, Olly passa un coup de fil à son père.

— Donc elle est à la recherche de sa mère, ici, dans le village ?

— On dirait bien.

— On ne peut pas lui en faire le reproche, mais je n'arrive pas à voir qui ça pourrait être.

Olly hocha la tête, faisant machinalement danser son stylo.

— Moi non plus. Mais je voudrais l'aider si possible.

— Tu l'aimes bien, dis-moi.

— Papa ! Ne commence pas.

— Je ne commence pas, répliqua celui-ci d'un ton innocent. Je t'encourage, c'est tout.

— Laisse-moi tranquille. Tu voudrais vraiment me voir avec une femme comme Lula ?

— Pourquoi pas ?

— Eh bien, parce qu'elle est…

— Elle est quoi ?

Il hésita, ne sachant trop quoi répondre.

— Elle est juste ce qu'il te faut. Après tout ce que tu as vécu avec Rachel.

Comme s'il avait besoin qu'on lui rappelle cette période vraiment sombre. Rachel avait fait irruption dans sa vie comme un boulet de démolition, ne laissant que des ruines derrière elle.

Lula en ferait-elle autant ?

3

Après le travail, Lula se rendit à la bibliothèque du village, une petite salle dont les murs étaient couverts d'étagères chargées de livres. Depuis que plus aucun fonds ne la finançait, elle ne jouissait plus de la présence d'employés et dépendait donc de la bonne volonté de ses usagers pour son bon fonctionnement.

Lula ne mit pas longtemps à trouver les listes électorales de la région et, après les avoir rapidement parcourues, elle découvrit quatre familles dont le nom commençait par la lettre L, à Atley Wold : les Lomax, les Love, les Lewis et les Loutham.

Elle leva la tête en entendant entrer une vieille dame qui serrait son manteau autour d'elle et tirait un panier à roulettes.

— Bonjour, vous êtes le nouveau médecin, c'est ça ?

— Oui, répondit Lula en lui rendant son sourire. Comment l'avez-vous deviné ?

— Il n'y a pas beaucoup de jeunes femmes aux cheveux arc-en-ciel par ici, répondit la vieille dame en respirant péniblement. Je suis la voisine de Phoebe Macamber, elle m'a parlé de votre cours de danse du ventre.

— Vous devriez venir, c'est sympa.

— Avec mes hanches ? Très peu pour moi, ma chère, dit-elle en se frottant machinalement le bras.

Lula remarqua son geste, sans toutefois faire de commentaires. Après tout, il ne signifiait peut-être rien. La vieille dame ayant tiré son panier, elle avait peut-être juste une douleur passagère.

— Vous pourriez vous joindre au groupe, et ne faire que les mouvements des bras.

— J'ai passé l'âge pour tout ça, malheureusement, mais merci de votre invitation, c'est adorable. Vous êtes venue emprunter un livre ?

— Non, pour faire des recherches.

— Sur les gens de la région ? s'enquit-elle en désignant la liste d'électeurs.

Lula haussa les épaules.

— Peut-être, oui.

— J'ai vécu ici toute ma vie, voyez-vous. Je connais tout le monde. Je m'appelle Yvonne au fait, mais tout le monde m'appelle « Bonnie ».

— Enchantée, Bonnie. C'est très joli, comme diminutif.

— Merci. Alors, que voulez-vous savoir ? demanda Bonnie en s'installant péniblement sur une chaise voisine. Je sais garder un secret, vous savez, ajouta-t-elle, la voyant sans doute hésiter.

— Ah, les secrets... C'est bien là, mon problème, Bonnie. La personne que je recherche en a fait sa spécialité depuis longtemps, et je ne suis pas sûre de pouvoir le révéler.

— En faites-vous partie ?

Comme Lula acquiesçait, Bonnie hocha la tête d'un air entendu.

— Je m'en doutais. Eh bien, selon moi, dans ce cas, vous avez le droit d'en parler à qui bon vous semble. Je suis une femme discrète, si ça peut vous rassurer, même si nous ne nous connaissons pas.

— Et si vous me racontiez ce que vous savez sur certaines personnes ?

— Je peux parler en général, mais pas vous révéler de détails privés étant donné que je suis discrète, voyez-vous ?

— D'accord, dit Lula avec un sourire. Que savez-vous sur Eleanor Lomax ?

— La pauvre, elle a traversé des moments difficiles, dernièrement, commença Bonnie.

— Je suis au courant de ses soucis de santé.

Bonnie saisit une pile de livres dans son panier et les posa sur ses genoux avec un soupir.

— Son cancer du sein ? Oui, quelle terrible épreuve, n'est-ce pas ? Je l'ai accompagnée une fois à l'hôpital pour l'une de ses séances de chimiothérapie et je peux vous dire que ce n'est pas gai, cet endroit. Tous ces pauvres gens qui attendent leur traitement, des résultats d'examens. Bref, qui attendent de reprendre une vie normale...

— Oui, ce sont des moments pénibles.

Lula le savait pour être passée par là elle-même.

— En effet, mais Eleanor est forte. Elle s'est battue et elle a gagné. Du moins, physiquement.

— Que savez-vous de sa vie d'avant ?

Bonnie pencha la tête sur un côté, pensive.

— Elle a toujours vécu seule. Jamais d'homme dans sa vie, pour ce que j'en sais.

— De la famille ?

— Je crois qu'elle a évoqué une sœur, mais, apparemment, il y avait une sorte de scandale les opposant, donc elles ne se parlent pas beaucoup.

Lula tendit l'oreille. Enfin une information potentiellement intéressante. Un scandale ? Comme une grossesse non désirée ? Eleanor avait-elle été poussée par sa famille à abandonner un bébé ? Ou bien l'avait-elle fait volontairement et subi les foudres de sa famille en conséquence de son acte ? A moins qu'il ne s'agisse de tout autre chose, sans aucun lien avec elle.

— Et sa sœur vit dans le coin ?

— Dans le village voisin. Elle est bien plus vieille qu'Eleanor, et pas très en forme aux dernières nouvelles.

— Vous connaissez son nom ? Son adresse exacte ?

Après tout, si la sœur d'Eleanor était malade, peut-être Lula pourrait-elle trouver une excuse pour lui rendre visite en tant que médecin.

Bonnie lui jeta un regard songeur.

— Votre secret, c'est quelque chose d'important, n'est-ce pas, docteur ?

— Peut-être, oui. Alors, vous savez ?

— Non, désolée. Mais je crois qu'elle s'appelle Brenda, ajouta Bonnie en se frottant la poitrine.

A cet instant, Lula remarqua un voile de sueur sur le visage de la vieille dame.

— Ça va, Bonnie ?

— Une légère indigestion, sans doute. Mais dites-moi, sur qui d'autre puis-je vous renseigner ?

— Les Love, répondit Lula en désignant le nom sur la liste électorale. Vous les connaissez ?

— Il n'y a pas de « les ». Elizabeth est seule.

Elizabeth. Elizabeth Love. Encore une E. L.

— Et ?

— Elle ne sort pas beaucoup, on ne la voit pas souvent. Mais elle recueille un peu tous les orphelins du coin.

— Des enfants ?

— Non, des animaux ! Des chats, des chiens, des souris, n'importe quoi ! Elle gère un véritable foyer d'accueil là-haut !

— Là-haut ?

— Burner's Road. A la limite d'Atley Wold, sur la route de Burner's Farm. C'est assez isolé, mais elle semble aimer ça. Les vétérinaires d'ici lui amènent les animaux blessés dont elle s'occupe volontiers. Elle les préfère aux gens.

Et dire qu'elle était justement allée à Burner's Farm, la veille ! Etait-elle passée devant la maison de sa mère sans le savoir ? Outre les initiales, il n'y avait pas moyen de savoir si Elizabeth Love faisait une candidate plausible.

— Et les Lewis ? interrogea-t-elle.

— Grande famille, pour le coup. Bien connue dans la région... et appréciée. Phoebe Macamber était une Lewis, justement, avant d'épouser Ron.

— Y en aurait-il un dans la famille dont le prénom commencerait par un E ?

Bonnie pinça les lèvres, en pleine réflexion.

— Voyons voir... Ron, Davey, Marion, les enfants... Non, je ne pense pas. Qui cherchez-vous, au juste ?

— Et chez les Loutham ? demanda Lula avec un sourire. Y en a-t-il dont l'initiale est un E ?

— Eh bien, il y a Edward Loutham...

Comme Bonnie se frottait encore la poitrine, Lula remarqua

sa pâleur. Lui prenant la main, elle la sentit moite. La vieille dame avait évoqué une indigestion, mais…

Bonnie essaya de se lever pour déposer ses livres sur le comptoir, mais elle dut s'appuyer au meuble, haletante.

— Bonnie ?

Pas de réponse. Dans un grognement, Bonnie s'agrippa le bras, puis pencha lentement vers l'avant. Lula tenta de la rattraper, mais la vieille dame était plus lourde qu'elle n'y paraissait et elle s'affala sur le sol avec un bruit mat. Immédiatement, Lula la fit rouler sur le flanc.

— Bonnie ! Bonnie, vous m'entendez ? Ouvrez les yeux !

Comme elle ne réagissait pas, Lula l'attrapa par les épaules et la secoua délicatement, réitérant son appel, puis elle dut se rendre à l'évidence.

Bonnie avait cessé de respirer !

Un million de pensées se bousculèrent dans l'esprit de Lula. Elle devait commencer la réanimation, mais il allait lui falloir de l'aide. Se précipitant vers la porte de la bibliothèque, elle l'ouvrit en grand.

— J'ai besoin d'aide ! cria-t-elle à un vieux monsieur qui déambulait tranquillement sur le trottoir.

Sans attendre de réponse, elle repartit vers Bonnie et commença la respiration artificielle.

Elle alterna les trente pressions poitrinaires et l'insufflation, et terminait la première série quand la porte s'ouvrit sur le vieil homme de la rue.

— Appelez une ambulance, s'il vous plaît ! Et le Dr James. Voyez s'il a un défibrillateur.

Puis elle reprit ses compressions.

— Allez, Bonnie ! l'encouragea-t-elle sans arrêter la manœuvre.

Le temps parut à la fois ralentir et s'accélérer. Elle eut l'impression de tenter de réanimer Bonnie pendant une éternité, alors qu'il ne se passa en réalité que quelques minutes avant qu'Olly franchisse le seuil en courant. Dieu merci, il portait une petite sacoche !

— Un défibrillateur ?

Il hocha la tête tout en ouvrant le sac dont il tira des ciseaux afin de découper les vêtements de Bonnie.

— J'ai appelé l'ambulance, dit-il.

Lula l'entendit, mais elle était trop occupée et épuisée pour répondre.

— Laissez-moi prendre le relais, Lula.

Ils échangèrent leur place et Lula déchira les sachets contenant les patchs qu'elle appliquerait sur le torse de Bonnie : un à droite, près de l'épaule, et un sous son sein gauche. Elle alluma la machine, brancha le câble reliant les patchs, et le moniteur entama la vérification du rythme cardiaque de la patiente.

Si elle faisait une asystolie, c'est-à-dire si l'électrocardiogramme était plat, ils ne pourraient pas la choquer. Il n'y aurait plus alors qu'à continuer la réanimation manuelle jusqu'à l'arrivée de l'ambulance. Si elle était en fibrillation ventriculaire — FV —, ils pourraient en revanche la choquer et, avec un peu de chance, redonner à son cœur un rythme normal.

— Eloignez-vous du patient, dit la voix de synthèse de la machine.

Olly cessa les compressions et leva les yeux vers Lula, qui lui rendit son regard, incertaine et en nage. Ce fut alors qu'elle remarqua des petits détails. Etranges... La neige collée aux chaussures d'Olly ; la petite broche papillon piquée dans le panier de Bonnie ; la page d'un livre ouvert, près d'elle, dressée toute droite au milieu des autres.

— Prêt pour le choc, annonça la machine.

Bonnie était donc en FV !

— On dégage ! cria Lula, tout en s'assurant que ni elle ni Olly ne touchaient Bonnie.

Lula choqua le cœur de la vieille dame puis attendit les instructions de la machine.

— Reprenez la réanimation.

Olly s'exécuta.

Dire qu'il y avait peu, elle était là, à discuter tranquillement avec Bonnie ! Difficile à croire maintenant. Bonnie avait parlé d'une indigestion, mais trop concentrée sur sa quête d'information, Lula ne s'était pas méfiée. Une vague de culpabilité la submergea et elle se mordit violemment la lèvre inférieure tandis qu'Olly essayait de sauver la vie de la vieille dame.

Il s'arrêta soudain pour écouter sa respiration.

— Elle respire !

Lula lâcha un soupir.

— J'ai de l'oxygène dans la voiture, annonça Olly. Je vais le chercher.

Lula plaça tout de suite Bonnie en position de sécurité et, quand Olly revint, ils apposèrent le masque à oxygène sur le visage de la patiente. Elle respirait bien, son souffle embuant le petit morceau de plastique. Ils vérifièrent son pouls en attendant l'ambulance qu'ils entendaient déjà au loin.

— Ça a été plus rapide que je le pensais, remarqua Lula.

— Il y a un poste à South Wold. Un petit hôpital de campagne. Que s'est-il passé ?

Elle haussa les épaules.

— On discutait, et puis, tout à coup, elle s'est effondrée.

Il lui jeta un regard perçant.

— Vous vous sentez bien ?

— Oui, oui.

Les urgentistes embarquèrent Bonnie rapidement, la branchèrent à leur enregistreur ECG qui montra bientôt des signes rassurants. Lula sauta à l'arrière de l'ambulance avec leur patiente et Olly lui annonça qu'il la rejoindrait sitôt qu'il en aurait terminé au cabinet, afin de voir si tout allait bien et de la ramener chez elle.

Malgré la neige qui l'obligeait à rouler prudemment, Olly ne pouvait s'empêcher de jeter de furtifs coups d'œil à Lula, histoire de jauger son état, alors qu'il la reconduisait chez elle. Elle semblait avoir le regard perdu, et il se demandait s'il devait essayer de lui parler. De briser le silence.

— Ça va ? s'enquit-il enfin.

Elle se tourna vers lui et sourit.

— Oui, ça va, répondit-elle d'une voix pleine d'entrain.

— Vraiment ?

— Vraiment.

— Parce que c'est plutôt chaotique, depuis votre arrivée.

— Vous parlez de la découverte d'un bébé dans un carton sur le pas de ma porte et d'une patiente qui a fait une attaque sous mes yeux ?

— Eh bien, oui, dit-il en reportant par prudence son attention sur la route. Ça suffirait à effrayer n'importe qui.

— Mais je ne suis pas « n'importe qui »...

La première image qu'il avait eue d'elle, balançant des hanches, lui revint à la mémoire.

— Ça, je le sais.

— Je suis une dure à cuire, Olly.

Il n'en doutait pas un instant.

— Certes, mais découvrir ce bébé... alors que vous-même avez été abandonnée... Ça a dû réveiller des souvenirs, non ?

— Je ne me souviens pas de l'abandon lui-même, j'étais trop jeune.

— Sans doute, oui. Mais ensuite la réanimation, ça...

— Je suis médecin, et, à une époque, je travaillais dans un service d'urgences. La réa, c'était notre lot quotidien, pour ainsi dire.

D'accord. Sujet sensible, apparemment. Voilà un côté de Lula qu'il ne connaissait pas encore.

— Et sinon, vous avez trouvé un livre à la bibliothèque ?

— Je n'y étais pas pour trouver un livre. Je cherchais la liste des électeurs.

Voilà qui prenait tout son sens.

— Vous faisiez des recherches sur votre mère ?

— Il y a quatre familles dont le nom commence par un L, mais seulement deux avec des femmes dont le prénom débute par E. Bonnie était justement en train de m'en parler.

Il braqua pour éviter une branche en travers de la route.

— Vous étiez à la pêche aux informations, si je comprends bien. Et que vous a-t-elle appris ?

— Elle a évoqué Eleanor Lomax et Elizabeth Love.

— Elizabeth Love ? Je ne pense pas la connaître.

— Elle vit un peu en ermite, d'après Bonnie, et s'occupe d'une sorte de refuge pour animaux.

Il hocha la tête. En effet, il avait entendu parler de cet endroit, en bordure du village, sans savoir qui s'en occupait.

— Vous envisagez de parler à ces deux femmes ?

— Oui.

— Pour leur dire quoi, exactement ? Si elles n'ont rien à voir avec vous, elles risquent d'être un peu surprises.

— L'une d'elles va être surprise, si elle est celle que j'espère.

— Vous ne pouvez pas débarquer comme ça chez ces personnes et leur demander de but en blanc si l'une ou l'autre est votre mère.

— Vous êtes en train de me dire ce que je dois faire, docteur James ?

— Je vous donne un conseil. Et je me soucie aussi du bien-être de mes patientes.

— Elles n'ont pas besoin qu'on les protège de moi, je ne suis pas si effrayante.

Il sourit. Non, en effet, pas effrayante. Excentrique, oui, mais pas effrayante.

— Je sais bien, mais vous voyez ce que je veux dire.

— Ne vous tracassez pas, Olly. Je n'embêterai personne et je resterai très discrète.

— Avec des cheveux de je ne sais combien de couleurs, une Coccinelle à pois en guise de voiture, des rats et des araignées comme animaux de compagnie, vous resterez « discrète » ? dit-il, amusé.

— J'en suis parfaitement capable, répondit-elle en souriant. Et je n'ai qu'une seule araignée, pas « des ».

— Mes plus plates excuses. Plus sérieusement, vous n'avez pas peur que les gens commencent à jaser sur vous ?

— Ils n'ont pas besoin de moi pour jaser tant qu'ils vous ont, vous.

— Moi ?

— Bien sûr. Dois-je vous rappeler votre liste concernant la femme idéale ?

Il se sentit rougir. Ah oui ...

— C'était une blague, il y a longtemps, dit-il, sur la défensive.

— Et malgré tout, vous n'avez toujours pas d'épouse ? Comment se fait-ce, Olly ? Vous êtes un bon médecin, plein de charme, vous travaillez dur et avez des principes. Pourquoi pas de femme ?

— Je n'ai pas besoin d'une femme pour me sentir complet. Je suis heureux comme je suis, rétorqua-t-il, les yeux rivés droit devant lui.

Elle l'observa un instant.

— Même moi, je vois bien que c'est une réponse forcée.

— Mais non !

— Je ne vous crois pas, dit-elle en se rappuyant contre son dossier.

— Eh bien, soit. Je suis toutefois surpris, peu conventionnelle comme vous l'êtes, que vous ayez une vision aussi traditionnelle du mariage. C'est bon à savoir.

— Quoi, vous ne croyez pas en l'amour et au mariage ?

— Si, mes parents ont vécu une union très forte.

— Et... ?

Il lui jeta un coup d'œil rapide.

— Et quoi ?

— Pourquoi semblez-vous faire autant d'efforts pour y échapper ?

— C'est ce que je fais, selon vous ?

— Vous avez dressé une liste des attributs censément incontournables pour la femme idéale. Vous cherchez la perfection, Olly, or celle-ci n'existe pas. Donc, vous cherchez quelque chose qui n'existe pas, ce qui revient à dire que vous ne cherchez pas vraiment. C.Q.F.D...

— Eh bien, merci, Sherlock !

Il aperçut la lueur amusée dans ses yeux.

— Je ne vois pas où est le mal d'avoir certaines attentes, reprit-il, soudain ennuyé par le tour que prenait la conversation.

— En effet. Tant qu'elles sont réalistes.

— Vous trouvez ma liste irréaliste ? s'enquit-il après un bref coup d'œil.

— Oui. Je crois qu'aucune femme n'est capable d'atteindre vos standards.

— Et ça vous ennuie ?

Elle sembla hésiter un instant.

— Non. Mais moi, je n'ai pas l'intention de sortir avec vous.

— Et pourquoi pas ?

Elle éclata de rire.

— Ceci n'est pas une réponse… Alors, pourquoi ne voulez-vous pas sortir avec moi ?

— Vous êtes un collègue, dit-elle en rougissant.

— Et vous avez des règles qui l'interdisent ?

— Oui.

— Mais moi, selon vous, je n'ai pas le droit d'avoir de règles.

A présent qu'il avait repris les rênes, il se remettait à apprécier leur joute verbale.

— Votre liste d'attributs de l'épouse idéale n'a rien à voir avec une liste de règles.

— Si je comprends bien, vous pouvez dire que vous ne sortiriez pas avec un collègue, mais moi, non ?

Il la vit se mordre la langue. Touché !

Il enclencha le clignotant et bifurqua sur la gauche dans une voie plus étroite et plus enneigée.

— Vous ne devriez pas être autorisée à avoir des exigences, Lula, si moi je ne le suis pas, reprit-il.

— Je ne dis pas ça. Je dis que… Oh ! Et puis je ne sais plus, vous m'avez embrouillée. Ne pas sortir avec une blonde, ce n'est pas la même chose que ne pas sortir avec une collègue, reprit-elle après quelques secondes.

— Une blonde ? Mais ma liste ne comporte pas d'attributs physiques ! Pour quel genre de macho superficiel me prenez-vous ?

Il feignait d'être vexé mais, au fond, il s'amusait comme un petit fou.

— O.K., alors dites-moi, qu'est-ce qu'il y a dans votre liste ?

Il poussa un profond soupir.

— La gentillesse, le dévouement, la loyauté, l'amour de la famille, le désir d'enfants…

— Ah ! Vous pouvez me rayer de la liste, dans ce cas.

— Vous ne voulez pas fonder de famille ?

Bizarre. Il l'imaginait très bien entourée d'enfants, elle avait le caractère pour les enchanter, sans compter ses cheveux fous et son allure de fée.

— Je ne peux pas avoir d'enfants, Olly. La chimio… m'a rendue stérile.

Entendant sa voix s'étrangler, il tourna les yeux. Jamais il ne l'avait vue ainsi, la tête baissée, aussi abattue. Cela ne lui ressemblait pas, elle toujours si vive, si pleine d'énergie.

Sa réponse le laissait sans voix. Lui-même ne s'imaginait pas sans enfants. En fait, il avait eu un enfant, par le passé, même si cela avait été pendant très peu de temps. Même s'il n'était pas né.

— Je l'ignorais, veuillez m'excuser.

— Vous ne pouviez pas le deviner. En fait, vous êtes la première personne à qui je le dis.

De nouveau, il tourna les yeux vers elle — brièvement, à cause des nombreux virages.

— Je suis content de vous avoir inspiré confiance. Et je suis vraiment désolé, Lula.

A plusieurs reprises, il avait conseillé des couples qui ne pouvaient pas avoir d'enfants, et il avait toujours trouvé les mots. Alors pourquoi ne les trouvait-il pas avec Lula ? Parce qu'ils étaient collègues ?

— Inutile de vous excuser, ce n'est pas votre faute.

— N'empêche… C'est une grande partie de votre vie qui vous a été retirée. Vous avez dû être bouleversée, en l'apprenant.

Lui, en tout cas, il l'avait été en apprenant ce que Rachel avait fait.

— Je n'étais guère qu'une enfant moi-même, ça ne m'importait pas tant que ça, à l'époque, dit-elle en haussant les épaules.

— Et maintenant ?

Il fallait qu'il sache.

— Maintenant, je refuse que ça me gâche la vie. Je la remplis d'autres choses.

— Comme les rats et les araignées ? la taquina-t-il.

— Les rats sont des créatures très intelligentes.

— Et les araignées ?

— Plus un défi..., dit-elle en riant.

Olly s'engagea sur la route de Lula et se gara devant Moonrose Cottage. Le vieux cottage au toit de chaume recouvert de neige avait un côté mystique, au clair de lune.

Lula sauta au bas du véhicule et alla allumer les lumières.

— Vous entrez ? Je nous fais du chocolat chaud.

Il réfléchit un instant. Il ne voulait pas s'imposer. Mais alors qu'il s'apprêtait à décliner, quelque chose en lui l'en empêcha.

— Super idée. Merci.

Pourtant, Lula n'était vraiment pas son style de femme. Ses intermèdes romantiques précédents avaient été avec des collègues tout ce qu'il y avait de plus « normales ». Rien à voir avec Lula. Sa relation la plus longue, il l'avait vécue avec Rachel, il y avait des années, et ç'avait été un désastre.

Lula était tellement en dehors de la normalité qu'elle tenait quasiment de l'extraterrestre ! Mais il était fasciné par elle. Par sa petitesse, qui lui donnait envie de la prendre dans ses bras pour la protéger ; par ses cheveux et la façon dont leurs couleurs se mélangeaient aussi joliment qu'un arc-en-ciel ; par ses grands yeux bruns, pareils à des océans chocolatés dans lesquels il plongerait volontiers.

« Du calme, Olly ! Rappelle-toi qu'elle n'est pas ton style ! »

A l'intérieur, il l'aida à allumer un feu et, bientôt, les flammes réchauffèrent la petite pièce. Ils s'installèrent devant, un mug bien chaud entre les mains.

— Quelle journée ! soupira-t-il.

Lula hocha la tête.

— Tous les villages anglais sont aussi pleins d'animation ?

— Je ne crois pas, non. Ça a commencé avec votre arrivée. Vous savez quoi ? J'ai rarement eu autant de patients au cabinet venus expressément pour vous voir. Vous avez vraiment illuminé leur vie avec ce cours de danse du ventre. Ils attendent le prochain avec impatience.

— Tant mieux, dit-elle en souriant.

— Vous êtes une bouffée d'air frais.

Se sentant rougir, il avala une gorgée de chocolat pour masquer son embarras.

— Merci, je m'y efforce.

— Pourquoi faites-vous ça ? s'enquit-il à brûle-pourpoint.

— Faire quoi ? demanda-t-elle, les yeux écarquillés.

— La danse du ventre. Enfin, vous y excellez, je ne dis pas le contraire, mais qu'est-ce qui vous a fait choisir ça ?

— C'était amusant et différent. Je me suis dit que ça m'irait bien.

Pour être différente… elle l'était ! Pour la première fois, il remarqua ses ongles délicats, vernis de couleurs différentes — rouge, rose, bleu pâle, vert et lilas. Elle avait même un minuscule tatouage sur son annulaire. Une chauve-souris !

Elle était décidément incroyable ! En temps normal, il aurait dit ne pas aimer les tatouages, chez une femme. Mais Lula parvenait à rendre le sien exceptionnel, une sorte d'œuvre d'art miniature, et il se surprit à se demander si elle en avait d'autres sur le corps.

Pas question de le lui demander, évidemment. La seule idée de lui ôter lentement chacun de ses vêtements pour révéler un trésor caché suffisait à lui échauffer les joues.

— Bon, je ferais mieux d'y aller, dit-il en se levant brusquement. Je vous laisse à vos rats et à votre araignée.

— Vous êtes d'astreinte ?

— Non, c'est mon père qui s'en charge, ce soir.

— Je l'aime bien, il a l'air d'un homme bon.

Quand elle leva les yeux, les flammes éclairèrent son joli visage de reflets chatoyants.

— Oui, répliqua-t-il, soulagé d'avoir l'occasion de détourner ses pensées dangereuses.

— Qu'est-il arrivé avec votre mère ? Vous n'en parlez jamais.

Que dire ? Qu'il n'avait aucun souvenir d'elle, à l'exception des histoires que lui avait racontées son père sur la femme extraordinaire qu'elle était ? La souffrance que c'était de ne pas se rappeler la douceur de ses câlins, de sa voix, de son parfum ?

— Elle est morte quand j'avais deux ans, répondit-il en se rappuyant contre le dossier de son fauteuil.

— Je suis désolée. Je sais ce que c'est de grandir sans sa mère. La vraie, en tout cas.

— C'était il y a longtemps. Un tragique accident. Personne n'aurait rien pu faire.

A cours d'idée sur la façon d'apaiser la tension, il lui tendit sa tasse et la remercia pour le chocolat. Elle le raccompagna jusqu'à la porte et il fit un pas dans la neige.

— Merci pour votre aide, Olly, dit-elle quand il se retourna pour la saluer.

— Ce n'était rien.

— Vous avez été adorable de me laisser occuper le cottage de votre grand-mère et y installer mon petit zoo. Je suis consciente du choc que ça a dû vous causer.

Il plongea dans la chaleur de ses yeux bruns.

— Avec vous, Lula, j'apprends à m'attendre à l'inattendu.

Se haussant sur la pointe des pieds, elle vint lui déposer un baiser sur la joue. Sitôt que ses lèvres l'effleurèrent, il se figea, fermant les yeux, surpris et ravi à la fois par ce contact doux et chaud. Il inhala son parfum léger sans pouvoir l'identifier. Sensuel et fleuri. Délicieux, en tout cas. Avec une touche de jasmin ?

Songeant soudain qu'il devait avoir l'air idiot avec les yeux fermés, il se ressaisit et s'écarta en rougissant. Il lui souhaita une bonne nuit et son cœur se serra quand elle referma la porte.

Il regagna son 4x4, bouleversé par des pensées aussi profondes que la neige. Que se passait-il ?

Commençait-il à éprouver des sentiments pour Lula ? Impossible, elle était trop... trop quoi ? Différente ? Extravagante ? Non, elle était belle, c'est tout. A l'intérieur comme à l'extérieur.

Lula referma la porte du cottage et porta les doigts à ses lèvres. Elles picotaient encore du baiser, comme sous le choc de ce contact. C'était juste un simple baiser d'au revoir, de remerciement. Rien d'autre.

Mais, dans ce cas, pourquoi se sentait-elle aussi bizarre ?

« J'aime bien Olly, il est adorable, mais... »

Elle n'était pas là pour s'engager dans une relation. Ils pouvaient être amis, mais ce serait tout, car ce serait trop compliqué de s'autoriser un début de relation, surtout avec Olly ! C'était son collègue, dans un petit cabinet de campagne. Par ailleurs, il lui avait dit désirer des enfants, or elle ne pouvait en avoir, donc… Non, rien n'était possible avec Olly.

« Mais il est si délicieux ! »

« Non, Lula, calme-toi… »

Soupirant, elle emporta les tasses dans la cuisine et s'abîma un instant dans la contemplation de la vaste étendue de neige sur le jardin immobile. Puis, alors qu'elle posait les tasses dans l'évier, elle aperçut Anubis dans son vivarium. Elle souleva lentement le couvercle.

Il suffisait de tendre la main. Facile… Pourtant, ses mains restèrent où elles étaient.

Haussant les épaules, elle éteignit les lumières puis se coucha pour passer plusieurs heures à fixer le plafond de sa chambre, perdue dans ses pensées.

Assis à la table de sa cuisine, une tasse de thé froid à la main, Olly avait les yeux fixés dans le vide. Lula n'était arrivée que depuis quelques jours et, pourtant, il avait l'impression qu'elle avait tourneboulé sa vie. Ce qui le mettait assez mal à l'aise car, la dernière fois que cela lui était arrivé, c'était au départ de Rachel. Quand il avait découvert ce qu'elle avait fait.

« Lula n'a rien à voir avec Rachel. »

L'attitude de Lula face à la vie était rafraîchissante. Elle ne craignait pas les défis personnels, affrontait les peurs, la prise de risques. Elle écoutait son cœur, sans être superficielle ni fofolle. Elle avait un but qu'elle visait avec intelligence et plaisir.

Et il était attiré par elle.

C'était aussi simple que cela, mais effrayant aussi. Elle n'avait rien de l'image de l'épouse parfaite qu'il s'était bêtement forgée avec cette liste infamante. Il n'aurait jamais cru être attiré par quelqu'un avec des cheveux multicolores et des tatouages. Il se voyait plutôt avec une femme au style classique. Avec de la classe.

« Lula a de la classe. »

Etait-ce sa différence qui l'intriguait ? Le fait qu'elle soit aussi unique, sans aucun point commun avec les gens qu'il avait rencontrés avant ? Non, c'était plus que cela.

Il se sentait différent en sa présence, sans pouvoir se l'expliquer. Comme s'il voyait les choses autrement. A travers les yeux de Lula, le monde était merveilleux, plein de possibilités. Rien à voir avec son monde...

Terne. Oui, elle avait raison à son sujet. Peut-être était-il resté campé sur ses positions trop longtemps ? Peut-être avait-il besoin que l'on secoue son monde ?

Et Lula était-elle la femme qui pourrait le faire ? Le voulait-il ?

Il se leva pour aller vider son thé dans l'évier puis il rinça sa tasse qu'il posa sur l'égouttoir.

Oui, il le voulait. Même si cela l'inquiétait. Risquait-il de se perdre ? De perdre le respect des autres s'il se laissait aller à un brin de folie ? En tant que médecin, on attendait de lui un sérieux qu'il avait toujours considéré comme une qualité. On savait à quoi s'attendre avec lui, on pouvait compter sur lui.

Mais en ayant entendu l'histoire de Lula, il devait y regarder à deux fois. Quels défis avait-il eus à relever, lui ? La mort de sa mère et la perte de Rachel et du bébé dont elle ne lui avait jamais parlé.

Pour sa mère, il était trop jeune pour avoir été réellement affecté. Il ne l'avait pas connue, pour ainsi dire. Quant à Rachel, il s'était lancé dans leur relation en imaginant reproduire celle de ses parents. Mais Rachel n'était pas la femme aimante et dévouée qu'avait été sa mère. De plus, elle détestait la vie au village, trop rurale pour son goût.

Alors il avait écrit cette fichue liste pensant qu'elle le protégerait d'une autre peine de cœur. Et que faisait-il maintenant ? Il était attiré par une femme totalement opposée aux critères de sa liste.

Il ne cessait de penser à Lula. Il absorbait sa vitalité quand elle était près de lui et, le reste du temps il se languissait d'elle, tel un adolescent obsédé par son premier flirt.

Ce baiser... Un frisson courut sur sa peau. Le contact magique de ses lèvres avait éveillé d'autres désirs. Mais qu'arriverait-il s'il se laissait aller à ce sentiment et que l'échec était au bout de la route ? Que pouvait lui apporter Lula ? Pas d'enfants, en tout cas, mais était-ce si important ?

4

Après une nuit quasi blanche, Lula se réveilla épuisée.

Elle lâcha quelques criquets dans le vivarium d'Anubis, puis changea l'eau de Nefertiti et Cleo. Les deux rats semblaient ravis de la voir, se retenant à ses doigts avec leurs petites pattes roses pour les lécher joyeusement. Elle leur administra quelques caresses avant de les replacer dans leur cage, songeant qu'elle ne leur avait pas suffisamment octroyé de liberté depuis son arrivée. Il faudrait qu'elle sécurise un espace pour eux après avoir choisi l'endroit avec précaution. Elle ne voulait pas qu'ils abîment le mobilier ancien de Moonrose Cottage, surtout sachant la valeur qu'Olly accordait à ce lieu.

Olly...

Elle l'appréciait vraiment beaucoup, et du plus profond de son âme. Un lien s'était établi entre eux de façon naturelle. Il était facile à vivre, et elle avait du mal à croire qu'ils ne se connaissaient que depuis quelques jours.

Aujourd'hui, elle allait recevoir ses propres patients au lieu d'assister aux consultations d'Olly, ce dont elle était ravie. Mais elle avait aussi hâte de le revoir, de savoir s'il avait eu des nouvelles concernant le bébé abandonné. Elle l'espérait, car elle s'inquiétait pour la mère. Ce devait être terrible de donner la vie et d'abandonner ensuite son bébé quelque part...

Celle qui avait été poussée à ce geste devait être terrorisée. Ou courageuse. Ou un peu des deux. Désintéressée aussi. Peut-être espérait-elle ainsi donner à son bébé les meilleures chances dans la vie. Elle tenait en tout cas à son enfant, étant donné la façon dont elle l'avait emmailloté et avait pris soin de mettre une bouillote pour lui tenir chaud.

Après avoir enfilé ses bottes en caoutchouc, elle glissa ses chaussures roses dans son sac à dos puis, bien emmitouflée, elle se mit en route.

Olly se trouvait derrière le comptoir d'accueil quand elle pénétra dans la chaleur du cabinet. Bien qu'au téléphone, il l'accueillit par un sourire, et elle l'observa tout en ôtant son écharpe et ses gants.

Il était très grand, très large d'épaules, avec des bras musclés. Faisait-il de l'exercice ? Il avait un ventre plat à faire pâlir d'envie les plus grands sportifs, une taille fine. Dieu qu'il était beau, malgré la chemise bleu ciel trop classique et le large chino sans forme !

Se sentant rougir, elle fourra ses affaires dans son sac à dos puis ôta ses bottes.

— Joli, commenta Olly en observant ses chaussettes rayées multicolores avec orteils séparés.

— Merci. Elles sont confortables aussi. Une urgence ? s'enquit-elle, faisant référence au coup de fil.

— Non, je prenais des nouvelles de Bonnie et du bébé. Ils vont bien tous les deux.

— Super, commenta-t-elle en enfilant ses chaussures roses. Aucune nouvelle de la mère du bébé ?

Il secoua la tête, les yeux rivés à ses pieds.

— Prête à soigner la terre entière ?

— Toujours, répondit-elle en souriant. Je vais tout de même m'octroyer une tasse de thé, d'abord.

— Comment se porte le zoo ce matin ?

— Bien.

Il l'accompagna jusqu'à la petite salle du personnel.

— Vous en voulez un ? demanda-t-elle en se préparant un thé.

— Oui, merci, répondit-il avec un sourire.

Elle sentait son regard toujours posé sur elle et, bizarrement, elle fut un peu gênée. Que s'était-il passé ? Un vague baiser sur la joue, et voilà qu'elle se transformait en adolescente maladroite ?

Quand il prit la tasse, ses mains l'effleurèrent, provoquant une onde électrique, et elle se surprit à se demander ce que l'on ressentait à être touchée par elles.

« Stop, Lula ! Tu n'es pas là pour Olly. »

Elle trouva une excuse pour s'éclipser dans son bureau où elle alluma l'ordinateur. La pièce était dénuée de toute personnalité, mais peu importait étant donné le bref laps de temps qu'elle y passerait. Inutile de décorer l'endroit avec ses babioles et ses tableaux colorés habituels, puisqu'elle ne prévoyait pas de rester.

Sitôt qu'elle aurait découvert si sa mère était là ou pas, elle s'en irait. Si elle la retrouvait, elle n'aurait pas envie de lui imposer une quelconque décision en restant au village. Elle garderait ses distances. Et si sa mère n'était pas ici, eh bien tant pis. Elle partirait et essaierait... quoi ? De toute façon il n'y avait aucun autre indice, donc elle était forcément là.

Quelque part.

Son premier patient, Arthur Cross, arriva, présentant une mauvaise toux. Lula écouta donc sa respiration, plutôt sifflante, et, inquiète d'une possible infection, elle lui prescrivit des antibiotiques. Ensuite, elle reçut une jeune mère venue avec son bébé : elle souhaitait savoir si elle pouvait reprendre la pilule car elle ne désirait pas avoir d'autres enfants, contre l'avis de son mari. Lula lui suggéra d'en discuter avec ce dernier, mais rédigea néanmoins une ordonnance, en espérant que cela ne causerait pas de dispute entre les deux jeunes mariés.

La matinée fut bien occupée avec un flot de patients incessant. Tant mieux car le travail l'empêchait de trop penser à sa mère, et surtout à Olly. Ce ne fut qu'à 11 heures, quand Olly lui apporta une autre tasse de thé, qu'elle accepta avec plaisir, qu'elle eut conscience du temps passé.

— Je me demandais si vous accepteriez de m'accompagner en visite à domicile, tout à l'heure ? Il s'agit de la mère de Ruby, cette adolescente qui se comportait bizarrement, expliqua-t-il quand elle haussa un sourcil étonné. Eh bien, sa mère s'inquiète, et elle voudrait qu'on vienne discuter avec sa fille. Si c'est bien elle qui a abandonné le bébé sur le pas de votre porte, j'apprécierais un soutien féminin. Ça ne vous dérange pas ?

— Pas de problème. Vous pensez vraiment que ce puisse être elle ?

— Je ne connais pas très bien cette gamine, dit-il en haussant les épaules. Je ne l'ai vue que pour ses vaccinations quand elle-même était bébé. Mais, pour l'instant, aucun autre nom ne me vient à l'esprit.

— O.K. A quelle heure partons-nous ?

— Vers 14 heures ? Elle n'est pas à l'école et refuse de parler et de quitter sa chambre depuis hier.

Elle acquiesça et le remercia pour le thé. Quand il lui adressa un clin d'œil en quittant le bureau, elle se surprit à souhaiter qu'il fasse demi-tour pour discuter encore un peu.

En même temps, elle redoutait le moment qu'ils allaient passer confinés dans l'espace réduit de la voiture.

A l'heure convenue, ils se mirent en route. Immédiatement, Lula eut conscience de leur proximité, surtout de la main d'Olly près de sa cuisse quand il passait les vitesses ou réglait le chauffage. Heureusement, le trajet fut court.

A cause d'une congère, elle dut descendre de voiture du côté d'Olly. Il lui tint la porte ouverte tandis qu'elle escaladait le levier de vitesse, puis tendit la main pour l'aider à sortir. Elle la prit en rougissant, espérant qu'il attribuerait la couleur de ses joues au froid et à rien d'autre.

La mère de Ruby les invita à entrer et ils se débarrassèrent avec plaisir de leurs bottes couvertes de neige dans le couloir avant de la suivre dans le salon en chaussettes.

— Ruby est encore dans sa chambre. Je lui ai annoncé votre visite, mais elle refuse de parler ou d'ouvrir sa porte, leur expliqua leur hôtesse après les avoir fait asseoir.

Après avoir discuté quelques instants avec la maman, Lula proposa d'essayer de parler à l'adolescente. Arrivée en haut de l'escalier, elle trouva trois portes closes, dont une sur laquelle on avait apposé une énorme pancarte :

« DANGER, DÉFENSE D'ENTRER ! »

Ce fut à celle-là qu'elle frappa doucement.

— Ruby ?

Pas de réponse.

— Ruby, je suis le Dr Chance. Je peux entrer ?

Toujours rien. Bizarre... Après avoir frappé de nouveau, elle posa la main sur la poignée.

La porte s'ouvrit, mais Ruby n'était pas là. La chambre était vide.

Lula se précipita en bas pour annoncer sa découverte. La mère de Ruby se rua à l'étage à son tour et redescendit, l'air totalement sidéré.

— Je ne comprends pas où elle a pu aller !

— Est-ce qu'elle a de l'argent ? Elle a pris des vêtements ? s'enquit Olly. Son manteau ?

Alors que la mère allait vérifier, Olly et Lula échangèrent un regard perplexe.

— Je pense que c'est elle, dit Lula.

— Ça se pourrait. Elle a peut-être pris peur en apprenant la visite du médecin, songeant qu'il risquait de découvrir qu'elle venait d'accoucher.

— Son manteau a disparu, annonça la mère en réapparaissant. Ses bottes aussi. Elle a dû filer pendant que j'étais dans la cuisine.

— Appelez la police et donnez-leur sa description.

— Mais pourquoi ? s'étonna la mère. Elle n'est partie que depuis quelques minutes, elle doit être chez une copine. Quoi ? ajouta-t-elle en les voyant échanger un regard.

Lula la fit asseoir et lui expliqua la situation, puis lui demanda l'autorisation d'explorer la chambre de la jeune adolescente.

A l'étage, ils se mirent en quête d'indices, tels deux détectives. Olly fouilla dans son armoire et Lula, à genoux, sortait des affaires de dessous le lit quand elle aperçut quelque chose tout au fond. Un drap, ou une serviette... En retirant le linge tout chiffonné, elle constata qu'il était couvert de sang.

— Je crois qu'on a notre preuve, Olly.

Il se retourna et ses épaules s'affaissèrent.

— Pauvre Ruby... Il est impératif de la retrouver.

— Elle n'a pas pu aller bien loin… Peut-être pourrait-on organiser des recherches nous-mêmes ?

— Bonne idée. Je vais demander à mon père d'assurer la permanence au cabinet. On va lancer un appel à volontaires.

— Il faut aussi essayer de trouver le placenta et voir s'il est intact.

Si Ruby n'avait pas expulsé tout le placenta, elle risquait de graves complications : saignements, hémorragie ou infection.

— Je me charge de l'appel à volontaires, dit Olly. Vous parlez à la police ?

Quand Lula descendit, la mère de Ruby était au téléphone avec le commissariat. Quand elle eut terminé, Lula prit l'appareil pour les informer de leur découverte.

— Nous allons organiser les recherches, expliqua-t-elle à la mère de Ruby après avoir raccroché. Vous restez ici au cas où elle rentre. Voici mon numéro de portable. Nous avons besoin que vous restiez à la maison, ajouta-t-elle comme la mère s'apprêtait à protester. On doit être en mesure de vous joindre si nous la retrouvons en premier.

La solennité de ses paroles dut faire son effet, car la mère de Ruby acquiesça avant de s'effondrer sur le canapé.

La salle des fêtes fourmillait de volontaires. Lula était impressionnée par le nombre de personnes qui, malgré le froid et la neige, s'étaient senties concernées par leur appel. Par ailleurs, elle ne pouvait s'empêcher de faire le rapprochement entre les circonstances qui avaient pu pousser Ruby à abandonner son bébé et sa propre mère. Celle-ci l'aimait-elle quand elle l'avait abandonnée ? Avait-elle regretté sa décision ? Pensait-elle encore à elle aujourd'hui ? La disparition de Ruby faisait remonter à la surface des sentiments que Lula avait soigneusement enfouis jusqu'à présent.

Olly prit place derrière la table et, immédiatement, les voix se turent. Lula le scruta tandis qu'il s'adressait aux villageois pour organiser les opérations. C'était vraiment un homme très séduisant. Solide, fiable, pragmatique. Le genre d'homme avec qui on pouvait s'engager.

Si c'était ce que l'on souhaitait. Ce qui n'était pas son cas, bien sûr.

Elle observa le visage des gens présents. Tous buvaient les paroles d'Olly, certains notaient même la description de Ruby qu'il leur donnait. Il parlait avec aisance, sur un ton ferme et autoritaire, tout en étant rassurant. Malgré l'horreur de la situation, sa voix laissait l'impression que tout était parfaitement organisé et allait rentrer dans l'ordre.

Lula l'espérait de tout son cœur.

Un policier prit la relève et Olly s'assit, tout en jetant un bref coup d'œil à Lula, qui lui sourit pour lui faire comprendre qu'il avait été parfait.

Une fois les instructions données pour la répartition des zones de recherche, tout le monde s'emmitoufla pour sortir dans le froid.

Lula grimpa dans la voiture d'Olly, qui prit la direction des bois. Il paraissait tendu : une ligne inquiète lui barrait le front et ses mains étaient tellement serrées sur le volant que ses phalanges en blanchissaient.

— Ça va ? lui demanda-t-elle.

— Oui, tout ça me rappelle ma mère, c'est tout.

— Que s'est-il passé ?

— Mes parents étaient partis en randonnée, une année, et comme je devais avoir deux ans, ils m'avaient laissé à la garde de ma grand-mère. Malheureusement, ils avaient mal organisé leur escapade, et choisi la mauvaise époque pour faire le chemin de la Pacific Crest qui était recouvert de neige. Mon père était parti chercher de l'eau à une source, laissant ma mère récupérer du bois pour le feu. Quand il est revenu au camp, il ne s'est pas inquiété tout de suite en ne la voyant pas. Sauf qu'elle avait glissé sur la glace et était tombée dans une crevasse. Ce n'est qu'au bout de trente minutes qu'il a décidé de partir à sa recherche. Elle était en hypothermie quand il l'a retrouvée.

— En vie ?

— Oui, mais inconsciente. Comme il n'y avait pas de téléphones portables à l'époque, il a dû parcourir des kilomètres à pied pour chercher de l'aide. Quand, enfin, il est retourné sur les lieux...

Lula déglutit, ressentant dans la voix d'Olly toute sa souffrance encore bien présente.

— Elle était morte ?

Il grimaça.

— Mon père était inconsolable, d'après ce qu'on m'en a dit.

Elle l'observa plus attentivement. Etait-ce pour cette raison qu'il ne sortait jamais de sa zone de confort ? Parce qu'il avait vu ce qui risquait d'arriver quand on s'éloignait de la piste ?

— C'est normal que ça vous hante, vous êtes humain, après tout, dit-elle pour le réconforter.

Elle lui effleura sa manche, contente d'être là pour l'apaiser, et aussi d'en apprendre un peu plus sur lui. Il en connaissait déjà pas mal sur elle, mais elle n'avait jamais vraiment eu le temps de le questionner sur lui. Cette histoire particulièrement tragique, qu'il avait partagée avec elle, l'aidait à le comprendre un peu mieux.

— Vous aimez aider les gens, c'est d'ailleurs pourquoi vous êtes médecin. C'est frustrant quand on n'y arrive pas.

— Merci, dit-il en souriant. Vous avez raison. C'est ce qui me plaît, dans la médecine généraliste. Certes, on n'a pas l'excitation de la salle d'opération, des services d'urgences, mais j'attache beaucoup de prix aux occasions de connaître mes patients que l'exercice de la médecine au quotidien me donne.

— Vous avez toujours visé la médecine de campagne pour reprendre le cabinet familial ?

— J'ai toujours voulu être médecin et je ne pense pas avoir jamais envisagé d'exercer autrement ou ailleurs. Mon cœur est ici depuis toujours.

Il se gara dans une clairière qui marquait l'entrée de la forêt. Ouvrant le coffre, il en sortit une couverture et une gourde qu'il fourra dans son sac à dos.

Lula enfila ses gants et boutonna son manteau. Il faisait vraiment froid, et les flocons de neige tombaient encore abondamment. Les bois semblaient très mystérieux sous cet épais tapis blanc, avec les branches squelettiques des arbres qui ployaient sous le poids de leur fardeau glacé.

Cela ne paraissait pas l'endroit idéal où se cacher, mais il fallait vérifier partout.

— On se sépare ? demanda Lula, un peu hésitante.

— Restons ensemble autant que possible.

— Je ne vois même pas le sentier, il y a trop de neige.

— Raison de plus pour ne pas s'éloigner l'un de l'autre. Ça pourrait être dangereux.

— Dommage qu'on n'ait pas de chien de montagne.

— Si on ne la retrouve pas, ce sera peut-être l'étape suivante pour la police, répondit-il d'un ton sombre.

5

— Ruby ? Ruby ? appelait Lula à pleins poumons.

Malheureusement, l'épaisse couverture neigeuse semblait étouffer sa voix. Dans ce monde blanc, progresser avec de la neige jusqu'aux genoux valait toutes les séances de gymnastique. Sous leurs pieds, le sol était non seulement glissant mais inégal, le tapis glacé dissimulant plein de dangers cachés.

Lula marchait les yeux baissés dans l'espoir d'apercevoir des traces de pas, mais les gros flocons qui tombaient lui laissaient peu d'espoir.

Les cheveux blonds d'Olly en étaient parsemés, ses joues rosies témoignant de l'énergie qu'il mettait dans leur quête.

Trébuchant soudain, Lula tendit machinalement la main vers lui pour se stabiliser. Il la saisit, entremêlant ses doigts gantés aux siens, et elle sentit ses joues s'échauffer à son contact. C'était bizarre d'arpenter ainsi les bois avec Olly. Quand était-ce, la dernière fois qu'elle avait donné la main à quelqu'un ?

Il y avait des années…

Sa poigne, puissante et ferme, la rassurait. Il n'allait pas la laisser tomber, ni même faire un faux pas. Il avait le visage sombre, fermé. Etait-il en train de revivre l'histoire tragique de sa mère ?

— On va la retrouver, dit-elle en exerçant une légère pression sur sa main en guise de soutien moral.

— Espérons-le, répondit-il. Et espérons que si elle est dehors, elle est consciente.

En effet, outre les soins dont Ruby aurait besoin suite à son accouchement, son état serait d'autant plus préoccupant si elle était en hypothermie, celle-ci menaçant son cerveau et le système cardio-circulatoire avec le risque de complications cardiaques et troubles de la coagulation.

Lula avançait tête baissée, accrochée à la main sûre d'Olly. Oui, c'était vraiment le genre d'homme à qui l'on pouvait faire confiance.

Le genre d'homme que l'on pouvait aimer ?

Elle jeta un coup d'œil dans sa direction. Oui. Aisément, et voilà pourquoi il devait seulement rester son ami. Dans d'autres circonstances, elle se serait facilement imaginé tombant amoureuse de lui, mais elle n'était pas à Atley Wold dans ce but.

Depuis sa leucémie et le traitement qui avait conduit à son infertilité, elle s'était juré de vivre sa vie pour elle, et elle seule. De tout essayer. De tout faire. Pas question de se laisser enfermer dans une relation, de devoir demander la permission à quelqu'un avant d'agir.

Evidemment, les gens pouvaient avoir des relations tout en sachant qu'ils n'auraient jamais d'enfants, mais Lula pensait que le besoin de procréer était fort et profond en chacun. Lorsqu'on était avec quelqu'un, avoir un enfant était une étape normale. Or elle ne voulait surtout pas causer de peine à quiconque.

Elle en avait fait la douloureuse expérience.

A l'école de médecine, elle avait eu un petit ami, Gavin. Il était drôle et insouciant, et quand elle lui avait annoncé ne pas pouvoir avoir d'enfants, il avait affirmé qu'il s'en moquait, qu'il n'avait pas besoin d'enfants pour être heureux et qu'il ne voulait qu'elle.

Pourtant, Gavin avait fini par changer d'avis et décidé qu'il désirait avoir des enfants, finalement. Au terme de nombreuses disputes et crises de larmes, ils s'étaient séparés et Lula s'était promis de ne plus jamais s'engager dans une relation sérieuse.

Une promesse qu'elle avait tenue.

Et qu'elle devait continuer à tenir.

Olly voulait une femme « parfaite ». Gentille, dévouée et

aimante, et qui puisse lui donner des enfants. Il l'avait dit lui-même.

Chose qu'elle ne pourrait pas lui offrir. Jamais.

Certes, il y avait bien l'adoption, et c'était merveilleux, mais elle ne comblait pas l'envie d'avoir des enfants de son sang.

Mieux valait donc se tenir loin d'Olly. Car elle ne voulait ni le faire souffrir ni être blessée elle-même.

A quoi bon investir du temps dans une relation ? Aimer quelqu'un pour avoir le cœur brisé à la fin ?

Car c'était toujours ainsi que les choses finissaient dans la vie de Lula : on lui demandait plus qu'elle ne pouvait donner, et on l'abandonnait.

Sans répit, ils avançaient dans la neige, s'accrochant l'un à l'autre, se soutenant mutuellement. Il y avait longtemps que Lula ne s'était pas sentie appartenir à une équipe, s'arrangeant toujours pour rester en marge, impliquée mais jamais partie prenante. Toutefois, ici, à Atley Wold, avec Olly, elle sentait bien qu'il lui serait facile d'accepter le poste et d'accueillir le beau médecin au fond de son cœur.

C'était pour le moins... tentant !

Sauf que ce ne serait pas juste vis-à-vis de lui.

Bizarrement, elle sentit des larmes lui brouiller la vision puis l'aveugler. D'où venait cette émotion ?

De sa main libre, elle s'essuya les yeux en espérant qu'Olly penserait qu'ils coulaient à cause du froid.

A cet instant, sa cheville gauche se tordit, et elle tomba à genoux.

Immédiatement, Olly s'agenouilla près d'elle, une lueur inquiète dans ses grands yeux bleus. La buée de sa respiration enveloppa Lula, et elle dut faire de gros efforts pour ne pas plonger dans son regard envoûtant.

— Ça va ?

— Oui, merci, répondit-elle en se relevant avec son aide.

— Allons-y, accrochez-vous bien à moi, dit-il tandis qu'ils se remettaient en marche.

Sa cheville était un peu sensible, même si elle ne pensait pas se l'être foulée — la douleur aurait été plus intense. Traumatisée oui, mais pas plus.

De toute façon, avec le soutien d'Olly, elle se sentait prête à aller au bout du monde. A cette seule pensée, elle sentit ses joues s'échauffer. Non, elle ne devait pas penser à lui ainsi. Même si, maintenant, elle avait envie de l'enlacer par le cou et de l'embrasser.

— Ruby ? appela-t-elle pour se ressaisir.

Ils arrivaient à une fourche où les sentiers se séparaient. Olly ralentit et elle le vit froncer les sourcils.

— Il nous faut vérifier les deux chemins, mais je n'ai pas du tout envie de vous laisser seule.

— Je vais très bien m'en sortir. Je suis une grande fille, ajouta-t-elle avec un sourire pour ne pas le vexer.

— N'empêche que vous êtes déjà tombée, et puis vous ne connaissez pas ces bois.

— Quoi qu'il en soit, on doit vérifier les deux chemins. Savez-vous s'ils se rejoignent plus loin ?

— Je crois, mais ça fait longtemps que je ne suis pas venu par ici, et c'était en été...

— Je ferai très attention, Olly, dit-elle en retirant la main de son bras. Soyez prudent, vous aussi.

Il ne semblait pas convaincu, mais capitula.

— O.K. Sifflez si vous voyez quoi que ce soit ou si vous avez un souci.

— D'accord.

— Promis ?

Il était l'image même de l'inquiétude. C'était plutôt agréable, au fond, de sentir qu'il se souciait ainsi d'elle, mais Lula avait l'habitude de s'occuper d'elle-même.

— Promis.

Malgré ses pieds gelés — elle n'avait pas pensé à enfiler des chaussettes appropriées à une longue marche dans la neige —, Lula se mit en branle de son côté, cramponnée à son sifflet. Tournant la tête, elle nota qu'Olly était déjà hors de vue.

— Ruby ? cria-t-elle, ayant entendu Olly en faire autant, rassurée de le sentir proche. Ruby, c'est le Dr Chance !

Il y avait des traces dans la neige, mais impossible de savoir qui avait emprunté ce sentier. D'autant que personne ne répondait.

Soudain, elle glissa et alors qu'elle essayait de retrouver son équilibre, plaçant tout son poids sur son pied droit, elle tomba en arrière dans la poudreuse puis dégringola une petite pente jusqu'à un ruisselet glacial.

Génial ! Maintenant, elle était trempée. S'accrochant à une racine d'arbre qui dépassait, elle se releva et, avec précaution, entreprit de remonter pour retrouver le sentier. A présent, ses jambes entières étaient aussi gelées que ses pieds !

Mais peu importait son confort, elle devait continuer. Ce qu'elle fit, maudissant chaque pas, jusqu'à ce que la douleur aux fesses s'estompe peu à peu. Quand elle rejoignit Olly, une vingtaine de minutes s'était écoulée, et elle claquait des dents.

— A... Alors ?

Il la regarda de haut en bas.

— Mais vous êtes trempée !

— N... Non, pas vraiment. Je suis plus gelée que mouillée, dit-elle, s'essayant à la plaisanterie.

— Vous ne pouvez pas continuer comme ça. Venez, je vous ramène à la maison.

— Nous devons chercher Ruby.

— Pour que mon nouveau médecin attrape une pneumonie ?

— Mais la police pense que nous couvrons cette zone...

— Je vais les avertir. La règle première dans le soutien d'urgence est claire : s'assurer d'abord de sa propre sécurité.

— Et si je refuse ?

Il lui jeta un regard noir. Et puis une lueur s'alluma dans ses pupilles et, d'un geste vif, il la souleva dans ses bras sans crier gare, tel un jeune époux portant sa femme pour franchir le seuil de leur chambre.

— Dans ce cas, je me vois obligé de faire ça.

Rougissant, elle éclata de rire. Olly était fort, elle sentait la puissance de ses bras qui la serraient contre son torse.

— Docteur James !

Elle ne pensait pas qu'il la porterait jusqu'à la voiture qui n'était pas toute proche, mais ce fut le cas. Certes, il haletait un peu en y arrivant, il avait les joues rouges, mais il ne la reposa sur le sol que lorsqu'il atteignit l'extrémité de la clairière.

— Merci, mais vous n'aviez pas besoin de me porter si loin.

— Bien sûr que si. Je n'allais pas vous laisser marcher dans la neige, trempée comme vous êtes.

— C'est très chevaleresque, en tout cas.

Il accepta ses remerciements avec un grand sourire.

— Je fais de mon mieux pour être un gentleman.

— Vous y parvenez à merveille. La damoiselle vous en sait gré.

Avec un sourire, elle lui déposa un baiser sur la joue, mais elle reprit son sérieux quand elle remarqua la façon dont il la regardait. Avec une sorte de faim dans les yeux... Comme s'il s'apprêtait à lui rendre son baiser, sauf que ce ne serait pas un platonique bisou sur la joue.

Soudain effrayée de ce qu'elle risquait de faire s'il agissait ainsi, elle fit volte-face et alla se poster du côté passager de la voiture, rassurée par la présence du véhicule entre eux deux, et se précipita à l'intérieur dès qu'il déverrouilla la portière.

Sitôt que l'air chaud souffla dans l'habitacle, elle ôta ses bottes et ses chaussettes pour poser ses pieds nus sur le tableau de bord avec un soupir bienheureux.

Quand ils arrivèrent devant Moonrose Cottage, Olly tint absolument à la porter jusqu'à sa porte.

— Je peux marcher !

— Quoi ? Pieds nus ?

Une fois de plus, il la souleva avec une aisance déroutante et se dirigea vers la porte pendant qu'elle sortait ses clés. Une fois le seuil franchi, il la reposa.

— Je vais raviver le feu, annonça-t-elle.

— Et moi, je vous prépare une boisson chaude.

Elle le regarda disparaître dans la cuisine. Ayant enfilé de grosses chaussettes, elle entreprit de mettre des bûches dans la cheminée.

— Lula ? Vous êtes allée dans l'abri de jardin ? demanda-t-il.

— Non, j'ignorais même qu'il y en avait un.

— La porte est ouverte. Et il y a des traces dans la neige.

Elle le rejoignit dans la cuisine, mais il avait déjà déverrouillé la porte et elle le regarda traverser la pelouse en direction d'un vieil abri de bois qu'elle n'avait jamais remarqué.

Quelques secondes plus tard, il ressortait avec, dans les bras, une jeune fille pâle enveloppée dans des couvertures. Il la ramena dans la maison et l'assit sur la chaise que Lula avait tirée devant la cheminée.

— Je vais lui préparer une boisson chaude.

En temps normal, elle ne donnerait ni à boire ni à manger à une personne nécessitant un examen médical et, peut-être, une intervention chirurgicale. Mais dans ce cas précis, Ruby avait besoin qu'on la réchauffe lentement, et un bon feu et un thé devraient faire l'affaire.

Quand elle revint avec une tasse de thé fumant et bien sucré, Olly venait de raccrocher le téléphone.

— J'ai appelé une ambulance et la police pour qu'ils cessent les recherches.

Lula s'agenouilla devant la jeune fille, notant sa pâleur et la façon dont elle se cramponnait à ses couvertures. Elle tremblait encore — ce qui était une bonne chose car cela signifiait que l'hypothermie ne s'était pas installée.

— Tiens, bois lentement, dit-elle en tenant la tasse devant la bouche de Ruby. Tu sais que tout le monde te cherche ? Ta mère est folle d'inquiétude.

— Tout... Tout le monde ? balbutia-t-elle.

— Beaucoup de villageois, oui, et la police. Le Dr James et moi aussi.

— Je... Je ne savais pas quoi faire.

Alors que Lula lui proposait encore du thé, Olly vint s'agenouiller devant elle.

— La police est en chemin.

Ruby sembla effrayée.

— Ne t'inquiète pas, ils veulent juste s'assurer que tu vas bien.

— Je vais av... avoir des problèmes ?

Tous deux secouèrent la tête, même si en vérité ils ignoraient comment la mère de Ruby allait réagir.

— Tu as eu un bébé, n'est-ce pas ? l'interrogea Lula.

Ruby la regarda droit dans les yeux, des larmes roulant sur ses joues.

— Ça fait mal.

— Bien sûr. Tu as été courageuse de traverser ça toute seule. Où est-ce arrivé ?

— Dans ma chambre. Maman était au travail, personne n'a rien entendu.

— On a fouillé ta chambre, mais sans trouver de restes de placenta ou autre.

— J'ai utilisé une bâche en plastique. Maman avait rep... repeint le couloir il y a quelques semaines, et acheté des bâches pour protéger la moquette.

— Où l'as-tu jetée ?

— Dans la poubelle publique près de l'église. Ça fait du bien, commenta-t-elle après avoir bu une autre gorgée de thé.

Elle hésita et, de nouveau, ses yeux se mouillèrent de larmes.

— Comment va mon bébé ?

Lula lui tapota le genou.

— Bien. Il est sain et sauf à l'hôpital. Tu as bien fait de l'emmitoufler et de mettre cette bouillote. Ça l'a sauvé. Mais tu as quand même eu de la chance que je le trouve... Tu savais que je venais juste d'emménager ?

Ruby hocha la tête, serrant les couvertures autour d'elle.

— Quand j'étais petite, je venais souvent jouer dans le jardin de Mme James. Elle me laissait m'amuser dans l'abri, c'était ma cabane. Elle m'y avait même installé une vieille chaise, un radiateur à bain d'huile et des couvertures pour que je n'aie pas froid si je ne voulais pas rentrer à la maison.

— Pourquoi ne voulais-tu pas rentrer chez toi ?

— Je ne m'entendais pas très bien avec ma mère. Mme James était toujours gentille. Un peu comme une grand-mère.

— Vous connaissiez ma grand-mère ? s'étonna Olly.

— Oui. Elle était adorable. Quand j'ai déposé le bébé sur le pas de la porte, j'étais épuisée, et puis ça me faisait mal quand je marchais. Je savais que je devais me reposer, alors j'ai repensé à l'abri de jardin.

Lula n'en revenait pas.

— Tu étais là pendant tout ce temps ? Comment ai-je pu ne pas m'en rendre compte ?

— Il n'y avait pas de lumière.

— Tu aurais pu mourir de froid !

— J'étais trop fatiguée pour m'en soucier.

Lula tourna la tête vers Olly, prenant sur elle pour ne pas pleurer. Il tendit la main pour lui presser l'épaule dans un geste apaisant qui l'aida à retenir ses larmes.

— Est-ce que tu as encore mal quelque part ?

— Un peu. Mais c'est normal, non ?

Au loin, une sirène approchait. Ruby éclata en sanglots.

— Je suis dans une galère noire !

Lula l'enlaça. Ruby était encore gelée et tremblante, de froid et d'inquiétude sans doute. C'était navrant d'imaginer ce que cette jeune fille avait traversé. En avait-il été de même pour sa mère à elle ? Avait-elle accouché seule, avant d'abandonner son bébé sur la plage parce qu'elle avait trop peur pour en parler à quiconque ?

Tandis que l'ambulance se garait devant la propriété et qu'Olly faisait entrer les urgentistes, Lula jura à Ruby qu'elle resterait à son côté jusqu'à l'arrivée de sa mère.

Olly suivit l'ambulance jusqu'à l'hôpital. Seul dans son véhicule, il ressentait physiquement l'absence de Lula. Elle avait créé un lien avec Ruby, il l'avait vu. Manifestement parce qu'elle s'expliquait son propre abandon à la lueur de ce qui venait d'arriver à la jeune adolescente.

Tant mieux qu'ils aient retrouvé Ruby. Avec un peu de chance, tout se terminerait bien. Pourvu qu'il en soit de même pour Lula.

« Je vais l'aider à trouver sa mère. »

C'était ce qui importait le plus pour elle, alors comment ne pas l'aider ? D'autant que si elle trouvait sa mère à Atley Wold, elle resterait peut-être. Elle n'aurait plus de raisons de partir, alors… Et si elle restait… il pourrait l'avoir auprès de lui pour toujours.

Il entra dans le service des urgences et tomba sur une infirmière qu'il connaissait. Il avait hâte de rejoindre Lula et Ruby, mais il sourit à la jeune femme, ne souhaitant pas se montrer impoli.

— Docteur James, quel plaisir !

— Comment allez-vous, Sally ? Et Jack ?

— Très bien, merci. Mon cher époux se prépare à son saut en parachute en mai prochain.

En parachute ? Mais le monde devenait fou, ou quoi ?

— C'est pour une œuvre caritative, ajouta-t-elle. Ils collectent de l'argent pour la recherche sur les tumeurs au cerveau. Vous pourriez participer !

Elle lui tendit un formulaire qu'il prit machinalement. Puis il songea à Lula, à ce qu'elle dirait en apprenant qu'il avait refusé pareille occasion.

Avait-il vraiment envie de se jeter dans le vide depuis un avion pour prouver qu'il n'était pas coincé ? Il n'avait pas le vertige. Enfin, dans des circonstances normales...

— C'est pour une bonne cause, insista Sally en souriant. Pensez à ce que vous ressentirez quand vos pieds toucheront le sol.

Ses pieds touchaient toujours le sol. Et il aimait bien qu'ils y restent, d'ailleurs. En sécurité.

Mais n'était-ce pas justement là où était le problème ?

Il regarda longuement le formulaire.

Puis Sally.

Et il hocha la tête.

6

Pour la deuxième fois en deux jours, Lula se trouvait à l'hôpital, au chevet d'une patiente.

La mère de Ruby était arrivée, folle d'inquiétude, et les deux femmes s'étaient retrouvées dans les bras l'une de l'autre dans un instant fort émouvant. Physiquement, Ruby allait mieux. Le placenta avait bien été expulsé, elle ne perdait pas de sang et s'était réchauffée.

Quand les infirmières lui avaient demandé si elle souhaitait voir son bébé, Ruby avait hésité et sa mère avait accepté pour elle, promettant de l'aider à élever son enfant.

Lula en avait pleuré. Voilà une histoire qui aurait pu connaître une issue tragique et se terminait finalement bien. La famille était réunie. Contrairement à ce qui lui était arrivé, à elle.

Personne ne s'était battu pour elle. Elle était restée seule, puis elle avait affronté la maladie seule. Jusqu'à ce que la famille Chance lui offre foyer et amour. Mais même si elle leur en était reconnaissante, jamais elle ne s'était vraiment sentie partie intégrante de cette famille, et ce besoin de racines, de liens du sang, l'avait consumée de l'intérieur.

Olly non plus n'avait pas connu sa mère. Etait-ce la raison de sa quête de perfection ? De son goût pour la sécurité et la normalité ? Pour ne pas se sentir différent ?

C'était, en fait, le sentiment qu'avait éprouvé Lula : d'être en marge. Aussi avait-elle développé une tendance à se tenir à l'écart des gens. Une fois seulement elle s'était impliquée émotionnellement avec quelqu'un, assez pour souffrir quand l'histoire s'était terminée.

Mais ici, à Atley Wold, les choses étaient différentes. Ces gens, cette solidarité… C'était difficile à décrire, mais, ici, elle se sentait chez elle. Et elle savait que sa mère était là. Peut-être même son père, après tout. Le désir de rester était fort, même en sachant qu'il y avait peu de chances que sa mère l'accueille à bras ouverts. Et si elle refusait de la reconnaître ? De la voir, même ?

Eh bien, ce serait douloureux, mais elle survivrait.

Quoi qu'il en soit, elle devrait accorder de l'espace à sa mère. Et à elle-même. Ainsi que du temps pour réfléchir. La meilleure façon de le faire, ce serait de mettre des kilomètres entre elles afin de ne pas lui demander trop et trop vite, de ne pas l'étouffer. De construire leur relation lentement.

Par ailleurs, elle ressentait le besoin d'en savoir plus sur les raisons du choix effectué par sa mère. Nul ne souhaitait se sentir non désiré. Surtout par ses parents. C'était censé être un lien indéfectible, le lien entre une mère et son enfant.

Et Lula voulait le ressentir. Elle le voulait vraiment.

Alors qu'Olly ramenait Lula de l'hôpital, il lui jetait des coups d'œil discrets — du moins l'espérait-il. Cela ne lui ressemblait pas d'être aussi silencieuse.

Evidemment, la situation de Ruby devait la toucher au plus profond d'elle-même. Même s'il ne pouvait qu'imaginer son tourment, il avait envie de la réconforter.

— Devinez ce que j'ai décidé de faire…

Il la sentit se tourner vers lui.

— Quoi ?

— Vous n'allez pas le croire.

— Allez-y.

— Un saut en parachute, pour une association caritative.

— Quoi ?

Il perçut le ravissement dans sa voix, la surprise et la joie. Ce qui lui fit un plaisir immense, plus grand qu'il ne l'aurait cru. Il aimait lui faire du bien.

— Eh oui...

— C'est génial, Olly ! Et si courageux. Je ne suis pas sûre que j'en serais capable car j'ai le vertige.

Quand ils furent arrivés à Moonrose Cottage, elle l'invita à entrer et il accepta, désirant s'assurer qu'elle allait bien avant de partir. Il était tard, presque 23 heures.

Le feu s'était éteint et l'atmosphère était fraîche. Il ralluma donc le feu pendant qu'elle s'asseyait sur le canapé, s'enveloppant d'un vieux plaid. Elle semblait triste, une émotion qu'il avait du mal à associer à Lula, elle d'habitude si pétillante. Il y avait quelque chose en elle qui le touchait profondément, qui lui donnait envie de la réconforter. Un sentiment qu'il n'avait jamais éprouvé auparavant.

Bientôt, les flammes réchauffèrent la pièce de leur lueur orangée. Tandis que le feu craquait joyeusement, il s'assit dans un fauteuil près de Lula et lui prit la main.

— Ça va aller ?

— Oui, dit-elle en lui souriant. Bien sûr. Ça a juste été deux journées un peu chargées, c'est tout.

Alors qu'il admirait les flammes qui se reflétaient dans ses yeux, il se surprit à devoir réprimer le besoin de lui caresser le visage. Sa peau semblait si douce à la lueur du feu. Il serra les mains l'une contre l'autre, comme pour les contrôler.

— Ça a dû vous toucher personnellement, j'imagine ?

De nouveau, elle sourit, mais il vit les larmes mouiller ses yeux. Un nœud se forma au creux de son ventre tandis qu'il imaginait la souffrance qu'elle ressentait. Alors qu'une larme solitaire coulait sur sa joue rosée, il ne put se retenir : il l'essuya.

Une lueur s'alluma dans le regard de Lula, qu'il ne sut déchiffrer. Il était trop occupé à essayer de comprendre ses propres émotions. Et cette chaleur qu'il n'avait pas ressentie depuis si longtemps.

— Je ne peux pas m'empêcher de penser que...

Elle laissa sa phrase en suspens, et il vit son regard descendre de ses yeux à sa bouche, avant de remonter.

Devait-il l'embrasser ?

Elle était sa collègue. Une remplaçante. Une intérimaire. De passage. Sans aucun rapport avec le type de femmes qui lui plaisait en général. Et pas seulement parce qu'elle avait les cheveux couleur arc-en-ciel, un bijou dans le nombril et des tatouages sur ses orteils bagués. Non, rien à voir avec ce qui n'était qu'une façade.

Lula était une femme pleine de vie, étincelante de joie, toujours soucieuse des autres sans jamais demander quoi que ce soit en retour, même si elle avait aussi ses problèmes, ses inquiétudes, ses besoins propres.

Elle était drôle et belle et douce et gentille, et elle lui donnait l'impression de pouvoir réussir tout ce qu'il entreprenait. Lui donnait envie... de l'embrasser.

Il se pencha. Lentement. Et si elle le rejetait ? Et si...

Il n'eut pas le temps d'aller au bout de sa pensée, car déjà ses lèvres touchaient les siennes et une explosion de sensations lui emplit le ventre. Il ferma les yeux et se laissa aller à ce baiser, découvrant la courbe douce et sensuelle des lèvres de Lula, la chaleur de sa bouche, le parfum de sa peau.

Elle ne protesta pas. Ne le repoussa pas.

Au contraire, elle l'accueillit.

Il prit son visage entre les mains et approfondit le baiser.

Quand elle lâcha un petit gémissement, il perdit tout contrôle et l'attira à lui, serrant son corps menu contre le sien tandis que sa langue plongeait dans sa bouche. La goûtant, la dégustant.

Jamais, jamais il n'avait ressenti pareil élan de passion pour une femme.

— Olly, murmura-t-elle alors qu'il abandonnait sa bouche pour déposer une ligne de baisers le long de sa joue.

Elle sentait délicieusement bon. Il avait l'impression qu'elle était porteuse d'une sorte de nectar de vie qu'il buvait à ses lèvres. Il ne pouvait se rassasier d'elle. Il voulait la goûter, la lécher, la mordiller, l'embrasser. L'inhaler.

Il passa une main sous son pull et le fit glisser par-dessus sa tête, avant de lui retirer son T-shirt. C'était le problème avec l'hiver : trop d'épaisseurs avant d'atteindre la peau !

Toute pensée sensée l'avait déserté. Plus rien n'importait que la peau de Lula, son toucher.

Il dégrafa son soutien-gorge tandis qu'elle le débarrassait de ses multiples hauts. Leurs mains s'affairaient, leur peau brûlait à chaque effleurement. Lui prenant les seins en coupe, il approcha la bouche des tétons délicats et ferma les yeux de plaisir tandis qu'elle émettait un petit gémissement en lui attrapant la tête, les doigts crispés dans ses cheveux.

L'entraînant avec lui sur le tapis devant le feu, il lui retira le reste de ses vêtements. Quand elle-même l'eut débarrassé de son pantalon douloureusement serré, elle entreprit de lui embrasser le ventre, et plus bas encore. Il crut exploser sur-le-champ.

Heureusement, la bouche de Lula revint sur la sienne. Alors il l'embrassa de plus belle, sans que ses mains jamais ne quittent son corps. Son corps sensuel, menu et délicat, sur lequel il se hissa. Il avait raison : elle avait bien des petits tatouages un peu partout. Une adorable souris sur la hanche, un cœur au creux des reins, une nuée d'étoiles en haut de la cuisse...

« Préservatif, Oliver ! »

— Bon sang, attends...

Cherchant des yeux sa veste, il la vit sur le dossier d'une chaise. Abandonnant Lula quelques secondes, il saisit son portefeuille en espérant y trouver un préservatif. Car il n'en avait pas utilisé depuis... un bon moment.

Dieu merci, il trouva un petit emballage argenté derrière une vieille carte de crédit qu'il n'utilisait plus. Pourvu que le préservatif ne soit pas passé de date !

Il déchira l'emballage avec les dents.

— Non, dit-elle. Laisse-moi faire.

Il ferma les yeux, fou de désir, tâchant de garder un semblant de maîtrise de son corps brûlant tandis qu'elle déroulait lentement le préservatif le long de son membre tendu. Il réprima à grand-peine un halètement alors que les doigts fins s'enroulaient autour de lui.

— J'ai envie de toi..., murmura-t-il.

Mais les mots n'étaient pas assez forts pour exprimer la puissance de son désir en cet instant.

En souriant, elle se cala contre les coussins et l'attira. Il mourait d'envie de plonger en elle, mais se retenait encore — exquise torture... Glissant entre ses replis moites, il fut soudain incapable de se retenir plus longtemps et vint en elle. Haletante, elle lui empoigna les fesses afin de le serrer plus fort contre elle.

Pas question de se laisser aller tout de suite. Ce serait facile tant il la désirait, mais il parvint à se maîtriser pour profiter au maximum de ses va-et-vient en elle. Il lui écrasait la bouche de la sienne, avalant ses gémissements. Elle lui enfonçait les ongles dans la peau tandis que leur plaisir montait.

Lula ondulait sous lui, l'attirant plus profondément en elle, quand son souffle se fit plus court, plus rapide, et, soudain, elle lâcha un cri en s'arc-boutant tandis qu'il poursuivait ses coups de boutoir.

Plus vite. Plus fort. S'enfonçant au plus profond d'elle, il explosa enfin, éprouvant une jouissance incroyable. S'effondrant sous la puissance du plaisir, la bouche dans son cou, il resta là quelques instants puis il l'embrassa une dernière fois avant de se retirer. Il sentait la poitrine de Lula battre fortement, et lui-même n'avait pas envie de bouger, mais à présent que son esprit fonctionnait de nouveau normalement, il n'avait plus qu'une idée en tête : la porter jusqu'à son lit. Il la souleva donc, amusé de la voir s'accrocher très fort à lui, et se dirigea vers l'escalier qu'il monta avant de pousser la porte de la chambre du pied.

Riant ensemble du froid qui les accueillit, ils se pelotonnèrent sous les couvertures, se réchauffant de leurs corps.

Il la plaqua contre lui, lui embrassant le nez, le visage, le cou, inhalant son parfum de nouveau. Il avait encore envie d'elle, mais n'avait plus de préservatif. Voilà qui signait la fin de leur étreinte sensuelle.

Blotti contre elle, il s'endormit pour se réveiller aux petites heures du matin avec un sentiment de culpabilité. Il faisait encore sombre. Les chiffres lumineux du radioréveil indiquaient 2 heures passées. Reposant la tête sur l'oreiller, il observa Lula qui dormait paisiblement.

Elle était étirée tel un chat, la couette lui couvrant une épaule, tandis que l'autre était dénudée presque jusqu'à la poitrine. L'image de ses tétons rosés dans sa bouche lui revint à la mémoire. De nouveau culpabilisé à l'idée de ce qu'il avait fait, il tira la couverture sur son épaule nue.

Il n'aurait jamais dû coucher avec elle. C'était sa collègue, bon sang ! De plus, elle était en état de faiblesse, et il n'aurait pas dû en profiter.

Il s'était toujours considéré comme un homme digne qui jamais ne profiterait d'une femme pour son propre plaisir. Mais n'était-ce pas ce qu'il venait de faire avec Lula ?

Ecœuré, il se leva sans faire de bruit et descendit enfiler ses vêtements qui gisaient devant l'âtre, puis raviva le feu.

Devait-il rester ou partir ? S'il restait, il faudrait gérer l'embarras du réveil et il ne s'en sentait pas capable. Mais s'il partait, que penserait-elle de lui ?

A moins qu'il ne lui laisse un message… Il alla chercher un bout de papier et un stylo sur le bureau de sa grand-mère et griffonna quelques mots : il devait partir parce qu'on l'avait bipé. C'était peut-être la solution la moins pire, et même si c'était un mensonge, il était fait dans une intention positive.

Pas question de l'amener à penser qu'il avait voulu la blesser. Lula était spéciale, elle comptait beaucoup pour lui. Pourtant, il était important qu'ils aient une vraie conversation sur ce qui s'était produit la nuit dernière. Mais il leur fallait trouver le moment idéal.

Enfilant sa veste, il se glissa hors du cottage et referma la porte sans bruit. Debout dans la neige, il leva les yeux vers la fenêtre de la chambre à l'étage, se revoyant sous la couette à côté de Lula. S'il était resté, il aurait été incapable de résister…

Il la désirait tant ! Mais il souhaitait avant tout clarifier la situation. Ne pas profiter d'elle alors qu'elle souffrait de l'abandon de sa mère. Il espérait seulement qu'elle ne s'imaginerait pas qu'il l'avait utilisée. Car c'était faux.

Il s'éloigna dans la neige durcie par le gel de la nuit.

Lula se réveilla au son des chants des oiseaux. Un long moment, elle resta allongée sans ouvrir les yeux, à profiter de la chaleur du lit en songeant aux événements de la nuit passée. Puis elle cligna lentement les paupières et se tourna pour étreindre Olly.

Mais il n'était plus là.

S'asseyant, elle balaya la chambre du regard. Rien. Puis elle se rappela qu'ils s'étaient déshabillés devant le feu, en bas. Peut-être était-il descendu leur préparer le petit déjeuner ? Elle ne sentait pourtant rien ni n'entendait le moindre bruit.

Il n'aurait tout de même pas disparu en pleine nuit !

— Olly ? appela-t-elle en descendant, après avoir enfilé un peignoir.

Personne dans le salon. Pas de réponse non plus.

En revanche, un mot portant son nom était posé sur le manteau de la cheminée. Le cœur serré, elle le déplia et le lut rapidement, bientôt soulagée. On l'avait appelé au chevet d'un patient.

Serrant le bout de papier contre son cœur, elle sourit. La nuit dernière avait été fantastique. Belle et passionnée, exactement ce dont elle avait besoin. Et Olly avait été parfait. Délicieux. Son sexe puissant et dur en elle, son corps musclé pesant sur le sien, tout avait été parfait.

Elle avait frémi à chaque contact de ses doigts ou de sa langue, ressentant ses caresses avec une acuité incroyable. Jamais elle n'aurait imaginé que faire l'amour avec le Dr James pouvait être aussi étourdissant.

Il lui suffisait d'y repenser pour avoir envie de recommencer ! Sauf qu'elle devait rester prudente. Car elle n'était pas censée débuter une relation ici. Ce qui s'était produit entre Olly et elle n'était qu'une aventure sans importance, voilà tout.

Une vingtaine de minutes plus tard, elle pénétrait dans le cabinet. Ayant salué la secrétaire, elle se dirigea vers son bureau où elle alluma l'ordinateur, puis elle se rendit à la salle commune pour se préparer une tasse de thé. Mary la rejoignit à ce moment-là avec un paquet de biscuits.

— Hum, ils ont l'air délicieux !

— Et très bons pour la digestion, dit la secrétaire avec un sourire entendu en lui tendant le paquet.

— Pour raisons médicales, alors, répliqua Lula avec un sourire. On sait d'où provenait l'appel de la nuit dernière ?

Mary marqua un temps d'arrêt.

— M. Levinson, je pense. Il se plaignait de douleurs à la poitrine mais, au bout du compte, il s'agissait d'une indigestion. Rien de grave...

— Mais Olly s'est quand même déplacé...

— Olly n'était pas de garde, la nuit dernière, répondit Mary, les sourcils froncés. C'est Patrick qui y est allé.

Avait-elle mal compris ? Mal lu le mot ? Non, Olly était très clair. Mais dans ce cas, pourquoi avait-il menti ? Regrettait-il ce qui s'était passé entre eux ?

Pourquoi ?

Ils étaient tous deux adultes et consentants. Pourquoi avait-il éprouvé l'envie de se sauver au beau milieu de la nuit ?

Lula avait l'impression qu'on venait de lui envoyer un coup de poing dans l'estomac. Mais ne souhaitant pas laisser paraître sa tristesse et sa déception, surtout pas devant Mary, elle afficha un sourire et retourna dans son bureau.

Si Olly ne voulait pas la voir, eh bien, elle allait lui accorder tout l'espace dont il avait besoin.

Dans son bureau, Olly rentrait dans l'ordinateur les notes concernant son dernier patient. Mais il n'avait pas vraiment l'esprit à la tâche. Lula devait être arrivée, à cette heure, mais elle n'était pas passée le voir.

Que pensait-elle ? Lui en voulait-elle ? Non, puisqu'elle croyait qu'il avait été appelé au chevet d'un patient. A moins qu'elle n'ait pas vu son message...

« Je pourrais aller la saluer. Je ne veux pas qu'elle pense que je l'évite. Oui, mieux vaut agir normalement. »

Refermant le dossier du patient, il sortit dans le couloir et s'immobilisa devant le bureau de Lula. Même la plaque portant son nom semblait le fixer d'un air accusateur. Ravalant sa culpabilité, il frappa et ouvrit la porte.

Sa belle Lula était là, assise à sa table de travail, ses cheveux arc-en-ciel retombant de chaque côté de son visage tandis qu'elle rédigeait une note, mais elle leva les yeux en l'entendant entrer.

— Oh ! Salut, Olly.

Elle ne semblait ni en colère ni vexée. Aucune expression ne se lisait sur son visage, en fait. Arborant un large sourire, il s'enfonça dans son mensonge.

— Désolé d'avoir dû partir si vite la nuit dernière.

— Ce n'est pas grave. Ça arrive quand on est de garde.

— Je ne voulais pas que tu croies que j'étais parti comme ça.

— Non, non.

— J'ai… euh… C'était super, la nuit dernière, et…

Il restait planté dans l'encadrement de la porte, ne sachant pas comment finir sa phrase.

— Je veux que tu saches que ça compte beaucoup pour moi, que… Euh… Que ce n'était pas une simple…

Il ne voulait pas dire « aventure d'une nuit ». Pas question de rabaisser leur expérience en prononçant tout haut les mots.

— Tout va bien, Olly. On en avait tous les deux envie, on est adultes. Mais voilà, ce n'était que du sexe, rien de plus. Ça ne va pas affecter notre travail, n'est-ce pas ?

Du sexe ? Rien de plus ? Mais pas du tout !

— Non, bien sûr que non. Je voulais juste m'assurer que tu allais bien. On travaille ensemble, je n'ai pas envie que nos relations ou l'ambiance deviennent bizarres entre nous.

Elle lui adressa un sourire qui aurait pu éclairer une ville entière.

— Parfait. Autre chose ?

Comment pouvait-elle se comporter de façon aussi… normale ? Si surpris qu'il soit, il n'allait pas forcer les choses. Si elle souhaitait de la distance, il la lui accorderait. Après tout, c'était lui qui était parti aux petites heures du matin. C'était lui qui avait inventé un mensonge pour masquer sa culpabilité.

Il avait mis le cabinet et ses patients en danger en dormant avec Lula. Et s'il y avait eu une urgence ? Mais non, il se mentait à lui-même. Tout cela n'avait rien à voir avec le cabinet ou ses patients. La vérité était ailleurs : il se sentait coupable d'avoir couché avec Lula alors qu'elle était vulnérable, et à présent qu'elle se comportait comme si elle n'était pas touchée, il se protégeait en essayant de se convaincre que c'était elle qui agissait étrangement.

La nuit passée avait été extraordinaire. Ses caresses, sa bouche, ses baisers… Il n'avait jamais rien ressenti de pareil.

Et il n'avait qu'une envie : recommencer. Sauf qu'elle venait de lui indiquer qu'il ne s'agissait que d'une aventure. Rien d'extraordinaire selon elle, donc. Autrement, elle voudrait continuer, non ?

Il sortit de la pièce et referma la porte derrière lui. Que voulait-il, au fond ? Qu'elle le supplie de recommencer ? Qu'elle lui avoue que leur nuit signifiait plus qu'elle ne le prétendait ? Qu'il comptait pour elle ?

Il retourna dans son bureau. Il avait des patients à voir. Des gens qui comptaient sur lui, qui avaient besoin de lui.

Contrairement à Lula.

Lula s'adossa à son fauteuil et ferma les yeux. Une migraine menaçait, tel un poing prêt à frapper. Sortant deux comprimés de paracétamol de son sac, elle les avala avec le reste de son thé froid.

Pourquoi avait-elle fait semblant que tout allait bien ?

Elle ne voulait pas qu'Olly la prenne pour le genre de femme qui pouvait coucher avec un homme juste pour le sexe. Car elle n'était pas ainsi. La dernière fois qu'elle avait couché avec un homme, c'était il y avait des années. Et elle croyait à une relation sérieuse.

Ce qu'elle avait ressenti avec Olly la nuit passée n'était pas banal. Elle avait aimé ses bras autour d'elle, ses lèvres sur elle, le contact de son corps puissant et lourd sur elle, en elle. Et le plaisir qu'il lui avait donné. Elle avait ressenti un lien particulier.

Pourtant, elle n'avait absolument pas prévu de s'impliquer avec lui. Pourquoi le faire, puisque cela se terminerait forcément mal ? Son infertilité était déjà un fardeau assez lourd à porter pour elle, pourquoi l'infliger à quelqu'un d'autre ? Et pourquoi s'imposer les tests, les examens, les aiguilles… Bon sang, les aiguilles ! Elle en avait vu plus que sa part. Sans parler du stress et de l'humiliation de se sentir moins femme que les autres femmes.

Car les femmes étaient faites pour avoir des enfants. C'était leur fonction principale, non ? Que faisait-on de sa vie quand ce droit vous était refusé ? Eh bien, elle, Lula, avait opté pour l'aventure, les voyages, les rencontres. Bref, tout ce que le monde pouvait lui offrir.

Donc, pas question d'emménager dans un petit village et de tomber amoureuse du médecin du coin !

Etait-elle amoureuse d'Olly ?

Non, bien sûr que non, c'était ridicule. Elle le connaissait depuis trop peu de temps, et une nuit d'amour, si extraordinaire soit-elle, ne suffisait pas à éveiller des sentiments sérieux.

Dans ce cas, pourquoi le mensonge d'Olly la perturbait-il autant ?

Elle ne pouvait pas s'autoriser à s'attacher à Olly. Il fallait qu'elle avance, qu'elle oublie ce qu'il lui avait fait ressentir la nuit dernière, et, surtout, quand elle s'était réveillée seule ce matin. Inutile de s'appesantir là-dessus...

Dormir avec Olly avait été une erreur, si agréable que l'expérience ait été. Pas seulement l'acte sexuel, mais aussi cette intimité. Le lien qu'ils avaient partagé pendant quelques heures.

Stop !

Elle devait envisager la chose comme une erreur, sinon elle allait devenir folle. Elle ne pouvait pas avoir Olly. Il voulait un avenir différent de celui qu'elle était en mesure de lui donner.

Elle allait se concentrer sur le but de sa venue à Atley Wold : trouver sa mère.

Elle relut les noms écrits sur un bout de papier devant elle.

« Eleanor Lomax. Elizabeth Love. Edward Loutham. »

Les Loutham devaient être écartés puisqu'il s'agissait d'un homme. Restaient donc deux noms. Deux femmes. Dont l'une qu'elle avait rencontrée au cabinet.

Eleanor Lomax.

La femme qui avait survécu à un cancer du sein. Celle dont la sœur, Brenda, vivait dans le village voisin.

Lula repensa à leur rencontre. Eleanor était élégante. Comme ses cheveux grisonnaient déjà, on ne pouvait savoir si elle avait été brune comme elle-même. Mais leurs yeux étaient de la même couleur. Eleanor avait aussi affirmé ne compter que sur elle-même dans la vie. Tout comme Lula. Etait-ce suffisant pour continuer ?

Et puis, il y avait aussi l'énigmatique Elizabeth Love. Une femme dont même Olly ne savait pas grand-chose. Qui s'occupait d'une sorte de sanctuaire et vivait quasi recluse.

Lula n'en savait pas plus. C'était vraiment frustrant. D'être à la fois si proche et si loin. Sans compter que ces deux femmes n'avaient peut-être rien à voir avec elle !

Avec un grognement, elle fourra le papier dans sa poche. Avant de le ressortir. Si elle ne suivait pas ces deux pistes, elle ne se le pardonnerait jamais.

Elle trouva l'adresse des deux femmes dans les fichiers du cabinet et se connecta à internet pour consulter une carte des rues d'Atley Wold. Eleanor Lomax vivait non loin du cabinet, et Elizabeth non loin de la ferme de Donald Maynard. Elle devrait y aller en voiture. Donc, Eleanor d'abord.

Elle décrocha son téléphone, composa le 9 pour un appel sortant et puis le numéro d'Eleanor. Qui répondit vite.

— Madame Lomax ?

— Oui ?

— Bonjour, je suis le Dr Chance, j'appelle du cabinet médical. J'ai assisté à votre consultation avec le Dr James, l'autre jour.

— Oui, je me rappelle. Il y a un problème ?

— Non, non ! Je... euh... Eh bien, je me demandais si je pouvais passer vous rendre une petite visite après le déjeuner ?

Un silence plana.

— A quel sujet ?

— C'est personnel, répondit Lula, assez gênée. Je préfère en parler de vive voix, si vous voulez bien.

— Bien, lui répondit une voix un peu agacée. Mais je dois sortir à 14 heures, alors il faudra faire vite.

Lula avait reçu tous ses patients de la matinée.

— Dans ce cas, je peux peut-être passer maintenant ?

Eleanor ayant accepté, Lula raccrocha puis attrapa son manteau. Church Drive n'était pas loin, elle irait à pied.

Avant de partir, elle avertit la secrétaire qu'elle serait de retour d'ici à une heure pour préparer les visites à domicile de l'après-midi.

Elle s'apprêtait à s'échapper quand la porte du bureau d'Olly s'ouvrit.

— Tu sors ?

Ne souhaitant pas parler de sa vie privée devant tout le monde, elle s'approcha de lui pour murmurer :

— Je vais voir Eleanor Lomax.

— Je viens avec toi, dit-il.

— Et tes patients ?

— Je viens de terminer. Je vais chercher ma veste.

Elle l'attendit, embarrassée et incertaine. Cette quête, c'était la sienne, mais il semblait déterminé à s'y joindre. Elle ne pouvait lui reprocher de vouloir l'aider. Mais elle aurait préféré être seule, s'éloigner de lui pour finaliser son projet de départ d'Atley Wold.

Après quelques minutes de marche dans la neige, qui commençait à fondre sous le soleil radieux, ils arrivèrent devant la porte d'Eleanor et sonnèrent, le nez rougi par l'air vif.

Eleanor leur ouvrit, toujours aussi élégante avec son pull mohair, sa jupe et ses collants épais, un collier de perles autour du cou.

— Je ne m'attendais pas à vous voir tous les deux. Entrez.

Tandis qu'elle les conduisait au salon, Lula observait autour d'elle, espérant trouver d'éventuels indices — des photos, ou quelque chose qui puisse indiquer que le passé de cette femme était lié au sien. Mais rien. Le mobilier d'Eleanor était luxueux et choisi avec goût, et les seules gravures qu'elle voyait étaient des œuvres d'art : des scènes de chasse, des paysages.

— Alors, dites-moi. Il s'agit de mon cancer du sein ? s'enquit Eleanor, mains croisées sur les genoux, aussi droite que la dernière fois au cabinet.

Lula secoua la tête.

— Non, cela n'a rien à voir avec votre santé. En fait, c'est un peu étrange, je sais, mais il s'agit de moi, madame Lomax.

— Appelez-moi « Eleanor ».

— Je ne suis qu'une remplaçante, à Atley Wold, Eleanor, mais je ne suis pas venue par hasard. Je cherche... ma mère.

Comme Eleanor l'écoutait, impassible, Lula poursuivit :

— Je crois que ma mère habite ce village. Elle a laissé une lettre, signée des initiales « E. L. », et j'ai des raisons de penser qu'elle est d'ici.

Eleanor fronça les sourcils puis écarquilla les yeux.

— Et vous pensez... ? « E. L. » ? Vous pensez que je pourrais être votre mère ? Oh ! mon Dieu ! Non, c'est impossible. Je suis navrée de vous décevoir, docteur Chance, ajouta-t-elle, l'ayant sans doute vue accuser le coup. Je ne suis pas la femme que vous cherchez.

— Avez-vous toujours vécu ici, Eleanor ?

— Je suis née dans cette maison, ma chère.

— Vous souvenez-vous d'une personne qui serait partie d'ici enceinte et revenue sans bébé ?

Eleanor secoua la tête.

— Plein de choses se sont produites, ici, durant ma vie. Je ne peux pas me souvenir de tout. Peut-être... je ne sais pas...

— Si je vous interrogeais sur quelqu'un d'autre, me répondriez-vous ?

— Cela dépend, ma chère. Ai-je le droit de raconter les secrets d'autrui ? Ce ne serait pas bien.

— Je comprends.

— Sur qui souhaitez-vous m'interroger ?

— Elizabeth Love, qui vit à Burner's Road.

Eleanor prit une profonde inspiration.

— Je connais Lizzy, oui. Nous allions à l'école ensemble, mais je ne l'ai pas vue depuis des années. Elle est assez secrète et préfère la compagnie des animaux. On se dit bonjour de temps en temps, quand elle vient faire ses courses, mais c'est tout. On ne discute pas.

— Pourquoi ?

— Je ne sais pas trop. Nous nous sommes perdues de vue quand je suis partie faire une école de secrétariat. C'était une gentille fille. Un peu trop naïve, mais gentille. Je suis navrée, mais je vais devoir vous demander de partir, j'ai un rendez-vous.

Ils se levèrent. Voilà, elle pouvait rayer Eleanor Lomax de sa liste, songea Lula. Il ne lui restait plus qu'Elizabeth Love. Et si la piste échouait aussi ? Que ferait-elle ? Elle se rendrait à l'Armée du Salut peut-être, ou s'adresserait aux services sociaux. Mais les chances de retrouver sa mère seraient minces.

— Je suis désolé, dit Olly en lui prenant la main, une fois dehors. Vraiment...

— Tu n'y es pour rien.

— N'empêche, j'aimerais pouvoir faire plus.

Il le pouvait, si seulement il savait à quel point ! En la prenant dans ses bras, en l'embrassant, en lui retirant ses vêtements pour lui faire l'amour follement, passionnément... Mais cela n'arriverait pas.

— Je dois la retrouver, Olly, dit-elle en plongeant le regard dans ses yeux bleu ciel.

Un doigt ganté lui caressa la joue.

Elle avait envie de l'embrasser. Plus que jamais, plus que tout. Mais elle ne pouvait pas. Elle devait au contraire s'éloigner de lui, arrêter de compter sur son réconfort.

De retour au cabinet, elle se prépara une tasse de thé et s'installa dans la salle de repos pour passer en revue les événements des derniers jours. Elle ne pouvait pas appeler Elizabeth, elle n'avait pas son numéro. Il ne lui restait qu'à y aller sans l'avertir et espérer. Mais elle avait eu assez de déception pour la journée. Elle irait demain. Peut-être.

Elle avait la sensation qu'il s'agissait là de sa dernière chance, et qu'un soutien moral lui ferait du bien. Olly accepterait-il de l'accompagner ? Ou son père ? Un ami, en tout cas.

Non, en fait, elle voulait que ce soit Olly. Ce qui semblait naturel, surtout après l'intimité qu'ils avaient partagée.

Elle emporta sa tasse dans la cuisine puis se rendit dans son bureau afin de le lui proposer, mais il avait disparu. Déçue, et désireuse de voir son visage souriant, elle décida de passer chez lui pour l'inviter à l'accompagner le lendemain. C'était le genre de faveur que l'on demandait à un ami, non ? Et si Olly devait avoir une place dans sa vie, ce devait être celle-là.

Puisqu'il ne pouvait être autre chose.

7

C'était la première fois qu'elle allait chez Olly. Il vivait dans une maisonnette de pierre grise agrémentée d'une longue terrasse.

Lula sonna à la porte et attendit dans le froid, les pieds gelés dans ses bottes. Ils n'étaient pas aussi glacés que la dernière fois, quand elle avait échoué dans le ruisseau, mais pas loin.

— Lula ! s'exclama Olly lorsqu'il ouvrit, un sourire aux lèvres. Je ne m'attendais pas à te voir. Un problème avec le planning des visites à domicile ?

— Non, non... Je me demandais juste si tu voudrais me rendre un service.

Hochant la tête, il s'écarta pour l'inviter à entrer. Il faisait bon à l'intérieur. En passant devant le salon pour le suivre dans la cuisine, elle remarqua les grosses bûches qui brûlaient dans la cheminée.

La cuisine était traditionnelle, avec des meubles en hêtre et des murs peints en vert clair. Des casseroles en cuivre étaient suspendues au plafond au-dessus d'un îlot central, où, apparemment, Olly coupait des légumes.

— Désolée, j'interromps ton repas ?

— Non, je prépare le dîner de ce soir. Tu voudrais te joindre à nous ?

L'offre était sympathique, mais elle ne souhaitait pas s'imposer encore. En la quittant au beau milieu de la nuit, Olly lui avait envoyé un message sans équivoque : il ne voulait pas trop s'engager avec elle.

— Non, non, je ne...

— Il y a plein à manger, et mon père sera ravi de discuter avec toi.

Patrick serait ravi de discuter avec elle ? Mais pas Olly ?

— Eh bien, d'accord...

— De l'agneau, ça te va ?

Elle hocha la tête : sa viande préférée.

— Je t'offre quelque chose à boire ?

— Non, pas pour l'instant. En fait, j'ai une question à te poser.

Il interrompit son activité pour l'observer, et elle se surprit à rougir sous le regard bleu ciel.

— Je vais voir Elizabeth Love demain. C'est ma dernière piste, et ça me rend plutôt nerveuse, alors ce serait nettement mieux si tu venais avec moi. Comme soutien moral, quoi... Mais je ne veux pas que tu te sentes obligé, surtout.

— Pourquoi est-ce que je refuserais de te soutenir ?

Il semblait vraiment perplexe. Détournant les yeux, elle haussa les épaules.

— Eh bien, tu sais... Après la nuit dernière... Je ne veux pas que tu croies que je te force à t'impliquer dans ma vie et mes soucis.

— Lula, j'adorerais t'aider. C'est important. La nuit dernière, c'était... c'était une erreur.

Les yeux rivés sur lui de l'autre côté du comptoir, elle n'en revenait pas qu'il ait vraiment prononcé ces mots.

— Oui, oui, je comprends. Enfin, moi aussi... Je ne veux pas de relation, tu sais...

Sa phrase resta en suspens.

Contournant l'îlot, il la rejoignit.

— En fait, je veux m'excuser. Je n'aurais jamais dû faire l'amour avec toi. Non que je n'en aie pas eu envie, au contraire, et c'était génial ! Mais tu étais vulnérable, tu étais triste, je n'aurais jamais dû profiter de cet état de faiblesse.

Il se tenait si près d'elle à présent qu'elle sentait son parfum, un mélange de musc et de bois de santal apparemment. Très masculin et délicieux.

— « Profiter » ? Non, Olly, tu n'as pas profité de moi. Je le voulais autant que toi. C'est pour ça que tu as fait semblant d'être appelé pour une urgence ?

Elle le vit rougir en reculant d'un pas.

— Tu es au courant ?

— Depuis ce matin, oui, dit-elle en souriant. J'ai pensé que tu avais eu des remords, même si j'en ignorais la raison. Mais bon, peu importe... Nous sommes deux adultes consentants et nous avons tous les deux aimé... ça.

La seule évocation de leur nuit suffit à faire rejaillir les sensations éprouvées. La chaleur des corps. La façon dont il ondulait sur elle et en elle. Ses caresses, ses baisers, sa bouche suçotant et mordillant tous les endroits sensibles...

Rougissante, submergée par une vague de désir, elle baissa les yeux pour essayer de maîtriser ses émotions. Elle aurait donné n'importe quoi pour éprouver ces sensations de nouveau, mais elle ne se l'autoriserait pas. Olly semblait chercher ses mots tandis que ses yeux la fouillaient, étincelants.

— Alors... Tu vas venir avec moi, demain ? reprit-elle, ayant recouvré son calme.

— Bien sûr.

— Et je viens dîner ce soir.

— Vers 19 heures ?

Ils se sourirent.

— Mon père sort après dîner, comme tous les jeudis.

Evidemment, on était jeudi ! Elle avait cours de danse orientale à 18 heures.

— Je risque d'être un peu en retard, le temps que je remballe et que je ferme la salle.

— Pas de problème, on t'attendra.

Leurs regards s'accrochèrent et ils restèrent immobiles et silencieux plusieurs secondes. Perdus dans leurs émotions.

Ce fut la minuterie de la cuisine qui les ramena à l'instant présent.

— Je vais y aller, annonça Lula.

Il la raccompagna jusqu'à la porte. Elle hésitait à l'embrasser pour lui dire au revoir, mais se dit qu'il n'y avait aucun mal à un simple baiser sur la joue. Se haussant sur la pointe des pieds, elle s'attarda un instant, les yeux fermés, inspirant son parfum, se demandant si elle n'allait pas l'embrasser pour de bon... Surtout quand elle sentit ses lèvres lui effleurer le coin de la bouche.

Ce serait si facile de tourner légèrement la tête. Si tentant !

Mais elle s'écarta en souriant.

— Bon, à ce soir alors.

Il avait l'air déçu.

— O.K. Tu as beaucoup de visites à domicile ?

— Trois. J'y vais, d'ailleurs.

— Tu veux de la compagnie ?

Bien sûr. Avec plaisir. Mais était-ce juste de lui demander de l'accompagner ? Il avait suffisamment été sur le pont quand le cabinet cherchait un remplaçant. Elle voulait faire sa part de travail, mais ne souhaitait pas non plus l'offenser en refusant.

— Comme tu veux.

Il enfila sa veste et de grosses chaussures de randonnée.

— Je suis prêt.

Elle regagna sa voiture et entendit les pas d'Olly ralentir tandis qu'il approchait de Betsy.

— Ah, je l'avais oubliée, celle-là..., dit-il en souriant.

— Comment peut-on oublier la seule voiture peinte en coccinelle ? commenta-t-elle avec ironie en se glissant au volant.

Quand il la rejoignit, elle dut prendre sur elle pour ne pas se pencher et l'embrasser. Elle en avait envie. Très envie. Mais ce n'était pas bien. Alors elle démarra, bien décidée à ne pas penser à la façon dont Olly embrassait. Ou caressait. Ou faisait l'amour.

Comment avait-il réussi à la perturber autant ? C'était pourtant un homme comme les autres, non ? Et si leur relation était légère aujourd'hui, cela changerait forcément au fil du temps. Et bientôt il voudrait des enfants.

Mieux valait donc garder les choses au niveau de l'amusement désinvolte. C'était possible, non ?

— Alors, par qui commence-t-on ?

Elle lui tendit la liste.

— Karen Harper. Que sais-tu d'elle ?

— C'est une charmante vieille dame. Elle a participé à ton

cours, la semaine dernière. Tu sais, le justaucorps noir avec un legging rose ? ajouta-t-il en souriant.

Lula hocha la tête. Oui, elle se souvenait de l'enthousiasme de Karen.

— Apparemment, elle est tombée dans la neige et pense s'être foulé la cheville. Elle ne veut pas aller se faire examiner à l'hôpital et ne pouvait pas se déplacer jusqu'au cabinet. Dommage, elle ne va sans doute pas pouvoir venir au cours de ce soir.

— Tu sais qu'elle a flirté avec mon père, à une époque ? Il l'a repoussée gentiment. Il n'a jamais eu personne, depuis ma mère.

— Il l'aimait à la folie.

— C'était une femme extraordinaire.

— Je croyais que tu ne te la rappelais pas ?

— Non, mais mon père m'en a tant parlé que j'en ai parfois l'impression.

— Pas étonnant que tu aies fait une liste des qualités de la femme idéale. Tu recherches celle que ton père avait.

Il resta silencieux un instant avant de répondre.

— Tu as peut-être raison. Quand mon père parle d'elle, il a ce regard perdu et mélancolique. Et il l'évoque avec tant d'amour... Comme si elle était parfaite, tu vois ?

Elle ne répondit pas, songeant que ni l'un ni l'autre n'avait eu sa mère en grandissant. Un autre point commun, en quelque sorte.

Enfin elle se gara devant la maison de Karen. Sortant de voiture, elle observa Olly par-dessus le toit de Betsy.

— Il y a forcément quelqu'un, quelque part, qui est parfait pour toi.

— Ce n'est donc pas toi ? dit-il en fronçant les sourcils.

— Je ne suis pas très mariage, et puis je ne peux pas avoir d'enfants...

Elle fit volte-face avant qu'il ait eu le temps de répondre, mais il la rattrapa dans l'allée et la saisit par le bras.

— Et qui dit que c'est ce dont j'ai envie, Lula ? Et si j'avais changé d'avis ?

— Pourquoi le ferais-tu ?

— Parce que je t'ai rencontrée.

Ses yeux bleus la fixaient avec intensité. Se dégageant

doucement, elle se dirigea vers la maison de Karen, le cœur battant fort et le ventre noué. Voilà, ce qu'elle redoutait arrivait : la situation devenait bizarre. Déjà.

Le ragoût mijotait lentement, et de bonnes odeurs emplissaient la maison des James. Patrick avait ouvert une bouteille de vin rouge et préparé une sélection de boissons sans alcool pour Lula, qui était de garde ce soir.

Elle arriva avec quinze minutes de retard, toujours vêtue de sa tenue de danse du ventre. Une fois de plus, Olly se régala de sa taille mince, de son piercing au nombril qui scintillait à la lumière du feu dans l'âtre. Ses bracelets cliquetaient, jouant une musique agréable chaque fois qu'elle bougeait, et elle portait une jupe de tissu léger qui flottait autour de ses jambes quand elle marchait.

Il essayait de ne pas la regarder, mais c'était difficile.

— Tu vas assurer les urgences habillée comme ça ?

Il imaginait déjà la réaction de ses patients âgés en la voyant débarquer dans sa jupe fendue jusqu'à la hanche. Au souvenir du contact de sa peau quand, du bout des doigts, il avait caressé ses jambes magnifiques, il déglutit tout en faisant semblant d'être obnubilé par la cuisson des pommes de terre au four.

Depuis la nuit passée, il était incapable de réfléchir correctement. Lula occupait ses pensées, quoi qu'il fasse. Mais il sentait qu'elle faisait de son mieux pour le garder à bonne distance d'elle. Pourtant, elle était là, si menue et adorable, et tout ce dont il avait envie, c'était la soulever dans ses bras pour monter avec elle à l'étage.

Mais il n'y avait pas que le désir sexuel. Lula ignorait à quel point elle était extraordinaire, originale, unique. Il ne pouvait nier qu'il était attiré par elle, même si elle ne ressemblait en rien aux femmes qu'il avait fréquentées jusque-là. Dépassé par ses propres sentiments, il supportait mal qu'elle le tienne à distance.

Certes, elle devait se méfier des ragots, dans un si petit village. Mais il n'y avait pas que cela, il le devinait.

Elle retira le foulard coloré qui lui ceignait les hanches.

— Non, tu as raison, je ne peux pas y aller comme ça. Je peux me changer quelque part ? Je n'ai pas eu le temps.

Patrick l'accompagna à l'étage et Olly les regarda monter, envieux de la façon naturelle dont son père posait la main au creux du dos de Lula.

Elle redescendit quelques minutes plus tard vêtue d'un jean noir qui moulait ses courbes et d'un haut rouge sans manches. Il essaya de ne pas fixer le creux de sa gorge, ni la ligne de sa clavicule délicate. Elle avait aimé qu'il l'embrasse à cet endroit-là.

Ils s'installèrent à table et Olly fit le service.

— Alors, il y avait du monde pour le cours ? s'enquit-il.

— Oui, trois personnes de plus que la dernière fois.

— Super ! intervint Patrick. Vous avez vraiment réveillé la bonne humeur de la vieille génération du village, Lula. Ils en avaient bien besoin. Vous êtes une bouffée d'air frais. C'est vrai, insista-t-il alors qu'elle rosissait de plaisir. Même Oliver est plus gai depuis votre arrivée. Je commençais à avoir peur qu'il ne finisse comme moi.

— Qu'est-ce qu'il y a de mal à être comme toi, papa ?

— Rien, si tu te contentes d'évoluer dans un monde limité et si Atley Wold est le centre de ton univers. Mais le monde est vaste, fiston, j'ai toujours voulu que tu en profites.

C'était la première fois qu'il entendait son père parler ainsi.

— Je sais que c'est une grosse pression pour toi de travailler au cabinet, poursuivit Patrick. A cause de moi et de ton grand-père avant toi. Si c'est vraiment ce que tu veux, parfait. Mais j'ai envie de croire que la vie te réserve mieux que ça.

— Papa, je...

— Tu ne me décevras jamais, fiston.

Olly ne savait que dire. Il ne s'attendait pas à un tel dicours.

— Quant à vous, Lula, j'espère bien que vous envisagez de rester à Atley Wold.

Elle ne semblait pas gênée, mais plutôt contente des paroles de son père.

— Je n'ai rien arrêté pour l'instant, Patrick, répondit-elle.

A la fin du repas, Lula se leva pour aider à desservir, tandis que Patrick se préparait à sortir.

— Merci, mais tu es mon invitée. Tu n'es pas censée participer à la vaisselle.

— Oh ! mais je n'ai pas peur de me salir les mains, Olly !

En effet, elle n'avait pas rechigné au travail depuis son arrivée.

— Comment te sens-tu pour demain ? Nerveuse ?

— Un peu, oui. Ça pourrait tout changer...

— Et si c'est bien ta mère, que se passera-t-il ?

Les mains dégoulinantes, elle s'immobilisa avant de les essuyer avec un torchon.

— Je m'interdis d'y réfléchir, j'ai trop peur d'être déçue.

Il détestait l'idée qu'elle puisse être bouleversée. Dévastée, en larmes. Il éprouvait une envie irrépressible de la prendre dans ses bras. De la protéger de tout ce qui pourrait la blesser — physiquement ou émotionnellement.

— A quelle heure veux-tu y aller ?

— Eh bien, ton père assure les consultations du matin, alors vers 10 heures ? On serait de retour largement assez tôt pour les consultations de l'après-midi.

— J'espère que tu obtiendras ce que tu veux, Lula.

Elle leva sur lui des yeux embués de larmes et il se retint de faire un pas pour la serrer contre lui.

Peu après, Patrick leur souhaita une bonne soirée et sortit. Lula s'assit près d'Olly sur le canapé et tous deux fixèrent les flammes, hypnotisés, apaisés... Sans qu'il ait eu conscience de faire un geste, Olly se rendit compte qu'il avait passé un bras autour des épaules de Lula, et qu'elle avait posé la tête contre son épaule. Il baissa les yeux vers les incroyables cheveux multicolores dans lesquels jouaient les lumières et respira l'odeur de son shampoing.

« Je pourrais prendre son visage entre mes mains et l'embrasser... »

Soudain, elle leva la tête et il fut frappé par l'intensité de son regard brun. C'était quasi magique, en fait, comme si elle avait entendu ses pensées et lui accordait son vœu. Nul besoin de parler, il lisait dans son regard tout ce qu'il avait besoin de savoir.

Quand il baissa la tête, comme magnétisé par ses lèvres, si belles, si sensuelles, si pleines et roses... délicieuses..., il la vit fermer les yeux. Leur baiser fut d'une exquise beauté. La bouche de Lula fondait sous la sienne et il entendit son petit gémissement quand elle se tourna pour se coller contre lui.

Une vive chaleur irradia immédiatement dans son bas-ventre et il dut combattre son désir de la prendre là, sur-le-champ. Cette fois, il irait lentement, il profiterait au maximum de chaque délicieux instant qu'ils allaient passer ensemble.

Leur baiser s'approfondit tandis qu'il la caressait un peu partout, avec avidité. Mais ses vêtements le gênaient, il voulait toucher sa peau.

Elle s'arc-bouta pour ôter son haut, et il ne put s'empêcher de se pencher vers la courbe douce de sa poitrine, vers les tétons arrogants qui pointaient déjà sous la dentelle de son soutien-gorge. D'une main, il trouva l'attache du sous-vêtement qu'il dégrafa, libérant ses seins ronds qu'il prit au creux des mains pour les porter à la bouche. De la pointe de la langue, il lécha les pointes érectiles, puis les mordilla doucement, provoquant à la fois douleur et plaisir s'il fallait en croire les gémissements qu'elle laissait échapper et qui sonnaient comme une douce musique aux oreilles d'Olly.

Le repoussant doucement, elle lui retira sa chemise, puis entreprit d'en faire autant avec son pantalon tandis qu'il tentait de la débarrasser du sien, mais ils étaient trop près l'un de l'autre et gênés dans leurs mouvements. En riant, elle l'aida à la déshabiller puis ce fut son tour, et les vêtements finirent éparpillés sur le sol.

Enfin, il pouvait l'admirer tout son soûl, seulement vêtue d'un minuscule slip de dentelle rouge. Elle était magnifique. Il aurait pu l'observer ainsi une éternité. Mais elle tendit les bras, l'attirant vers elle, alors il l'enlaça et, tel un loup affamé, la dévora, goûta sa peau et respira son odeur tandis qu'il retirait le dernier bout de tissu qui lui barrait la route.

Voilà. Sa magnifique Lula était nue dans son salon. De nouveau, il prit sa bouche et son gémissement faillit bien le faire exploser tant il la désirait avec une force inouïe.

Il sentait sa peau glisser sous ses doigts, ses tétons durcir alors qu'elle se pressait contre lui et, soudain elle haleta, arquant le dos pour s'agripper à lui. Il n'avait plus qu'une idée en tête : continuer. Encore et encore.

Il l'avait vraiment dans la peau, au sens propre comme au figuré. S'il passait chaque jour du reste de sa vie à ses côtés, et qu'elle lui appartenait chaque nuit, alors il serait le plus heureux des hommes.

Etait-ce l'amour ? Il l'ignorait. Peut-être. C'était arrivé si vite... Il ne s'était engagé ainsi qu'une fois auparavant, il y avait bien longtemps, donc il ne pouvait être sûr, mais ça y ressemblait beaucoup.

La dernière fois qu'il était tombé amoureux, tout s'était terminé en désastre. Il s'était convaincu que Rachel était la femme qu'il lui fallait. A tort. Il lui avait imposé ses propres attentes et pensé qu'elle serait comme il voulait qu'elle soit. Mais elle voyait les choses différemment. C'était un esprit libre, une fille de la ville, qui refusait d'être attachée.

Lula n'était-elle pas pareille ? Un esprit libre qui risquait de le quitter ?

Oubliant ses doutes, il plongea tout au fond d'elle, dans sa chaleur, et entama un lent va-et-vient, puis il accéléra le rythme, s'enfonçant plus loin et plus fort, jusqu'à ce qu'il se mette à haleter. Un long gémissement lui échappa à l'instant de la jouissance, puis il s'effondra sur elle, le visage dans son cou — son cou exquis, avec cet adorable renfoncement au niveau de la clavicule qui l'intriguait tant tout à l'heure.

Cet instant avait été tout aussi incroyable que la première fois, si ce n'était encore meilleur.

Il ne pouvait pas la laisser repartir.

La maison d'Elizabeth Love se dressait au milieu d'un pré carré, entourée de hangars, de volières, de clapiers et d'animaux de toutes sortes. Des poules et des canards se promenaient dans le jardin. Le portail de l'enclos, rouillé, pendait sur un côté. La neige, en commençant à fondre, laissait entrevoir le sol boueux et presque noir. Devant la porte d'entrée, un étalage de pots d'argile contenait des perce-neige et des crocus en fleur.

Avec un sourire nerveux, Lula frappa et attendit, soulagée de sentir Olly derrière elle. Depuis la nuit dernière, il n'y avait plus de malaise entre eux. Après avoir fait l'amour, ils étaient restés lovés l'un contre l'autre devant le feu un bon moment, jusqu'à ce qu'elle se rende compte qu'elle devait rentrer avant que Patrick n'arrive et la découvre nue dans son salon. Après un dernier baiser à Olly, elle s'était rapidement habillée.

Ils avaient passé du bon temps, mais cela ne pourrait jamais être autre chose. Du moins était-ce ce qu'elle ne cessait de se répéter, car elle avait eu du mal à quitter le confort de ses bras. Ils s'étaient tellement rapprochés, en si peu de jours…

Oui, mais leur relation n'irait pas plus loin. Ils seraient deux bons amis, qui s'appréciaient et feraient l'amour de temps en temps. Pas d'attaches, pas d'exigences… Et elle espérait qu'Olly serait d'accord. Après tout, il savait qu'elle ne restait jamais plus de quelques mois au même endroit. Qu'elle cherchait toujours de nouvelles expériences à vivre.

Elle fut tirée de ses pensées quand la porte s'ouvrit sur une petite femme aux cheveux bruns, légèrement teintés de gris aux tempes, et aux grands yeux marron. Elle portait un chemisier ample en flanelle, un jean, des bottes, et pas de maquillage.

Lula lui adressa un sourire, qui disparut au moment où ses yeux se posèrent sur le collier en argent au cou de la femme. Le même que le sien. Celui que sa mère lui avait laissé.

— Madame Love ? dit-elle d'une voix étranglée.

— Oui, que voulez-vous ? Je suis occupée.

— Je suis le Dr Chance, et voici le Dr James, du cabinet médical d'Atley Wold. Pourrions-nous entrer discuter un moment ?

En l'observant, Lula lisait sur le visage de cette femme une vie entière de douleur.

— Je n'ai rien à raconter, rétorqua-t-elle sèchement.

— C'est au sujet de votre fille, madame Love, intervint Olly, bloquant du pied la porte que la femme s'apprêtait à refermer.

Elizabeth cilla et les dévisagea tour à tour, puis, quand son regard se posa sur Lula, elle s'adoucit visiblement.

Que pouvait-elle bien penser ? Avait-elle deviné ? Voyait-elle les ressemblances ?

— Eh bien, entrez, dit-elle enfin en s'éloignant dans un couloir sombre et encombré.

L'endroit était encombré, oui, mais propre et organisé d'une certaine façon, et l'amour des animaux était évident partout. Elizabeth désigna le canapé squatté par des chats puis s'installa en face. Lula remarqua ses doigts, qui trituraient nerveusement la couture de sa robe.

— Alors ?

Lula déglutit. Elle l'avait trouvée, c'était elle, forcément !

— Nous souhaitons vous parler d'un bébé, une fille, qui a été abandonnée sur une plage il y a longtemps.

— Je vois, répondit Elizabeth sans croiser son regard, la tête baissée.

— Ce bébé, c'était moi, et je cherche ma mère. J'ai des raisons de croire que… que c'est vous.

Enfin, Elizabeth leva des yeux pleins de larmes et ses joues rougirent violemment.

— Vous êtes Louise ?

Lula acquiesça, la gorge nouée.

— Mon bébé ?

Ce fut au tour de Lula de ne pouvoir retenir ses larmes.

— C'est moi.

Elizabeth se leva et vint la prendre dans ses bras, la serrant fort contre elle. Puis, sentant sans doute le malaise de Lula, elle la relâcha et se contenta de l'observer attentivement. De la tête aux pieds.

— Il n'y a pas eu un jour sans que je pense à toi, murmura-t-elle.

— Qu'est-ce qui s'est passé ? demanda Lula. Pourquoi m'avoir abandonnée sur la plage ?

Elizabeth vint s'asseoir près d'elle sur le canapé. Doucement, elle lui prit la main.

— Tant de choses… Tant de drames… J'espère ce jour depuis si longtemps !

En lui serrant les doigts, Lula tourna la tête vers Olly, qui souriait. Il lui fit signe qu'il allait sortir pour les laisser discuter en tête à tête. Elle appréciait son geste. Elizabeth et elle avaient tant à se dire !

Elizabeth était tombée amoureuse d'un homme plus âgé qu'elle idolâtrait. Profitant de sa naïveté, il avait couché avec elle avant de la repousser sitôt après avoir obtenu ce qu'il convoitait. Puis il s'était arrangé pour que tout le monde sache combien Elizabeth était une fille facile. Elle avait découvert qu'elle était enceinte juste après son entrée à l'université.

Incapable d'en parler à ses parents, elle avait caché sa grossesse et accouché seule, avant de prendre un bus pour le bord de mer. Apercevant une famille qui lui avait paru gentille et aimante, elle avait laissé Lula dans leur cabine de plage et repris le bus, le cœur brisé.

Blessée et trahie, elle s'était retirée dans sa coquille et avait été bientôt convaincue qu'il valait mieux fréquenter les animaux plutôt que les êtres humains. Aussi avait-elle pris des cours dans une école vétérinaire et, dès qu'elle l'avait pu, elle avait quitté la maison de ses parents pour ouvrir son centre d'accueil pour animaux en détresse. Par ailleurs, chaque jour elle avait pensé au bébé qu'elle avait abandonné sur cette plage.

— Elle t'a cherchée ? s'enquit Olly sur le chemin du retour.

— Elle dit avoir essayé, mais elle s'est trouvée dépassée par la paperasserie et les méandres du système adoptif. Et étant donné que j'avais été adoptée par les Chance, elle ne pouvait plus rien faire.

Olly lui posa une main sur le genou pendant qu'elle conduisait.

— Je suis heureux que vous vous soyez retrouvées.

— Moi aussi.

Une fois garée devant Moonrose Cottage, Lula poussa un profond soupir.

— Alors, qu'est-ce qui se passe maintenant ? reprit Olly.

— Comment ça ?

— Eh bien, tu as trouvé ta mère. Tu as donc des racines, à présent, une histoire, un arbre généalogique. La quête prend fin.

— Ce n'est pas parce qu'on s'est retrouvées qu'on va emménager ensemble. On va y aller doucement. La vie continue.

Il prit une profonde inspiration.

— Est-ce que cela change tes projets concernant Atley Wold ?

Tu n'es pas obligée de rester intérimaire, après tout. Tu pourrais devenir titulaire, ajouta-t-il avec un sourire plein d'espoir.

Lula ne souhaitait pas se montrer brutale, et encore moins le blesser. Elle éluda donc la question.

— On verra bien.

Ils sortirent de la voiture et Olly contourna le véhicule.

— Je vais finir à pied, ça me fera un peu d'exercice. A cet après-midi ?

— Oui.

Il se pencha pour l'embrasser, mais elle ne lui accorda qu'un bref baiser.

— A plus tard.

Alors qu'elle le regardait s'éloigner, le sourire qu'elle arborait fut remplacé par une grimace. Quelle matinée ! Elle était ravie d'avoir retrouvé sa mère mais, concernant Olly, elle craignait qu'il n'ait vu dans leur relation plus qu'elle ne pouvait lui accorder.

Peut-être fallait-il qu'elle soit plus claire avec lui ?

A l'intérieur du cottage, elle alluma l'ordinateur et se mit en quête de postes d'intérimaires. Loin d'Atley Wold. Loin d'Olly. Avant qu'il s'attache trop.

8

Pendant quelques semaines, tout le monde au cabinet fut bien occupé, les frimas de l'hiver entraînant pas mal de consultations.

Lula travaillait seule maintenant, et elle appréciait sa liberté de mouvement, ainsi que la possibilité d'apprendre à connaître les patients sans la présence d'Olly. Ils continuaient cependant à effectuer les visites à domicile ensemble afin qu'elle sache se repérer dans le village et et aux alentours.

Patrick et Olly l'invitaient parfois à dîner, et ils passaient de plaisantes soirées ensemble. Un soir, tandis que Patrick s'était endormi dans son fauteuil, Olly et elle avaient passé une heure à discuter très plaisamment et, oui, elle l'admettait, ils s'étaient pris la main et embrassés.

Le lendemain, elle se l'était d'ailleurs reproché.

Elle ne devait pas l'encourager, mais c'était dur de résister. Pourtant, elle devait tenir bon, car elle tenait trop à lui pour risquer de le décevoir.

Mais comment garder ses distances quand ils étaient devenus si bons amis ? Et comment résister à son sourire charmant et ses bras accueillants ? Elle avait passé encore quelques nuits dans son lit et, chaque fois, elle en était repartie avec l'envie de partager plus. Mais, chaque fois, elle se détestait quand, au matin, elle le quittait pour regagner Moonrose Cottage.

Olly faisait tout pour rendre leur relation agréable et, pourtant, Lula était troublée par sa propre implication dans leur relation. Pourquoi retournait-elle dans son lit ? Dans ses bras ?

Le jour du départ officiel en retraite de Patrick approchant, elle s'était retrouvée seule avec Olly pour organiser une fête surprise. Les préparatifs eurent tôt fait de se transformer en effleurements, baisers, puis, avant qu'elle ait le temps de réagir, une nuit d'amour passionnée.

Tout ce qu'elle avait à faire, c'était dire à Olly qu'elle avait prévu de partir dans un mois. Après tout, depuis sa rencontre avec Elizabeth, elle avait trouvé le courage d'affronter l'une de ses plus grandes peurs : elle avait mis la main dans le vivarium d'Anubis et pris l'araignée dans sa paume. Alors pourquoi n'arrivait-elle pas à parler à Olly ?

Elle avait trouvé un autre poste d'intérimaire, à Portsmouth — la ville où elle avait été abandonnée. Quand elle se rendrait sur la plage, la boucle serait bouclée.

De plus, Portsmouth n'était pas très loin d'Atley Wold, et elle pourrait toujours rendre visite à sa mère une fois par mois environ.

Depuis longtemps Lula imaginait ses retrouvailles avec sa mère, mais la réalité dépassait largement ses rêves. Elles se ressemblaient sur bien des points — leur caractère, leur façon de penser, la politique, et jusqu'aux émissions de télévision qu'elles regardaient. Sans compter leur amour partagé pour les animaux.

Elizabeth avait pleuré en l'entendant lui raconter son combat contre la leucémie. Lula avait appris l'existence d'autres membres de sa famille : les parents d'Elizabeth étaient morts, mais elle avait deux frères qui connaissaient maintenant l'existence de Lula et ils prévoyaient de se rencontrer.

Elle avait annoncé son prochain départ à sa mère. Ne restait qu'à avertir Olly. Et son père. D'autant qu'ils devraient trouver un autre médecin pour la remplacer.

Oui, il fallait vraiment qu'elle le leur dise.

— Pourquoi frappes-tu ? demanda Olly, étonné, quand il lui ouvrit la porte. Je te l'ai déjà dit, tu peux entrer comme chez toi.

Il s'écarta et elle le suivit jusque dans la cuisine où Patrick lisait le journal, assis à table. Levant les yeux, il lui adressa un sourire radieux, et Lula eut soudain envie que le sol s'ouvre sous ses pieds. Il n'y avait pas qu'Olly qui allait être déçu.

— Quel plaisir de vous voir, Lula ! Comment se porte notre intérimaire préférée ? Vous envisagez de devenir médecin permanent, j'espère.

— Eh bien, justement, c'est la raison de ma présence ici. J'ai pris ma décision.

— Super..., intervint Olly en tirant une chaise pour qu'elle puisse s'asseoir. Ça fait un moment qu'on en parle, avec papa. Tu t'es vraiment bien intégrée, tout le monde t'aime ici.

« J'espère que tu ne m'aimes pas, toi, Olly. »

Mais elle sentait bien tout au fond de son cœur qu'il éprouvait des sentiments très forts pour elle. Dans sa façon d'être avec elle, de la regarder, sa façon de la serrer dans ses bras, de lui faire l'amour...

Tout ce qu'elle avait essayé d'éviter.

— Merci, j'ai adoré mon remplacement ici, mais... le temps est venu pour moi de poursuivre mon chemin. J'ai trouvé un nouveau poste, ajouta-t-elle en hâte alors que le sourire des deux hommes disparaissait. D'intérimaire, aussi. C'est à Portsmouth. Je pense qu'il sera parfait pour moi.

Olly la dévisageait, les yeux assombris par la déception et la colère.

— Tu... t'en vas ?

— Je suis désolée, dit-elle, la bouche soudain très sèche. J'aurais sans doute dû vous en parler plus tôt. Mais il se passe tant de choses en ce moment, avec Elizabeth notamment... Je vous prie de m'en excuser.

— Mais... ta mère est ici, le cabinet est ici, et les patients t'adorent.

— Et ils me manqueront, Olly, mais je n'ai jamais eu l'intention de rester. Même si je retrouvais ma mère.

— Mais...

Son père l'interrompit, posant une main ferme sur celle de son fils.

— La décision appartient à Lula, fiston. On ne peut pas

l'obliger à rester. Je ne prétendrais pas que je ne suis pas déçu, Lula. Je vous trouve réellement super, et j'aurais adoré vous voir installée de façon permanente. J'espérais même qu'Olly et vous gériez le cabinet en tant que partenaires... Et ce, dans tous les sens du terme, si vous voyez ce que je veux dire, conclut-il en rougissant. Je sais que vous êtes proches, tous les deux.

Des larmes commençaient à picoter les yeux de Lula. Elle appréciait beaucoup Patrick, le décevoir lui était douloureux. Pourtant, elle devait s'en tenir à son plan car, si elle restait, Olly et elle se rapprocheraient encore et leur relation s'approfondirait. Mais il avait dit qu'il souhaitait avoir des enfants, or elle ne pouvait lui en donner et ils en seraient déchirés. Pas question de s'imposer cette douleur. Ni à lui.

Elle l'aimait trop pour cela.

— Je suis désolée, Patrick. Je sais que ce n'est pas ce que vous vouliez entendre.

Puis elle se leva, mais Olly la retint par le poignet.

— Attends !

Elle pivota vers lui, bien déterminée à retenir ses larmes.

— Je ne peux pas te perdre, Lula.

— Mais si, répondit-elle avec un sourire triste. Et c'est mieux que ça arrive maintenant. Avant que ce soit trop douloureux.

Elle se libéra et se précipita dehors, claquant la porte derrière elle. Alors qu'elle dévalait le sentier pour regagner Betsy, elle éclata en sanglots.

Malgré tous ses efforts pour ne pas souffrir, elle pleurait la perte d'Atley Wold, de Patrick, de ses chers patients. De sa mère aussi, même si elle reviendrait lui rendre visite.

Enfonçant la clé dans le contact, elle essuya ses larmes et démarra.

Mme Broadstairs venait de partir et Lula s'apprêtait à recevoir son patient suivant quand Olly entra, refermant résolument la porte derrière lui. Il se dirigea vers elle d'un pas déterminé.

C'était sa dernière journée au cabinet. Depuis son annonce, l'ambiance entre eux avait été professionnelle, sans plus. Il n'avait fait aucun effort pour un quelconque rapprochement, tout comme elle. C'était plus simple ainsi.

Mais il était là, grand et superbe, un air de défi dans les yeux, et sa seule présence suffit à lui faire comprendre à quel point il lui avait manqué. Son contact, ses mains, ses bras autour d'elle, sa peau contre la sienne, ses lèvres, ses doux baisers partout sur son corps...

— Oui ? dit-elle d'une voix qu'elle espérait ferme et neutre.

Il serrait les mâchoires, les mains sur les hanches.

— Il fallait que je vienne te voir. Je ne peux pas dire que j'approuve ton choix, mais je ne veux pas que tu croies que je m'en fiche. Je... je suis ici pour te proposer mon aide pour tes bagages, ainsi j'en profiterai pour mettre les affaires de ma grand-mère dans un box de stockage. On va vendre le cottage.

Elle le fixa, stupéfaite.

— Tu n'as pas besoin...

— J'ai besoin de tout lister, alors autant le faire tout en te donnant un coup de main.

— O.K., il n'y a pas grand-chose à emballer pour ma part, mais d'accord.

— Quand vient le camion de déménagement ?

— Vers 10 heures, mais il est petit. Je n'ai pas beaucoup d'affaires, tu sais.

Elle le voyait serrer les mâchoires de nouveau, comme s'il avait envie d'ajouter autre chose. Elle aurait donné cher pour lui effleurer les joues du bout des doigts afin d'apaiser sa colère et sa tension.

Mais, évidemment, elle n'en avait pas le droit.

— Tu as trouvé quelqu'un ? s'enquit-elle.

Il fronça les sourcils.

— Comment ça ?

— Un intérimaire... Pour prendre ma place.

Il la dévisageait, le front plissé de lignes qu'elle n'y avait jamais vues auparavant, les yeux aussi noirs que les profondeurs de l'océan.

— Personne ne pourra jamais prendre ta place, marmonna-t-il, avant de faire volte-face pour sortir en claquant la porte.

Olly s'adossa à la porte du bureau de Lula, le souffle court et le cœur battant. En lui offrant de l'aider à faire ses bagages, il essayait d'utiliser une sorte de psychologie inversée, espérant qu'elle se rendrait compte de tout ce qui allait lui manquer en partant. Il souhaitait que les dernières pensées qu'elle aurait d'Atley Wold soient emplies de lui et de sa présence. De plus, il savait qu'en étant à ses côtés il parviendrait à lui parler encore, à tenter de la convaincre si elle l'aimait un peu.

Car l'amour était tout ce qui importait, non ? Ce qui faisait tourner le monde. Ce qui donnait aux gens la force de se lever chaque jour pour affronter la vie.

Il n'obligerait Lula à rien. Si elle restait, ce devrait être de son propre gré. Quand Rachel s'était fait avorter et était partie sans même le lui dire, il n'avait pas eu le choix. Elle avait pris toutes les décisions sans lui.

Eh bien, à présent, il aimerait bien qu'on lui accorde le privilège de choisir, si possible.

C'était le matin du déménagement. Vêtue d'un vieux jean et d'un chemisier à carreaux noirs et gris qu'elle mettait généralement pour peindre ou bricoler, Lula avait discipliné ses cheveux à l'aide d'un bandana, à l'exception d'une longue mèche rose et bleu qui lui retombait sur la gauche du visage.

Faire les cartons était un travail dantesque. Elle qui croyait ne pas avoir grand-chose, elle se rendait compte qu'il y avait en fait beaucoup d'affaires disséminées aux quatre coins du cottage. Le vivarium d'Anubis était toujours branché, la lampe qui chauffait son habitat toujours allumée, et elle espérait le déposer chez un ami sur la route de Portsmouth. Les rats dans leur cage recouverte d'une couverture étaient eux aussi prêts à partir.

Son cœur se serra quand elle se planta devant la fenêtre de la cuisine pour observer le jardin. Les fleurs commençaient à éclore, mais jamais elle ne verrait dans toute leur splendeur les fameuses roses qui donnaient leur nom au cottage. Au fond du jardin, il y avait toujours l'abri qui avait recueilli une adolescente en détresse. Désormais, Ruby était rentrée chez elle et élevait son bébé avec le soutien de sa famille.

Tant de choses s'étaient produites depuis son arrivée à Atley Wold, et Lula savait qu'elle se souviendrait de tout et de tous : Patrick, Ruby, le bébé, M. Maynard, Bonnie, son cours de danse, ses patients et leurs familles. Le cabinet.

Olly.

Le Dr Oliver James.

Sans doute le plus bel homme qu'elle rencontrerait jamais. Un homme dont elle n'aurait jamais dû se rapprocher.

La seule pensée de le quitter était douloureuse, mais elle savait qu'elle devait le faire.

A l'étage, elle entendit un bruit sourd. Que faisait Olly ? Il était arrivé une heure plus tôt. Le visage sombre, des poches énormes sous ses yeux cernés, il n'avait manifestement pas beaucoup dormi. Elle non plus, d'ailleurs.

Mais bon, ce n'étaient pas des adieux puisqu'elle reviendrait régulièrement. C'était juste un au revoir.

Un autre bruit retentit, suivi cette fois d'un chapelet de jurons, puis elle entendit Olly dévaler les marches et se précipiter vers l'évier de la cuisine pour passer son pouce sous l'eau froide.

— Ça va ?

— Oui, je me suis accroché à un vieux clou.

Comme il saignait abondamment, Lula rouvrit un carton dont elle sortit un kit de premiers secours.

— Fais voir.

— C'est bon, je t'ai dit !

Elle recula, choquée par la violence de son ton. Jamais il n'avait élevé la voix sur elle.

— Excuse-moi, reprit-il. Je ne voulais pas crier. Je sais que tu voulais m'aider, mais c'est la frustration qui m'a fait hurler.

— A cause de moi ?

— Qui d'autre ?

En grimaçant, il ôta son doigt de l'eau, mais le sang continuait à couler et il dut le remettre sous le jet.

Lula déchira un sachet de gaze et lui saisit la main pour envelopper son pouce assez serré. Quand elle en eut terminé, le doigt d'Olly ressemblait à une poupée assez comique. Ils ne purent réprimer un sourire.

— Merci.

— De rien. Fais-toi conduire aux urgences, tu as besoin de points de suture.

— Mon père s'en chargera. On a tout ce qu'il faut au cabinet. On y a pratiqué des opérations mineures, tu sais.

Quand il s'écarta, Lula ressentit pleinement l'absence de sa main dans la sienne. Elles étaient grandes par rapport aux siennes, et pourtant elles s'emboîtaient parfaitement. A l'image de leurs deux corps, durant les nuits qu'ils avaient partagées...

Un Klaxon retentit à l'extérieur.

— Le camion est là, annonça-t-elle après avoir vérifié par une fenêtre.

— Super...

— Ça ne devrait pas leur prendre plus d'une heure pour tout charger. Peut-être moins.

— Et puis tu t'en vas ?

Elle hocha la tête. Avait-elle bien entendu sa voix s'étrangler sur le dernier mot ?

— Je suis désolée de t'infliger cette souffrance, Olly. Mais c'est la meilleure chose à faire.

— Pourquoi, Lula ?

— Pour nous. Tu le sais, Olly. Tu veux un mariage, des enfants... Je ne peux pas te donner tout ça !

Il traversa la pièce et lui prit les mains.

— Mais je t'aime, Lula. Tu ne penses pas que c'est important ?

Comment pouvait-il lui faire ça ? Aujourd'hui ?

— Bien sûr que si. Je t'aime aussi. Oui, Olly. Je sais que tu ne le crois pas, tu me penses sans cœur, mais tu te trompes. Je nous protège, je te protège.

— De quoi ? Je suis un grand garçon, je suis capable de me protéger tout seul.

— De moi. Crois-moi, je t'épargne aujourd'hui une souffrance autrement pire plus tard. Quand je ne pourrai pas porter tes enfants.

— Je veux être avec toi. Les enfants, c'est pour l'avenir. Je n'y pense pas pour l'instant.

— Eh bien moi, si. Je n'ai pas le choix !

Elle se dégagea et entreprit d'entasser ses cartons devant la porte d'entrée. Pas question qu'il la voie pleurer.

— Tu ne nous as jamais laissé la moindre chance.

— Comment oses-tu ? Bien sûr que si ! On s'est bien amusés, non ? On a passé du bon temps.

— Depuis le début, tu savais que tu partirais, et tu t'es bien gardée de me le dire.

— Je ne pensais pas avoir besoin de le faire. J'étais intérimaire, un mot qui parle de lui-même, non ?

— Mais tu as couché avec moi, on est sortis ensemble. Pardonne-moi si je me trompe, mais je croyais que lorsqu'on était dans une relation avec quelqu'un, on lui faisait part de ses intentions !

Elle posa violemment un carton au sol.

— Tu m'as fait part des tiennes, toi ?

— Quoi ? Mais je pensais que...

— Tu « pensais »... Pas une fois tu ne m'as demandé ce que, moi, je pensais, Olly.

— Parce que je croyais que tu me disais tout, et surtout que tu restais, par le simple fait que nous étions ensemble. Je prenais ça pour une déclaration.

— Tu as pensé à ma place, marmonna-t-elle en ouvrant la porte et indiquant les cartons aux déménageurs.

— Et toi, tu ne penses pas à ma place aussi, en supposant que je voudrai forcément des enfants ?

— Ce n'est pas le cas ?

Il serra les dents.

— Si. Mais il y a des moyens de combattre l'infertilité. Tu es bien placée pour le savoir, en tant que médecin.

— Tu ne vois pas que c'est ça la raison, Olly ?

Soudain, plus rien ne pouvait stopper les larmes qui se mirent à couler en cascade.

— Tu ne comprends donc pas pourquoi je remplis ma vie à ras bord, pourquoi je ne cesse de me lancer des défis ?

Il secoua la tête.

— Parce que je suis comme toi, Olly. Je suis traditionnaliste, moi aussi. Je veux me marier, et je veux des enfants ! Et je veux les avoir avec toi, surtout. Sauf que je sais que c'est impossible... Je m'en vais, car je ne supporterai pas d'être incapable de te donner ce que je veux aussi de toutes mes forces.

Elle s'adossa au portail du jardin, les bras croisés, la poitrine secouée par des sanglots.

— Les cheveux, les rats, la danse... Toutes ces choses folles qui me caractérisent m'empêchent de trop penser à ce que je veux le plus au monde. Je dois partir, Olly. Ce serait une torture de rester et, chaque mois, de voir ton visage se décomposer parce que rien n'arrive.

Puis elle lui tourna le dos pour retourner à l'intérieur du cottage. Quand Olly la rejoignit, elle avait déjà passé la bandoulière de son sac à main à l'épaule, et portait la cage des rats. Il la supplia de rester, de leur donner une chance, mais il était trop tard.

— Olly, je t'en prie... Arrête !

— Je t'en supplie, je me mettrai à genoux s'il le faut, mais ne pars pas, Lula !

— Je le dois, dit-elle en passant près de lui.

Elle se rua vers l'allée et déposa précautionneusement la cage sur la banquette arrière de Betsy avant de gagner le siège conducteur. Olly, qui s'était précipité, retint la portière.

— Tu ne peux pas partir comme ça ! Je t'aime !

Les larmes n'avaient pas cessé de couler. Peut-être ne cesseraient-elles jamais, en fait. D'un geste sec, elle tira sur la portière qu'il lâcha, puis elle démarra. Olly recula avant de venir cogner contre sa vitre.

— Je n'ai pas besoin d'enfants, j'ai besoin de toi ! hurla-t-il au beau milieu de la rue, oubliant les éventuels spectateurs.

Lula secoua la tête et détourna les yeux, incapable de regarder l'immense désarroi qu'elle lisait dans ceux d'Olly.

Alors qu'elle descendait l'allée, elle l'aperçut encore une fois, immobile, impuissant, dans le rétroviseur.

9

Olly fixait son écran d'ordinateur. Le dossier de sa patiente y était détaillé — nom, adresse, date de naissance et historique médical —, la patiente elle-même était assise face à lui, lui racontant il ne savait quoi. Il n'entendait pas, il ne voyait pas.

Lula était partie depuis quatre semaines. Quatre semaines interminables, au cours desquelles son père avait finalement décidé d'annuler sa retraite anticipée pour rester au cabinet en attendant qu'ils trouvent un remplaçant définitif.

— Plus d'intérimaires, avait-il dit.

Olly était désespéré, perdu, accablé. Les premiers jours, il avait essayé de garder son optimisme, se convainquant que Lula reviendrait. Qu'elle se rendrait compte de son erreur, qu'elle ne pouvait vivre sans lui.

Il y avait cru si fort qu'il avait fait le ménage au cottage régulièrement et l'avait approvisionné de bois de chauffage au cas où. Mais les jours s'étaient changés en une semaine, puis deux, et il avait cessé d'aller au cottage, acceptant l'idée qu'elle ne reviendrait pas. Lula était bel et bien partie.

Il l'avait perdue. La seule et unique femme qu'il ait jamais aimée vraiment.

Il passait son temps à vérifier ses appels, ses messages, sur son portable et sur son fixe, mais les deux lignes restaient obstinément silencieuses. Rien de Lula, en tout cas. Il avait perdu l'appétit, ne se nourrissait plus que de thé. Une fois, il était même allé chez Elizabeth Love. Ils avaient discuté tous les deux, mais il n'avait pas osé l'interroger sur Lula ni même demandé si elle avait parlé de lui.

Il savait qu'elle avait commencé son travail à Portsmouth et avait envisagé de lui écrire, mais chaque fois qu'il prenait un stylo et un papier, ou qu'il ouvrait sa boîte e-mail, les mots refusaient de sortir.

Que dire de plus qu'il n'ait déjà dit ?

Sa patiente continuait à parler. Par chance, il saisit la dernière partie de sa phrase. Mme Baites se plaignait sans cesse de son voisin, M. Brown, mais Olly soupçonnait qu'il y avait eu une histoire qui s'était mal terminée entre eux, d'où l'amertume.

— Je ne sais pas quoi vous dire, madame Baites. M. Brown n'aime pas trop s'occuper des autres.

— Ce qui est normal, les gens ont changé. De mon temps, on veillait les uns sur les autres, on s'entraidait. Comme cette doctoresse que vous aviez, le Dr Chance... Elle m'aidait toujours, elle, et elle m'a même donné un cours particulier de danse orientale. Pourtant, ce n'était même pas ma voisine. Juste une amie, au fond. C'était un médecin adorable, dommage qu'elle ne soit pas restée...

Olly déglutit avec peine, mais le nœud qu'il avait dans la gorge ne se dénoua pas.

— En effet, madame Baites.

— Et puis, jolie avec ça. Et célibataire. Je croyais que vous sortiriez ensemble, tous les deux.

Mme Baites allait à la pêche aux renseignements. Elle savait pertinemment ce qu'il en était de leur relation, elle espérait juste une confirmation.

— Elle a dû partir, répondit-il, les yeux dans le vague.

— On aurait pourtant cru qu'elle allait rester. Vous savez, après avoir retrouvé sa maman...

Les pensées d'Olly étaient déjà bien loin, de nouveau. La médecine faisait des progrès constants, et les miracles arrivaient. Par ailleurs, il y avait d'autres façons d'avoir des enfants que de les concevoir de façon naturelle : les FIV, les mères porteuses, l'adoption... Les gens y avaient recours, mais Lula, elle, s'y refusait.

Peut-être son désir de maternité était-il plus profond qu'il ne l'avait pensé ?

Comprenant qu'elle n'obtiendrait pas d'autres informations, Mme Baites quitta le bureau. Sitôt la porte refermée, Olly lâcha un long soupir et s'adossa à son siège, la tête entre les mains.

Il n'avait plus de patients pour l'après-midi. S'il rentrait à la maison, il allait errer comme une âme en peine. Il avait du mal à rester chez lui où il y avait tant de souvenirs de Lula. Surtout dans sa chambre... Il détestait se coucher seul, sans elle, et il détestait se réveiller seul pour affronter une nouvelle journée de tourments.

Il décida d'aller rendre visite à la mère de Lula. Elle aurait peut-être d'autres nouvelles.

Elizabeth Love était en train de nourrir ses poules quand Olly sortit de voiture, agitant la main dans sa direction pour la saluer.

— Oliver ! Comment allez-vous depuis la semaine dernière ?

— Je survis. Je respire encore.

— A moi aussi, elle me manque. Mais bon, j'ai des années d'expérience, alors je supporte mieux sans doute.

Olly sourit. Même s'il comprenait ses raisons, il ne pouvait oublier qu'Elizabeth avait choisi d'abandonner Lula.

— C'est dur, dit-il en s'appuyant au portail branlant. J'ai l'impression que plus rien ne vaut la peine d'être vécu.

— Mais si, bien sûr.

— Je ne vois pas l'intérêt. La vie est si... plate, sans elle.

Elizabeth s'approcha et lui posa une main sur le bras.

— Oliver... Ce sont les heures les plus sombres de la nuit qui précèdent l'aurore.

— Vous êtes en train de me dire qu'après la pluie vient le beau temps ? C'est ce que me répète mon père depuis presque un mois. Et laissez-moi vous dire que ça ne marche pas. Elle n'est pas là, Elizabeth ! Elle me manque, son rire me manque, son sourire, son cours de danse...

— Je ne sais pas quoi vous dire. Elle a fait un choix, je ne peux la juger. Pas après ce que j'ai fait.

Elle saisit un arrosoir et entreprit d'arroser ses fleurs en pots.

— Son choix était mauvais.

— Pas pour elle. Etes-vous parti à sa recherche ? Avez-vous essayé de la persuader de revenir ?

Il secoua la tête.

— Je n'ai pas son adresse.

— Moi si, répondit Elizabeth avec un sourire.

— Ah bon ?

L'espoir revenait.

— Elle me l'a envoyée hier, en me faisant promettre de ne pas vous la donner.

Il fronça les sourcils.

— Mais vous allez le faire, n'est-ce pas ? Maintenant que vous m'en avez parlé, ce serait trop cruel.

— Mais oui, bien sûr. Mais uniquement parce que j'ai vu à quel point elle comptait pour vous, et que je vous ai vus ensemble : vous êtes faits l'un pour l'autre. Ne bougez pas, je reviens.

Puis elle disparut à l'intérieur de la maison pour ressortir quelques minutes plus tard, un bout de papier à la main qu'elle lui tendit.

— Je ne vous l'ai pas donné, compris ? Vous l'avez aperçu pendant que je vous préparais un thé, on est d'accord ?

Il déplia le papier et lut l'adresse puis, un grand sourire aux lèvres, il se pencha pour embrasser Elizabeth sur la joue.

— Vous êtes géniale.

— Je suis romantique, corrigea-t-elle en riant. Allez la chercher. Parlez-lui. Convainquez-la.

Il courut jusqu'à sa voiture et démarra en trombe.

Le trajet jusqu'à Portsmouth lui parut durer une éternité. Il n'aurait pas dû mettre plus d'une heure, mais il se retrouva coincé derrière un tracteur à la sortie d'Atley Wold puis dans un embouteillage sur l'autoroute. Quand, enfin, il aperçut les premiers panneaux annonçant la côte et Portsmouth, il sentit son estomac se nouer.

Il ignorait complètement ce qu'il allait lui dire. D'ailleurs, que pouvait-il dire de plus ? Il fallait qu'elle se rende compte à quel point elle comptait pour lui.

A l'idée de la revoir, il sentait son cœur battre à coups redoublés. Depuis des semaines, une douleur s'était installée au creux de sa poitrine mais, à présent qu'il savait qu'il allait la retrouver, ce poids avait disparu et il respirait de nouveau. Son sourire, son beau visage, les couleurs magiques de ses cheveux... Entendre son rire... Tout cela lui avait tant manqué !

Il devait la persuader, même s'il ignorait comment.

Plus il approchait de Portsmouth, l'endroit où avait commencé l'histoire de Lula, et plus il était nerveux. Au port, où les bateaux étaient amarrés, Olly fut frappé par le décor calme et paisible. Puis il entra dans la ville, laissant son navigateur GPS le guider à travers les quartiers résidentiels de Southsea. Au loin, dépassant tout le reste, une tour d'un blanc immaculé s'élevait vers le ciel : la Spinnaker Tower, qui avait une sœur jumelle à Dubaï.

Il ne put s'empêcher de se demander quel genre de vie Lula s'était construit dans cette ville pleine de charme et qui devait posséder de nombreux intérêts. Il y avait aussi l'île de Wight, au large, l'immense plage, et même une fête foraine qui ressemblait à celles qu'il avait fréquentées enfant.

Il continuait en direction de Dickens Way quand, soudain, il aperçut la rue de Lula. Freinant brusquement, il tourna à droite dans la voie longue et étroite, où les maisons mitoyennes se ressemblaient toutes. Les voitures s'alignaient le long des trottoirs, de chaque côté, pare-chocs contre pare-chocs.

Exaspéré de ne pouvoir se garer et marmonnant quelques jurons entre ses dents, il enfila une rue adjacente, se glissa dans un espace bien trop étroit puis revint au pas de charge, en nage, anxieux et très agité. Les questions se bousculaient dans son esprit : que dirait-elle en le voyant ? Serait-elle contente ? Il espérait que oui, mais si ce n'était pas le cas ? Et si elle trouvait sa visite ridicule ? S'il avait mal interprété ses sentiments pour elle ?

Impossible : elle lui avait dit qu'elle l'aimait.

Tout en marchant, il s'essuya le front, rajusta sa cravate et sa chemise, redressa les épaules. Une vraie boule de nerfs. Il avait les jambes en coton, sans aucune force, et son estomac se soulevait comme s'il était sur un grand huit. Si seulement il avait pensé à prendre de l'eau ! Voire quelque chose de plus fort, comme de la bière, ou un *shot* de vodka...

Il était à quelques secondes de la voir... A quelques secondes d'elle.

Il frappa à la porte rouge, avant de sonner aussi, au cas où. Et il attendit, longtemps. Très longtemps.

Que se passait-il ? Où était-elle ?

Au travail, peut-être ? Il décida de jeter un coup d'œil par la fenêtre du rez-de-chaussée, mais des rideaux rouges l'empêchaient de voir quoi que ce soit.

Que faire ?

Le cabinet. Le cabinet médical. Là, ils sauraient !

Sauf qu'il ignorait où il se trouvait. Qu'à cela ne tienne... Il sauta par-dessus un muret en brique pour aller frapper à la porte de la maison voisine. Il entendit crier à l'intérieur puis un enfant qui pleurait. Enfin, une femme ouvrit.

— Bonjour, pourriez-vous m'indiquer où se trouve le cabinet médical le plus proche, s'il vous plaît ?

— Ah, je croyais que vous veniez essayer de me vendre quelque chose... Eh bien, le cabinet se trouve à deux rues d'ici, sur St. Thomas Avenue, dit-elle en se penchant pour lui indiquer la direction. Descendez cette rue, là, tournez à gauche, continuez sur une centaine de mètres, et ce sera à droite.

— St. Thomas Avenue, c'est ça ? Merci beaucoup.

Il ne prit pas la peine de retourner chercher sa voiture, sachant qu'il irait plus vite à pied. D'autant qu'il risquait encore de ne pas trouver de place où se garer dans les parages !

En lui, appréhension et frustration se mêlaient maintenant. Il n'avait pas imaginé un tel contretemps, car il s'attendait à la trouver chez elle. La situation était pour le moins irritante.

Les choses ne se passaient pas comme prévu. Dans le scénario qu'il avait imaginé, il l'avait déjà embrassée ! Il l'avait prise dans ses bras pour lui répéter à quel point il l'aimait et lui demander de revenir.

Le cabinet se trouvait dans le centre de Portsmouth, et

grâce à la météo radieuse, il finit par apprécier le trajet qui l'y conduisit, malgré sa bouche et sa gorge sèches.

Le bâtiment se divisait en deux cabinets médicaux, et Lula pouvait occuper n'importe lequel. Il entra au hasard et la réceptionniste fut incapable de le renseigner. Dans le second, il dut faire la queue, attendant impatiemment, tapant du pied tout en observant discrètement les gens qui le précédaient. Enfin, après une éternité, il atteignit le comptoir d'accueil et s'y accouda.

— Je cherche le Dr Lula Chance. Je crois qu'elle travaille ici comme intérimaire.

La réceptionniste hocha la tête en souriant.

— Oui, elle a commencé ici, mais elle est déjà partie, malheureusement.

— Partie ? Comment ça, partie ? Où est-elle ?

— Je l'ignore, c'était très soudain.

— Soudain ? Elle est malade ?

— Je crains de ne pouvoir vous donner d'informations personnelles, dit-elle en secouant la tête.

— Je suis médecin.

— Je ne peux rien vous dire, docteur.

Elle arborait un sourire compatissant, et Olly savait qu'en effet elle ne pouvait obtempérer à sa requête.

Lula n'était pas chez elle, elle avait déjà quitté son poste, et personne n'était en mesure de lui dire pourquoi. Où pouvait-elle bien être passée ?

— Avez-vous une nouvelle adresse où faire suivre son courrier ?

— Désolée, je ne peux vous transmettre cette information.

Décidément, rien ne se passait comme il l'avait envisagé, songea Olly avec irritation.

— Je comprends, répondit-il. Merci.

Il s'apprêtait à repartir quand le visage de la réceptionniste s'éclaira.

— En revanche, je peux vous dire où elle fait une descente en rappel...

— Une quoi ?

— Une descente en rappel... C'est pour collecter des fonds en faveur d'une association qui lutte contre la leucémie infantile.

Il s'agrippa au comptoir d'accueil.

— Où ?

— La Spinnaker Tower. Elle est folle, vous ne trouvez pas ? La tour fait au moins cent cinquante mètres de haut !

Olly ne put réprimer un sourire. Pas étonnant, connaissant Lula, la spécialiste des défis personnels.

Eh bien, il allait grimper et rejoindre sa gente damoiselle en haut de la tour. Du moins, si elle le laissait faire...

Remerciant la réceptionniste, il courut jusqu'à sa voiture. Il ne lui restait plus qu'à trouver le chemin jusqu'à la tour.

Olly avançait à pas rapides au milieu de la foule massée sur Gunwharf Quays, jouant des coudes, s'excusant de heurter les passants.

La Spinnaker Tower se dressait au-dessus de lui, aiguille blanche plantée dans le ciel azur. Au sommet de la tour, des points d'observation permettaient aux visiteurs d'admirer la vue, et, juste au-dessous, il apercevait une grappe de silhouettes sombres, tels des pucerons sur un rosier.

Les descendeurs !

Au sol, un autre groupe de gens casqués et équipés de matériel d'escalade souriaient devant les photographes.

Olly se rua vers eux.

— Lula ? Lula ?

Il les dévisageait un à un, priant pour qu'elle fasse partie du groupe déjà arrivé en bas et qu'il n'ait pas à la regarder descendre.

Quelle épreuve elle s'infligeait encore ! Il était au courant qu'elle souffrait de vertige, elle lui en avait parlé quand il avait évoqué son propre saut en parachute. Celui qu'il n'avait pas encore fait, car... Eh bien, lui non plus n'était pas très à l'aise en l'air !

Il leva les yeux, redoutant de devoir monter pour chercher sa Lula.

Le responsable du groupe vint lui poser une main sur l'épaule.

— Je peux vous aider ?

— Je cherche le Dr Lula Chance.

L'homme tendit l'index vers le sommet de la tour.

— Elle est là-haut. La dernière à descendre. Mais elle est si nerveuse qu'elle n'arrive pas à bouger.

Olly suivit la direction indiquée, tout en haut.

— Il est possible d'y monter ?

— Par l'ascenseur. Mais vous ne pourrez pas faire la descente en rappel. A moins d'être inscrit et d'avoir payé.

S'inscrire ? Pour une descente en rappel ? De là-haut ?

S'efforçant d'ignorer la nausée qui venait de l'envahir, il se précipita au pied de la tour. Tirant une liasse de billets de son portefeuille, il paya pour la montée en ascenseur. La cabine se remplit de touristes qui lui parurent mettre une éternité à entrer avant la fermeture des portes.

Lui ne comptait pas s'attarder sur les beautés de la ville. La seule chose qu'il avait envie de voir, c'était Lula.

Enfin, les portes se refermèrent, et Olly sentit son estomac se soulever tandis que l'ascenseur se mettait en branle. Impatient, il rongea son frein le temps de la montée, puis suivit les touristes qui sortaient tranquillement pour se diriger vers les points de vue. Pourvu que Lula n'entame pas sa descente en rappel avant qu'il la rejoigne !

Il se dirigea vers le toit où, du sol, il avait vu les gens rassemblés. Enfin, il croisa un jeune homme avec un piercing et vêtu d'un équipement d'escalade et d'un casque. Il le saisit par le bras.

— Je cherche Lula Chance. Où est-elle ? Il faut que je lui parle !

— Là-bas, mec, dit le jeune homme en désignant une porte. Elle s'apprête à descendre. Mais vous ne pouvez pas passer.

— J'ai besoin de lui parler, c'est urgent !

— Je ne peux pas vous laisser entrer. C'est réservé aux descendeurs. Les portes extérieures sont ouvertes, et sans équipement de sécurité...

— Dans ce cas, équipez-moi ! Voilà, je vous paie l'inscription, ajouta-t-il en sortant son portefeuille.

— J'en sais rien, mec...

— Vous voulez récolter de l'argent contre la leucémie ou pas ? Je vous signe une décharge, s'il le faut, mais je dois absolument y aller.

Le jeune homme au piercing réfléchit un instant, puis il hocha la tête et lui tendit un papier.

— Tenez.

— Merci !

Après avoir griffonné sa signature au bas du formulaire, Olly sauta par-dessus la corde qui le séparait du jeune homme et poussa la porte.

— Lula !

Il était dans un couloir qui donnait sur une volée de marches permettant d'accéder à une étroite plate-forme où se tenaient deux ou trois personnes. Plus une qui avait enjambé le parapet. Il aperçut quelques mèches de cheveux arc-en-ciel bousculées par des rafales de vent tiède...

— Lula, attends !

Il vit la peur dans ses yeux tandis qu'elle s'agrippait à l'instructeur comme à une bouée de sauvetage.

— Olly ?

Leurs regards se croisèrent et ce fut comme si des centaines de coups de foudre se déchaînaient dans le ventre d'Olly. Elle était là. Plus merveilleuse, plus belle que jamais. Et debout sur un rebord très étroit, avec un vide immense derrière elle...

L'instructeur jeta un coup d'œil vers Olly et leva une main.

— N'approchez pas ! Vous ne pouvez pas venir ici !

— Je fais la descente, moi aussi, répliqua-t-il.

— Pas sans équipement, mon pote !

Olly regarda autour de lui les harnais et les mousquetons préparés au sol. Ayant déjà vu des gens se harnacher, il plaça les pieds dans un harnais et le remonta pour le fixer à sa taille.

— C'est bon, là ?

— Ecoutez, elle s'apprête à descendre plus de cent cinquante mètres. Je pense qu'elle a besoin de se concentrer, non ?

— J'ai quelque chose à lui dire.

— Il faudra que ça attende qu'elle soit en bas, rétorqua l'homme avant de parler dans son talkie-walkie.

Olly regarda Lula.

— Je t'aime. J'ai besoin de toi.

Elle lui sourit, les yeux remplis de larmes.

— Moi aussi, je t'aime.

— On peut être ensemble ! cria-t-il, espérant qu'elle entende la détermination dans sa voix.

— J'ai peur, Olly.

— Toi ? Tu es la femme la plus courageuse que je connaisse.

— Je ne me sens pas du tout courageuse, là.

— Tu es capable de réussir tout ce que tu entreprends. J'ai besoin d'être avec toi, Lula. Je ne partirai pas.

Elle riva son regard au sien puis hocha la tête.

— Regarde-moi, d'accord ? J'y arriverai si tu me regardes.

— Je ne te quitte pas des yeux.

Puis sous ses yeux ébahis, Lula lâcha le bord et il sentit son cœur se figer, obnubilé par le trou béant et la ville qui s'étalait à ses pieds.

L'instructeur lui fit signe d'approcher.

— Laissez-moi vérifier si vous êtes harnaché correctement. Vous avez signé le formulaire ?

Olly hocha la tête en déglutissant avec peine. Allait-il vraiment descendre ? Rien ne l'y obligeait. Il pouvait encore faire demi-tour, emprunter l'ascenseur. Cela ne l'empêcherait pas de donner l'argent à l'association, donc peu importait.

— Elle ne bouge plus, marmonna l'instructeur.

Le cœur d'Olly s'arrêta de battre. Lula ne plus bouger ? C'était impossible ! La seule raison pour laquelle elle se serait immobilisée, c'était... qu'elle était terrifiée.

Il devait l'aider.

— Laissez-moi descendre. Je vais la rassurer.

L'homme hocha la tête.

— O.K., O.K. Mais vous suivez mes instructions à la lettre, d'accord ?

— Absolument.

Il vérifia l'équipement et passa en revue les instructions avec Olly tandis que ce dernier attachait son casque et se fixait à la corde de rappel. L'instructeur s'assura qu'il était parfaitement sécurisé puis il l'autorisa à enjamber le parapet.

— Souhaitez-moi bonne chance.

— Vous n'en aurez pas besoin, répondit l'homme en lui tapotant le casque avant de le lâcher.

Olly plongea. Du moins eut-il cette sensation, et jamais il n'avait ressenti la notion de l'attraction terrestre avec une telle acuité. A cet instant, il fit l'erreur de regarder en bas et tout l'air que contenaient ses poumons s'échappa quand il eut l'impression que le sol montait à sa rencontre. Enfin, il réussit à prendre une grande inspiration, ferma les yeux, marmonna une prière, et ses membres se remirent en mouvement.

Lula se trouvait environ soixante mètres au-dessous de lui, jolie tache colorée contre le blanc immaculé de la tour. Tenant la corde dans sa main droite, Olly se laissa glisser, rebondissant de ses pieds contre le bâtiment jusqu'au moment où il arriva au niveau de sa bien-aimée.

— Coucou..., dit-il sur un ton qu'il espérait détendu.

Comme s'il descendait une tour en rappel tous les jours...

Sous la frange multicolore, deux grands yeux bruns le dévisagèrent.

— Coucou...

— Tu as besoin d'aide ?

Elle eut un rire nerveux.

— Je crois que j'ai présumé de mes forces, dit-elle. J'ai toujours su que mon vertige me perdrait.

Il jeta un regard autour d'eux.

— Espérons que non. Tu veux bien m'écouter ? Me laisser t'aider ?

Elle appuya le front contre la corde.

— Tu veux m'aider ? Après ce que j'ai fait ?

— Il faut vraiment qu'on en discute ici ? Ça ne peut pas attendre qu'on soit sur la terre ferme ?

— Je t'ai fait du mal.

O.K., donc ils allaient discuter ici.

— Oui, mais ça va. Parce que ton départ a tout clarifié dans ma tête.

— Tu comprends mon point de vue ?

— Non, pas du tout. Tu estimes que ta seule valeur à mes

yeux tient à ta capacité ou non à procréer. Et l'amour dans tout ça ? Et ce lien qui nous unit comme des âmes sœurs ?

— Tu penses qu'on est des âmes sœurs ?

— Pas toi ?

Elle grimaça.

— Difficile de réfléchir, ici.

Une rafale de vent les secoua légèrement, et elle serra la corde un peu plus fort.

— Tu plaisantes ? Moi, je n'ai jamais eu les idées aussi claires ! Lula ? Lula, tu peux y arriver. Ecoute-moi. Il faut laisser glisser la corde dans ta main droite, tout doucement, et en même temps tu descends les pieds écartés contre la paroi. Comme des petits pas. Voilà, comme ça. Continue.

Il voyait bien qu'elle était terrorisée. Ses jambes tremblaient violemment et, parfois, perdaient le contact avec le béton. Olly se calait sur son rythme, restant à son niveau tout en lui prodiguant des commentaires rassurants au fur et à mesure de la descente.

— Il existe des milliers de mariages heureux sans enfants, reprit-il. Ce n'est pas le seul critère de bonheur entre nous.

— Facile à dire pour toi, maintenant.

Sa voix aussi tremblait.

— Oui, facile à dire parce que c'est vrai. Je t'aime, Lula. Tu crois vraiment que je serais venu jusqu'ici, que je ferais cette descente en rappel si je ne t'aimais pas ?

Elle riva son regard au sien.

— Non.

— Tu es tout pour moi. Je suis perdu, sans toi, à Atley Wold. Tout semblait terne et sombre. Tu mets de la lumière dans ma vie, Lula.

Le sol se rapprochait, mais ils étaient encore très haut.

Il posa une main sur la sienne.

— Une magnifique lumière... Peu m'importe si nous n'avons pas d'enfants parce que je t'aurai, toi. Et si on décide qu'on veut en avoir autrement, eh bien, ça me va aussi ! On peut adopter des chats, des chiens, ils constitueront notre famille, en attendant.

Et si des chiens et des chats, c'est trop traditionnel pour toi, on prendra un alpaga ou un serpent !

— J'ai toujours voulu un lapin, dit-elle en souriant.

— Accordé ! Lula, dis-moi que tu vas revenir avec moi à Atley Wold et m'épouser.

Lula leva les yeux pour apprécier le chemin parcouru. Elle en avait effectué un peu seule, mais bien moins que depuis l'arrivée d'Olly.

— Tu veux bien m'attendre en bas ? demanda-t-elle.

Il fronça les sourcils.

— Comment ça ?

— Je crois que je vais y arriver. Ce n'est plus très loin. Laisse-moi finir ma descente toute seule, et on poursuivra cette discussion en bas.

— Tu es sûre que tu peux y arriver seule ?

— Oui, certaine.

Hochant la tête, il s'exécuta. Elle entendit les gens applaudir et, risquant un coup d'œil vers le sol, les vit qui agitaient les mains. Elle n'était plus très loin. Voir tous ces visages levés vers elle la confortait dans son envie de finir seule. C'était son défi et elle était déterminée à le relever. Comme tous les autres. Sauf qu'à certaines occasions, comme celle-ci, avoir Olly à son côté était un avantage.

Etait-elle vraiment obligée de tout faire seule ? Comme elle l'avait fait sa vie durant ?

Non.

Elle avait enfin retrouvé sa mère, alors pourquoi ne pourrait-elle pas avoir Olly aussi ? Car si elle le fuyait aujourd'hui, ne souffriraient-ils pas autant que si leur relation, comme elle le craignait, finissait par se briser ? Elle l'avait déjà perdu une fois, et en avait souffert. Mais il était revenu vers elle, lui offrant une seconde chance. Alors pourquoi ne seraient-ils pas heureux ensemble ? Elle n'avait aucune raison de douter de son amour pour elle. Ni de se tourmenter pour quelque chose qui n'arriverait peut-être jamais.

Son cœur se gonfla d'un espoir fou. Celui de vivre avec Olly et de retrouver Atley Wold.

Sitôt que ses pieds touchèrent le sol, elle sentit les bras puissants d'Olly l'enlacer. Il la fit pivoter pour lui couvrir le visage de baisers, lui laissant à peine le temps de reprendre son souffle. Mais peu importait car Olly était là. Ils pouvaient tout affronter ensemble. Elle noua les bras autour de son cou et le serra fort contre elle.

Un homme leur tendit un T-shirt floqué de la phrase :

« J'ai fait la visite par les airs »

Lula éclata de rire. Elle avait réussi !

Assise à une terrasse de cafétéria avec vue sur le front de mer, Lula remuait sa cuiller dans son thé en fixant Olly. Elle ne se lassait pas de le regarder, tout simplement, car elle avait cru ne plus jamais le revoir. Aujourd'hui, son preux chevalier l'avait secourue alors qu'elle se trouvait en haut de sa tour !

— Tu envisagerais vraiment de prendre un serpent comme animal de compagnie ? demanda-t-elle en souriant.

— Je ferais n'importe quoi pour toi, répondit-il en mêlant ses doigts aux siens. Tu le sais. Ne me demande pas de le caresser, cela dit, ajouta-t-il après une seconde.

— J'aime assez bien les boas constrictors.

— S'il faut en passer par là…

— On pourrait aussi prendre un chien, car je suis prête à faire des compromis.

Il porta ses doigts à ses lèvres et les embrassa.

— Toute relation réussie est basée là-dessus.

— C'est comme ça que tu envisages notre relation ? « Réussie» ?

— Je ne l'envisage pas, je le sais. Je me sens super bien, avec toi. Je me sens vivant… On est faits pour être ensemble.

— Et si j'envisageais d'entreprendre… d'autres choses, est-ce que ça affecterait cette « relation réussie » ?

— D'autres choses ? Comme quoi ? Des cascades de folie ?

Elle plongea le regard dans les beaux yeux clairs.

— Avoir des enfants. J'en ai envie, Olly. J'ai passé des années à me dire que je m'en fichais puisque c'était impossible, mais je me mentais. Aujourd'hui, j'ai accepté le fait que je ne pouvais pas concevoir d'enfants naturellement, mais si on essayait par des chemins de traverse… Le problème, c'est en cas d'échec. Je ne suis pas sûre de supporter la déception qui en découlerait.

— Je serai là pour toi à chaque étape du processus. Si ça ne fonctionne pas, eh bien nous serons tristes, mais nous ferons front.

— Comment le sais-tu ?

— Parce qu'on va le faire ensemble ; parce qu'on fera le choix ensemble.

— Et si on y arrive ? S'il y a moyen de faire quelque chose ?

— Alors, ce sera merveilleux. J'ai été très fier de toi, aujourd'hui. Tu as vaincu ta peur pour terminer le parcours seule. Même si j'ai paniqué pendant un instant.

— Paniqué ? Pourquoi ?

— Quand tu m'as annoncé que tu voulais finir seule. Je croyais que tu voulais parler de ta vie !

Elle secoua la tête.

— J'en serais bien incapable.

— Ah bon ?

— Quand je t'ai quitté, j'ai eu le cœur brisé. J'ai dû m'arrêter au coin de la rue car les larmes m'empêchaient de conduire. Jamais je n'ai eu aussi mal de ma vie. Tu n'as pas idée de l'énergie qu'il m'a fallu pour reprendre la route, pour continuer à mettre de la distance entre nous. Pour rien au monde, je ne voudrais traverser ça de nouveau.

Olly se leva de son siège pour venir s'installer à côté d'elle et passer un bras autour de ses épaules.

— J'ai pleuré comme un gamin, à genoux, au beau milieu de la rue, au moment où tu es partie. Je me fichais bien qu'on me voie. Ensuite, pendant des semaines, les patients ont défilé dans le cabinet en me disant combien ils étaient tristes de ton départ. Et moi, je souffrais comme un damné, mais je taisais mon désespoir.

— Et qu'as-tu fait ?

— J'ai espéré que tu reviennes, d'abord. Puis j'ai compris que peut-être tu ne le pouvais pas.

— J'allais revenir. Je ne supportais plus d'être loin de toi. C'est ma mère qui t'a dit où j'habitais, n'est-ce pas ?

— Je crois qu'elle en avait assez que j'inonde sa table de mes larmes. Elle l'a fait pour se débarrasser de moi.

— Je suis contente qu'elle l'ait fait. Mais, de toute façon, je serais revenue vers toi. Je n'arrivais plus à travailler, à me concentrer. Je ne faisais que penser à ce que j'avais perdu.

Leurs regards toujours scellés, ils se penchèrent et leurs lèvres se trouvèrent. La douceur, la tendresse de ce contact la fit chavirer de bonheur.

— Ne me quitte jamais, murmura-t-il.

— Jamais.

— Tu es toute ma vie.

— Et toi toute la mienne.

Il sortit de sa poche une petite boîte recouverte de velours rouge qu'il ouvrit, révélant un anneau d'or serti d'un saphir entouré de diamants qui scintillaient dans la lumière.

— Veux-tu m'épouser, Lula ?

Elle regarda la bague puis Olly dont les yeux brillaient d'espoir et d'amour. Oui, elle pouvait passer le reste de sa vie avec cet homme.

Rayonnant de bonheur, il passa à son doigt l'anneau qui lui allait à la perfection.

— Je l'ai trouvée en faisant du rangement à Moonrose Cottage, expliqua-t-il. Elle appartenait à ma grand-mère.

— Elle est magnifique.

— Comme toi.

Épilogue

Le mariage du Dr Louisa Chance et du Dr Oliver James eut lieu à l'église du village d'Atley Wold. Lula avait demandé à Bonnie et à Ruby d'être ses demoiselles d'honneur et les avait vêtues d'une magnifique robe de satin rouge. Ruby avait remonté l'allée centrale avec, dans ses bras, sa fille, Adele, qui jetait des pétales de roses autour d'elle.

La journée d'été était parfaite pour des noces, et le village tout entier vint y assister.

Si Lula avait été enchantée de revenir à Atley Wold, tout le monde était ravi de la revoir, surtout sa mère.

Elizabeth Love était transformée. Sa petite maison délabrée, où jadis les seuls hôtes bienvenus étaient les animaux, était désormais pleine de villageois qui venaient prendre le thé. Ces réunions, pour Lula et sa mère, étaient l'occasion de lever des fonds en faveur des animaux ou des enfants en détresse.

Et quand Lula fut enceinte, trois ans plus tard, grâce à l'aide de la science, le village tout entier retint son souffle.

Elle avait traversé tant d'épreuves pour sa F.I.V. : les tests, les examens, les injections d'hormones… Jamais elle ne s'était plainte, pas même quand elle avait beaucoup grossi à cause des traitements, et que ses ovaires hyper stimulés n'avaient réussi à produire que trois ovules à inséminer.

Puis un seul ovule s'était développé, mais qui semblait viable. Tous les espoirs avaient été concentrés sur une minuscule cellule…

Fidèle à elle-même, Lula avait opté pour la peu conventionnelle naissance à la maison, dans une piscine, tout en écoutant de la musique rock et sans cesser de caresser le chien de la famille, Buddy. Quand enfin le bébé — une fille — était né, onze heures après le début des contractions, tous avaient poussé un soupir de soulagement.

Les villageois connaissaient l'histoire de l'enfance de Lula. Ils savaient l'importance que revêtait pour elle le fait de devenir mère, et tout le monde s'était réjoui de l'arrivée de la petite Mabel.

Lula avait pleuré des larmes de joie. Elle, la déracinée, la sans-famille, avait gagné une mère, un mari et, maintenant, une fille.

Elle s'était fabriqué des racines, avait fondé une famille. Les deux choses dont elle rêvait et qu'elle croyait impossibles.

Alors, pour fêter ces cadeaux de la vie, elle avait ajouté une couleur à ses cheveux : le vert.